Newton Compton Editores

Título original: *The Florist*

© 2023, C. L. Pattison
© 2024, de la traducción por Bruno Álvarez Herrero
© 2024, de esta edición por Antonio Vallardi Editore S.u.r.l., Milán

Todos los derechos reservados

Primera edición: julio de 2024

Newton Compton Editores es un sello de Antonio Vallardi Editore S.u.r.l.
Pl. Urquinaona, 11, 3.º 1.ª izq. Barcelona, 08010 (España)
www.newtoncomptoneditores.com

Gruppo editoriale Mauri Spagnol S.p.A.
www.maurispagnol.it

ISBN: 978-84-10080-24-9
Código IBIC: FA
DL: B 4.882-2024

Diseño de interiores:
David Pablo

Composición:
Endoradisseny

Impreso en julio de 2024 en Puntoweb s.r.l., Ariccia (Roma), en Italia.

C. L. Pattison

La florista

Traducción de Bruno Álvarez Herrero

Newton Compton Editores

Barcelona, 2024

Prólogo

Ahora

—¿Podría explicarnos con sus palabras lo que ocurrió en El Santuario?

Me llevo dos dedos a la zona sensible de entre las cejas.

—Para ser sincera, lo tengo todo un poco confuso —respondo, y siento las palabras pegajosas en la boca—. Creo que sigo en *shock*.

La inspectora de policía Kate Kilner me ofrece una expresión compasiva mientras se inclina hacia delante y apoya un codo en la sábana blanca almidonada de la cama del hospital en la que estoy tumbada.

—Acaba de vivir una experiencia muy traumática. Es completamente normal que esté algo confundida.

Me recuesto sobre la almohada y respiro hondo, despacio. Casi no han pasado ni veinticuatro horas desde que he recuperado la conciencia, y todavía me duele un poco la cabeza. Se produce un largo silencio que se extiende hasta que se vuelve incómodo.

—¿Qué le parece si rebobinamos, si volvemos al principio? —me dice el compañero de la inspectora Kilner, cuyo nombre de repente no recuerdo. Es un hombre corpulento y fornido que parece llenar la sala de un modo que siento ligeramente como una intrusión—. ¿Cómo conoció a la familia Elliott?

Si supieran la verdad… Que todo esto comenzó mucho antes de encontrarme con los Elliott, mucho antes de saber siquiera de su existencia…

—En el trabajo —le respondo—. Flores de Mayo se encarga de las flores de las oficinas de James Elliott desde hace muchos años. Es uno de nuestros mejores clientes.

—¿Y a su mujer, Eleanor?

—También es clienta nuestra. Le hemos proporcionado arreglos florales para algún que otro evento que ha organizado en su casa.

La inspectora Kilner interviene:

—Entonces, ¿estaba en el hogar de los Elliott por motivos profesionales la mañana del 22 de septiembre?

Me embarga una oleada de agotamiento. El tipo de cansancio que se acerca por detrás de ti y trepa por tu espalda con unos tentáculos pegajosos que se te aferran al cuello. No creo que pueda pasar por esto ahora mismo. Necesito más tiempo para organizar mentalmente todo lo que ha ocurrido, para resolver todos los detalles.

—Lo siento, sé que tan solo están haciendo su trabajo, pero creo que no me encuentro lo bastante bien como para contestar más preguntas ahora mismo. Tal vez puedan volver mañana.

El subinspector Pearce, cuyo nombre me viene de pronto a la cabeza, me ofrece una sonrisa tensa.

—Su médico nos ha dado permiso para hablar con usted. De verdad, sería mejor quitárnoslo de encima ahora, cuando todavía tiene fresco todo lo ocurrido. Ha muerto una persona, y hay otra muy grave. Usted es la única que nos puede contar lo que ha sucedido.

—En realidad eso no es del todo cierto —lo corrige Kilner—. Tenemos otro testigo.

Un escalofrío me recorre la columna por la sorpresa. ¿Qué quiere decir con eso? Si solo estábamos las tres en esa habitación…

La inspectora se saca el móvil.

—Espere, que se lo enseño.

Pulsa un botón para ajustar el volumen y coloca el teléfono sobre la cama para que pueda verlo.

Mientras contemplo la pantalla, Kilner no me quita ojo, atenta a cualquier gesto que me pueda delatar. Logro mantener el rostro impasible, aunque para ello necesito reunir toda la energía que me queda. Cuando acaba el vídeo, cierro los ojos. Siento esos latidos en las sienes que indican el comienzo de un dolor de cabeza. Mis pensamientos son como ratas en un edificio en llamas, corriendo de aquí para allá, desesperadas por encontrar una escapatoria.

Creo que la mejor opción es seguir el consejo del subinspector Pearce. Contárselo todo.

En vista de la nueva y sorprendente información que me acaba de proporcionar la inspectora Kilner, ¿qué otra opción tengo?

Capítulo 1

Tres meses antes

El hombre que está al otro lado de la línea se siente culpable. Parece avergonzado y habla un poco más alto de lo necesario, como si intentara convencerse a sí mismo de que esto no es más que otra operación comercial aburrida más en el día tan ocupado que lleva. Un día que desearía poder dejar en manos de su asistente personal, aunque no está seguro de que pueda confiar en ella para eso, sobre todo cuando hay tanto en juego.

–Necesito algo muy especial –dice–. Es para mi mujer.

–De acuerdo. ¿Qué tenía en mente?

–No lo tengo claro. Esperaba que pudiera orientarme un poco.

–Por supuesto. ¿Cuánto planea gastarse?

–No tengo una cifra tope.

Vale. Parece que el hombre se ha metido en un buen aprieto con su mujer.

–¿Es para alguna ocasión especial?

–No del todo. –Vacila–. Es más bien que no he valorado lo suficiente a mi mujer. Necesito demostrarle lo mucho que significa para mí.

Vamos, que le ha sido infiel y encima no se ha preocupado por asegurarse de que no lo pillara. Me agarro el labio inferior y le doy vueltas a algunas de las opciones. Las fresias no bastarán para librarse de algo así; ni siquiera un ramo exuberante de floribundas. No, para esto voy a tener que sacar la artillería pesada.

–¿Cuál es el color favorito de su mujer?

–No tengo ni idea.

¿En serio?

–No pasa nada. Déjeme que le haga otra pregunta. ¿Cómo describiría la personalidad de su mujer?

Deja escapar un suspiro.

–¿Es necesario todo esto? Solo quiero regalarle a mi mujer unas flores bonitas. Es muy sencillo.

Pero la verdad es que no lo es; es bastante complejo, pero tampoco espero que un hombre como él, un hombre que ni siquiera sabe cuál es el color favorito de su mujer, lo comprenda.

–Deje que me encargue, por favor. Si su mujer no queda encantada con el resultado, le devolveré el dinero, se lo prometo.

Otro suspiro.

–Es muy tranquila, sensible y definitivamente tirando a introvertida. –Se ríe por la nariz–. Aunque también le digo que, cuando se toma unos cuantos *gin-tonics*, se suelta la melena.

Ignoro la pulla y le pregunto:

–¿Prefiere la ciudad o el campo?

–El campo, desde luego. Lleva siglos diciéndome que deberíamos irnos de Londres.

Tomo algunas notas en el bloc que tengo delante. Con esa información, ya puedo descartar varias opciones.

–¿Y en cuanto a la decoración? ¿Le gusta más un estilo tradicional, minimalista, contemporáneo…?

–Eh…, le podría decir rústico. ¿Le vale con eso?

–Sí, rústico me vale. Genial.

Seguimos así durante un minuto o dos más, hasta que al fin estoy lista para ofrecerle mi recomendación.

–Según la información que me ha proporcionado, le sugiero una de nuestras cestas de mimbre hechas a mano, llena de ranúnculos rosas y blancos; rosas almizcleñas en tonos pastel, que huelen de maravilla, hágame caso; flores moradas de acónito y *keikis* de orquídeas blancas. –Todo eso le costará poco menos de ciento cincuenta libras, pero, oye, el perdón no sale barato–. ¿Qué le parece?

–Bien –responde con brusquedad–. ¿Cuándo puede entregarlas?

Le echo un vistazo al reloj que hay sobre la puerta.

–Tendrá que ser mañana por la mañana.

–Ah. –Parece decepcionado–. ¿Sería posible que las recibiera hoy mismo?

El pobre imbécil teme la posibilidad de que su mujer se haya marchado antes de que amanezca.

–Espere un momento, por favor. No cuelgue.

Me pego el teléfono contra el pecho y me giro hacia mi ayudante, Claire. Tiene los músculos de la mandíbula tensos mientras deshoja un montón de tallos de gerberas (he de admitir que no son de mis flores favoritas, pero son tan populares que sería una estupidez no venderlas). El repartidor con el que solemos trabajar ya ha terminado su turno, pero la furgoneta sigue aparcada fuera y las funciones del puesto de Claire no están demasiado delimitadas.

–¿Podrías acercarte a Clapham en una media hora? –le pregunto.

–Lo que necesites, Amy –responde tras alzar la mirada–. Avísame cuando esté listo el pedido.

Vuelvo a llevarme el teléfono a la oreja.

–Sí, señor Prout, podemos entregarle las flores esta misma tarde, pero con un recargo de quince libras.

Su alivio resulta evidente.

–Genial. Es usted muy amable, muchas gracias.

Cojo el bolígrafo y le pregunto:

–¿Qué mensaje le gustaría que escribiésemos en la tarjeta?

–Con amor, Antony –contesta–. Sin «h».

No puedo evitar fruncir el ceño. Este hombre se está haciendo un flaco favor.

–No pretendo ser impertinente, pero… ¿no cree que a su mujer le haría ilusión que le escribiera algo más? ¿Algún mensaje más… profundo?

Se produce un silencio tan largo que empiezo a creer que me ha colgado.

–Lo siento –me dice al fin, y se le quiebra la voz–. Puede poner eso en la tarjeta. «Lo siento, y te prometo de todo corazón que no volverá a ocurrir. Con amor, Antony».

Flores para bodas, para cumpleaños, para aniversarios, para hacer las paces, para romper con alguien, para celebrar una nueva vida, para consolar a los enfermos y honrar a los muertos… Mis creaciones personalizadas marcan cada hito y cada suceso dramático posible en la vida de las personas. Tras todos y cada uno de los pedidos que recibo hay una historia y, si quieres hacerlo bien,

11

tienes que tener unas nociones básicas de psicología. Has de saber que el oficio de las flores no solo requiere tener ojo para combinar los colores y saber qué está de moda; también es necesario ser capaz de despertar emociones y cambiar el ánimo de las personas de manera instantánea. Como suelo decirle a la gente, yo no solo vendo flores; vendo sentimientos.

De joven, estaba convencida de que en el futuro me dedicaría al diseño gráfico, pero, cuando acabé mi primer curso en la facultad de Bellas Artes, me asaltaron las dudas. Durante las vacaciones de verano respondí un anuncio de un trabajo a tiempo parcial en una floristería. Y fue entonces cuando brotó mi pasión por las flores. No volví a la universidad.

A los seis meses ya estaba trabajando como encargada de la tienda y estudiando para sacarme un título de arte floral durante mi tiempo libre. Antes de que pasara un año, ya había conseguido un trabajo mucho mejor pagado en una floristería que se autodenominaba «artesanal» en Shoreditch. Estuve trabajando allí hasta hace cinco años, cuando descubrí un local abandonado en la calle principal de Forest Hill, no demasiado lejos de mi apartamento. Y así fue como nació Flores de Mayo.

Tener un negocio propio es muy duro, y en ocasiones me pregunto si tomé la decisión correcta. Me costó despegar al principio, mientras perfeccionaba el oficio y mis habilidades de *marketing*, y la verdad es que casi ni siquiera ganaba lo suficiente para pagar las facturas.

El punto de inflexión llegó cuando un hotel *boutique* del oeste de Londres me encargó crear una instalación floral inmensa y atrevida (como una mezcla entre la selva amazónica y un jardín de la campiña inglesa) para inaugurar su nuevo *spa*. Conocía al relaciones públicas del hotel a través de una amiga de una amiga, y acepté el encargo por una cifra mucho menor de la que habría cobrado cualquier otra persona, solo para ganar experiencia.

La instalación fue todo un éxito, incluso más popular que los masajes de manos gratuitos, y gracias a la publicidad que me proporcionó me llegaron un montón de encargos la mar de lucrativos.

Por supuesto, lo que me da de comer siguen siendo las flores para regalo, pero de tanto en tanto me llega la oportunidad de llevar a cabo un proyecto a gran escala, como un arco extravagante para la inauguración de algún restaurante o una magnífica pared de flores para alguna boda de lujo. Ahí es donde dejo volar la creatividad y puedo demostrar de lo que soy capaz. Lo que me recuerda que, en cuanto acabe con el pedido de Antony Sin H, he de actualizar mi cuenta de Instagram. Subo fotos siempre que puedo. Es mi deber; no puedo arriesgarme a dejar que mi negocio caiga en el olvido, ni siquiera durante un instante, con tanta competencia (floristas más jóvenes, más ansiosos, con páginas de Instagram siempre actualizadas y con *vlogs* animados e instructivos) y una cantidad de trabajo limitada.

Una hora y media más tarde, estoy sentada en el estudio, bebiéndome una infusión de menta y mirando la pantalla del ordenador. Gracias a las redes sociales, Flores de Mayo ha crecido muchísimo. Todos esos *likes* y todas las fotos compartidas valen más que cualquier campaña de publicidad. Y, lo que es mejor, en redes puedo ser una Amy Mackenzie completamente distinta, una Amy extravagante y divertida, una Amy capaz de desenvolverse en cualquier entorno social. Estoy bastante segura de que mis 15 700 seguidores de Instagram estarían decepcionadísimos si me conocieran en persona. A veces siento como si tuviera un montón de versiones distintas de mí misma en mi interior: todo un elenco de suplentes, algunas más majas que otras, y todas esperando entre bastidores a que les llegue el turno de salir al escenario.

La foto de hoy es de un delicado ramillete de novia, una fina combinación de rosas, bocas de dragón, guisantes de olor, pelargonios, flox y eucalipto. La novia era una zorra de cuidado, una controladora superpedante que quería dejar organizado hasta el más mínimo detalle sobre las flores con un año de antelación. Intenté explicarle que, a causa del cambio climático, era imposible predecir qué flores estarán disponibles en primavera, y le dije que, se pusiera como se pusiera, no podría conseguir peonias si su temporada de floración se acababa un mes antes. Como es natural, no voy a poner nada de eso en el *post* que voy a subir.

Al fin y al cabo, esto no es la realidad; es una fantasía fragante y escogida con esmero.

El día de la boda llevé yo misma las flores adonde se iba a celebrar la ceremonia: un lugar histórico en mitad de la nada. Al aparcar la camioneta, vi una moto Norton *vintage* aparcada a la sombra moteada de un cerezo. No tenía ni idea de quién era el dueño y, para ser sincera, me daba igual; reconozco un buen escenario para hacer una foto cuando lo veo. Unos minutos después, ya estaba colocando el ramillete con cuidado sobre el asiento de cuero gastado de la moto, rezando por que no apareciera el dueño y me preguntara qué demonios estaba haciendo.

Ahora, me meto en la carpeta de fotos del portátil y abro las seis o siete fotos que hice. Son incluso mejores de lo que recordaba. El contraste de las flores delicadas con la moto, con sus curvas sinuosas y su acabado cromado resplandeciente, resulta muy atractivo, y la luz de primera hora de la mañana le otorga a la imagen un brillo suave, casi etéreo. Tras elegir una de las fotos, me paso varios minutos editándola hasta que queda perfecta. Ahora lo único que necesita es un pie de foto ingenioso.Le doy vueltas durante unos instantes y llevo los dedos al teclado.

> ¡Pisa a fondo, pero cuidado con !as flores! Gracias, Kayla, por ser una novia tan encantadora con la que trabajar, y por confiar en Flores de Mayo para darle un toque floral a tu gran día.

«Perfecto», pienso mientras pulso en «Compartir». Si la vida real fuera tan sencilla… Todo pulido, adornado con unos cuantos filtros y enmarcado en un cuadradito ordenado.

Capítulo 2

Subo las persianas venecianas y abro la ventana de guillotina que da al jardín. Hace un sol resplandeciente y oigo el canto de un mirlo que suena como la melodía de una flauta. Me encanta tener mi propio jardín privado; es uno de los motivos por los que quise vivir en un bajo. Cuando me compré la casa el año pasado, el jardín era un completo desastre, un mero trozo de césped achicharrado por el sol rodeado de unas cuantas malas hierbas y alguna que otra hosta enferma. Pero poco a poco, con mucho esfuerzo y dedicación, he logrado revivirlo y lo he llenado de mis flores favoritas: azaleas, malvarrosas, claveles e hipérico. Y rosas, claro, a montones, y en todos los tonos de rosa imaginables, desde el rosáceo más claro hasta el color frambuesa más intenso. Es un lugar precioso y relajante. Por alguna razón, todos esos colores y esa asimetría tan agradable aflojan los nudos oscuros de mi interior.

Me pongo las bailarinas y me dirijo a la cocina. Es la habitación en la que más tiempo paso, no porque cocine mucho, sino porque es la más grande y porque entra mucha luz natural a través de la claraboya. Mientras voy de aquí para allá, preparándome el desayuno, pienso en lo agradable que es no tener que cuidar de nadie más que de mí misma. Llevo bastante tiempo soltera. Con mi ex, Rob, estuve seis años. No es que tuviéramos una ruptura dramática; más bien se fue desvaneciendo el amor poco a poco. Por más que repase los detalles de nuestra vida en común, nunca encuentro una explicación satisfactoria de por qué lo nuestro acabó de una manera tan estrepitosa.

Me llevó mucho tiempo darme cuenta de que faltaba algo. Después de todo, el núcleo de nuestra relación seguía intacto: el alquiler conjunto, la colección de discos que compartíamos y nuestra gata, Delilah, una *maine coon* (no me peleé con Rob por la custodia; Delilah siempre lo había preferido a él). Pero poco a poco, casi sin que nos diésemos cuenta, se apagó la llama y todo se volvió un poco más oscuro. Al principio hice como que no me había percatado, pero al final llegué a un punto en que no podía seguir ignorando las señales de advertencia. Rob solía sentarse en el salón con una revista de música en las manos, sin leerla siquiera, sino mirando la nada. Cuando nuestras miradas se encontraban, me dirigía una sonrisa rápida y exagerada antes de volver a centrarse en la revista. También noté cambios sutiles en su aspecto; había perdido tres kilos y se había comprado unas camisas de lino para el trabajo carísimas (él, que antes solía contentarse con llevar una mezcla cutre de poliéster). Y luego, un día, me dijo que había conocido a alguien en el trabajo, alguien por quien había decidido dejarme. Derramé alguna que otra lágrima, pero no recurrí a insultarlo ni a pedirle, desesperada, que se quedara conmigo. Un final civilizado para una relación civilizada. Ahora pienso que debería haberle plantado cara.

Después de desayunar, me ducho y me visto con prendas un poco más elegantes que las que suelo llevar. Después, me subo al coche para ir al trabajo, lo cual no me lleva demasiado tiempo.

Cuando llego a la tienda, veo a Claire fuera, ayudando a una clienta a elegir entre la colorida oferta que tenemos dispuesta en la acera. Estoy muy orgullosa de nuestra fachada; no hay ningún cubo de plástico espantoso, sino una gama ecléctica de objetos decorativos: una lechera, algunas cajas viejas de embalaje, un par de jardineras ornamentadas y, mi favorito, un carrito de bebé *vintage*. Saludo a Claire con la cabeza antes de adentrarme en el estrecho callejón que hay en el lateral de la tienda, por donde se entra a mi estudio. Antes era el almacén de la verdulería que había en el local en el pasado, pero ahora es donde preparamos los pedidos de los clientes. No es muy lujoso, pero entra abundante luz natural por los ventanales y hay espacio suficiente para una mesa de trabajo lo bastante grande como para que trabajemos dos personas a la vez, además de una cocinita con una mesa y unas sillas.

Dentro, me encuentro a Ewan devorando una hamburguesa del McDonald's. Ewan es nuestro repartidor a tiempo parcial. Solo lleva con nosotros un par de meses. Es majo y debe de tener unos treinta y muchos y está muy en forma. El año pasado lo dejó con su pareja, con quien llevaba mucho tiempo, y vive con un amigo mientras encuentra piso. Desde luego, supone una gran mejoría con respecto a su predecesor: un tío gruñón y paliducho que se olía los sobacos cuando pensaba que no lo veía nadie.

En cuanto me ve, Ewan deja la comida y hace amago de levantarse.

–Perdona, Amy, estaba desayunando antes de ponerme en marcha, pero si te molesto…

–No te preocupes, Ewan, no hay prisa.

Vuelve a sentarse y me pregunta:

–¿Pinta día muy ocupado?

–Luego tengo un funeral. –Me quito la chaqueta vaquera y la cuelgo en uno de los ganchos de la pared–. De una chica joven, una tal Iris.

–¿Cómo de joven?

–Tenía veintidós años.

–Hostias… –dice mientras me mira horrorizado–. ¿Estaba enferma?

Sacudo la cabeza.

–Un accidente de coche. Conducía su mejor amiga. Tomó una curva demasiado rápido y chocaron de frente con un árbol.

–¿Y la amiga?

–Sobrevivió con solo algún que otro rasguño.

Ewan le da un sorbo al vaso de cartón y se seca las comisuras de los labios con una delicadeza que me sorprende.

–¿No te parece un poco deprimente este tipo de encargos?

Encojo un solo hombro.

–La verdad es que me gusta ocuparme de las flores de los funerales. Me gusta saber que he hecho algo, por pequeño que sea ese algo, para ayudar a la gente que ha perdido a un ser querido. Es asombroso lo mucho que pueden ayudar las flores a convertir una situación tan horrible en algo hermoso.

–Es una perspectiva muy bonita.

Cojo un delantal, me lo paso por la cabeza, le doy dos vueltas a las cintas por la cintura y las ato en un doble nudo por delante.

—Claro que, en el pasado, el propósito de las flores en los funerales no era solo decorativo, sino otro mucho más práctico.

—Ah, ¿sí? ¿Cuál?

—Disimular el hedor que desprendía el ataúd.

Ewan hace como que le dan arcadas.

—Qué ascazo.

—Ay, lo siento, ¿se te ha quitado el hambre por mi culpa?

Se da unos golpecitos en el vientre y dice:

—No te preocupes, ya he terminado. —Se levanta y lleva los envoltorios de la comida a la papelera—. Me encantaría quedarme un rato más a oír anécdotas macabras, pero me tengo que poner en marcha ya.

—¿Tienes la hoja de ruta?

—Sí, Claire me la ha impreso. También le he pedido unas cuantas tarjetas de visita, por si algún cliente me pide una.

Le ofrezco una sonrisa de agradecimiento. Me gusta que mis empleados tengan iniciativa.

Mientras lo veo marcharse, no puedo evitar preguntarme (y tampoco es la primera vez que lo hago) por qué querría alguien como Ewan un trabajo tan monótono y tan mal remunerado. De hecho, fue una de las preguntas que le hice en la entrevista de trabajo, aunque intenté ser un poco menos directa. Me dijo que su anterior trabajo, como comercial, le resultaba muy estresante, y que quería algo menos exigente. Pero me dio la impresión de que había algo más. Me preguntaba si habría tenido algún tipo de crisis o ataque, pero, si preguntas algo así en una entrevista de trabajo hoy en día, es probable que acabes en los tribunales. En cualquier caso, tampoco era asunto mío. Ewan me cayó bien, pude confirmar las referencias que me había dado y tenía el carné de conducir en regla, que al fin y al cabo era lo importante.

Aparto esos pensamientos y vuelvo a concentrarme en el trabajo. Mi primera parada obligatoria es la estantería de metal que mandé que me construyeran a medida, según mis indicaciones exactas. Ocupa toda una pared y está repleta de cubos llenos de agua con flores de todos los tamaños, formas y colores. Elijo las que necesito deprisa, con seguridad, mientras voy de la estantería a la mesa de trabajo y vuelta hasta que tengo todo lo que necesito. Después, me acerco a un estante que hay en la pared y cojo unas cuantas herramientas: un cuchillo, un deshojador, un carrete de alambre y un cordel.

Comienzo preparando el material, me deshago con cuidado de las hojas que sobran, quito los pétalos dañados y corto los tallos a la longitud que necesito. Y entonces es cuando empieza la diversión: el montaje. Mi objetivo no es solo crear algo bonito, sino realzar las cualidades de cada una de las flores, al igual que un escultor le da vida a una masa de arcilla. Aunque cada una de mis creaciones es única, sí que intento seguir cierta estética, y es importante que todo el mundo que vea las flores se deleite con ellas, en lugar de sentirse abrumado.

Este es el primer funeral del que me ocupo desde hace meses. Ya no nos llegan tantos encargos de ese tipo; mucha gente pide donaciones benéficas en lugar de flores. Están en su derecho, claro, pero me parece que es una pena. En mi experiencia, las flores pueden resultar muy reconfortantes en momentos de sufrimiento o angustia.

La primera vez que trabajé en una floristería, el dueño de la tienda tenía preparado un archivador con páginas plastificadas que les presentaba a los dolientes con una floritura, como si se tratara de una primera edición. Había unas diez o doce coronas, distinguidas tan solo por números de serie; una selección horrible y poco original de flores típicas de los funerales que te deprimían con solo mirarlas No se les ofrecía a los clientes ningún tipo de alternativa; o eso o nada. De tan solo pensarlo, me hierve la sangre. En mi opinión, las flores para los muertos han de ser igual de únicas que las flores para los vivos. Por eso siempre trato de conocer a la persona que las pide en persona, en lugar de conformarme con una llamadita rápida o unos cuantos mensajes. Me parece la mejor manera de reunir toda la información que necesito para crear una corona floral apropiada, una que refleje a la perfección la personalidad y los gustos de la persona que ha fallecido. Y, a la vez, tampoco quiero que mis diseños parezcan manidos o predecibles, y precisamente por eso, para el funeral de hoy, no pienso usar iris.

Los padres de Iris me han dado carta blanca, algo que no suele ocurrir. «Nos vale con que sean unas flores muy especiales –me dijo su madre cuando entró en la tienda–. Como mi hija». Para ser sincera, creo que se alegró de poder delegar en otra persona la responsabilidad de elegir las flores. No la culpo. El director de una funeraria con la que trabajo a menudo me dijo una vez que, para los funerales, se han de tomar aproximadamente unas dos mil decisiones. De modo que, en un momento en el que sientes que te están pasando por una trituradora el corazón y el cerebro, se espera que organices uno de los eventos más importantes de tu vida y, para colmo, tan solo tienes unas pocas semanas para llevarlo a cabo. Es una carga tremenda, y algo con lo que mucha gente lo pasa fatal. Si puedo aliviar algo de esa presión, aunque sea solo un poquito, al menos siento que he hecho algo útil.

Para cuando he acabado con el encargo, ya son casi las once, lo que me deja más o menos una hora para decorar la iglesia antes de que lleguen los primeros asistentes. Mientras que Ewan se ocupa de las entregas a las casas y a la mayoría de las empresas con las que trabajamos (oficinas, hoteles, restaurantes y demás), yo me ocupo de los eventos, para los que es fundamental un toque personal. Si la furgoneta que tenemos pintada con los colores de la tienda no está disponible, como ahora, suelo usar mi monovolumen, que es bastante espacioso.

No se tarda demasiado en llegar a la iglesia en coche, y hoy Dios me debe estar sonriendo porque logro encontrar aparcamiento justo delante. Conozco bien el interior de la nave y no me lleva mucho tiempo colocar los adornos florales. Pero, cada vez que me alejo un poco para observarlos, siento la necesidad de hacer algún pequeño ajuste. Acortar la cinta de las flores que he colocado en el extremo de un banco, mover un jarro un par de centímetros, arrancar alguna hoja rebelde. Es curioso que algo pueda parecer como que no encaja y, con una sola modificación diminuta, ya quede perfecto, aunque no se pueda explicar bien la razón concreta. Una vez que estoy contenta con cómo ha quedado todo viéndolo de cerca, me dirijo hacia el pasillo del centro para obtener una vista más general. Estoy tan concentrada que me choco con alguien que deja escapar un grito ahogado cuando le golpeo sin querer con el codo. Al girarme, descubro, muerta de vergüenza, que se trata de la madre de Iris, Jill.

—¡Lo siento mucho, Jill! No te había visto —le digo con una mueca de sufrimiento—. No te hecho daño, ¿no?

Jill me ofrece una sonrisa débil.

—No, estoy bien, de verdad. —Tiene los hombros rígidos y tensos y unas ojeras muy oscuras. A pesar del vestido azul marino elegante y los tacones a juego que lleva, se la ve abatida. Da tanta lástima que tengo que resistir la tentación de darle un abrazo—. Solo venía para ver qué tal ibas.

Me echo a un lado para no taparle la vista y que pueda observar toda la nave.

—Ya casi he acabado. ¿Qué te parece?

Da unos pasos hacia delante, con la mano apretada contra el vientre en un gesto protector. Estudia los ramos que he colgado del extremo de cada banco, con girasoles de un amarillo intenso combinados con unos cardos yesqueros azules espigados, capuchinas naranjas muy delicadas y dalias de un rosa radiante: una combinación de colores y formas que contrastan unos con otros. Mientras acaricia con delicadeza los pétalos, deja escapar un ligero suspiro, pero no dice nada. Pasa la atención a las vidrieras y los alféizares de piedra amplios que hay bajo ellas, ahora cubiertos con un montón de jarras de leche y tazas de té dispares, todas con flores que parecen estallar: lobelia, nomeolvides y nubes esponjosas de gipsófila.

Me empiezo a preocupar al ver que no me da su opinión. ¿Me habré pasado? A lo mejor si le explico mis motivos…

—Me dijiste que Iris era un espíritu libre, una persona única —le digo—. He intentado representar todos esos atributos maravillosos con las flores: lo mucho que disfrutaba de la vida, su sentido del humor poco convencional, su sentido de la moda ecléctico… A lo mejor no lo sabes, pero Iris era la diosa griega de los arcoíris. Por eso he utilizado todos los colores posibles, desde el violeta de la lavanda hasta el rojo de la amarilis.

Jill me mira y las arrugas de tensión del rostro se le difuminan, como si de repente la iluminara un haz de luz cálida y suave.

—Ay, Amy –murmura mientras una única lágrima gruesa le recorre la mejilla–. Son ideales. Perfectas.

Esbozo una sonrisa de alivio.

—Me alegra mucho oír eso. Lo último que quería era decepcionarte. O decepcionar a Iris.

Señalo la mesita de madera que está cerca de la fuente; sobre ella hay un libro de visitas y, a su lado, una caja de cartón color crema.

Jill me sigue hasta la mesa y me observa mientras destapo la caja. Entre los pliegues del papel de seda del interior hay montones de ramitas de hierbas aromáticas atadas con una cinta de rafia.

—Es romero, ya que se asocia con el recuerdo –le explico–. Hay una para cada invitado. Pueden ponérselas como ojal, o llevárselas de recuerdo. Es algo que hago en todos los funerales para los que tengo el privilegio de trabajar. Sin ningún tipo de recargo, claro.

Antes de que pueda responder, aparece un hombre en el vestíbulo. Es alto, lleva barba y se le nota incómodo en su traje a medida.

—Amy, este es mi marido, Liam –me dice Jill mientras el hombre se acerca a nosotras.

Me da la mano, una única sacudida fría, y le pregunto qué opina de las flores porque no sé qué más decir.

Mira a su alrededor y alza las cejas cuando se percata de las tazas de té.

—No es del todo lo que esperaba… ¿No es un poco…, no sé, frívolo?

Jill echa los hombros hacia atrás mientras se endereza como una planta a la que acaban de regar.

—Hoy la cosa no va sobre nosotros, cariño. Va sobre Iris –le recuerda con delicadeza–. Y no me cabe la menor duda de que a ella le habrían encantado las flores de Amy.

Liam respira hondo y se le agitan varios de los pelos gruesos del bigote.

—Claro, mi amor, tienes toda la razón, como siempre. –Se gira hacia mí–. Lo siento, Amy. No pretendía parecer desagradecido. Se nota que te has esforzado muchísimo. Es solo que me encantaría que estuviera Iris aquí para verlo por sí misma… –Se le desfigura la boca en una mueca de sufrimiento–. Pero no está. Nos la ha arrebatado esa… esa persona que tiene la cara dura de llamarse a sí misma la mejor amiga de mi hija.

Sus palabras me revuelven las tripas y se me forma un nudo en el estómago. No sé exactamente qué es lo que siento. Incómoda, comienzo a dirigirme hacia el banco en el que he dejado todos los envoltorios y las cajas de las flores.

—Recojo un poco todo esto y me marcho —les digo, ya que supongo que a la pareja le vendrá bien estar un rato a solas antes de que empiece a llegar el resto de seres queridos de su hija.

Antes de volver a la tienda, tengo otra entrega que hacer. Cole & Elliott es un prestigioso estudio de arquitectura que queda solo a unos minutos en coche de la iglesia. Llevo años encargándome de las flores de la zona de la recepción de su oficina; de hecho, fue la primera empresa con la que trabajó Flores de Mayo. Lo cierto es que podría añadir su pedido semanal entre las entregas de Ewan, pero por varios motivos prefiero encargarme yo misma.

Al parecer hoy trabaja la recepcionista que peor me cae de las dos: una chica joven que lleva los ojos demasiado maquillados y arrastra tanto las palabras al hablar que me pone negra. Cuando entro por la puerta principal, casi ni se da cuenta; está demasiado ocupada enviando un mensaje con el móvil, tecleando con unas uñas fucsias que hacen clic en la pantalla. Cuando dejo las flores en el mostrador con forma de «U», me fulmina con la mirada.

—Gracias —me dice, aunque suena de todo menos agradecida.

—Ya os enviaré la factura por correo electrónico, como siempre —le informo.

—Genial —responde mientras bosteza.

Aún no quiero marcharme, de modo que echo un vistazo a mi alrededor. En la sala de reuniones con paredes de cristal que queda a mi izquierda hay dos hombres enfrascados en una discusión acompañada de aspavientos que indican que el asunto es serio. Reconozco a uno de ellos: es Adam Cole, uno de los socios del estudio y el hombre que apostó por mí cuando estaba empezando. Siempre se lo agradeceré. Eso, y la magnífica reseña que me ofreció para subirla a la página web de Flores de Mayo.

—¿Querías algo más? —me pregunta la recepcionista.

—Eh…, no —respondo—. Supongo que os veré la semana que viene.

Bajo la vista y veo que tengo los cordones de un zapato a punto de desatarse. Me agacho y comienzo a atármelos de nuevo, y justo en ese momento, con una suerte que no me la creo ni yo, veo que mi estrategia de hacer tiempo se ha visto recompensada.

—Pero ¡si es mi florista favorita! —exclama una voz estruendosa que me resulta familiar.

Me levanto deprisa mientras James Elliott recorre el pasillo hacia mí. James es el otro socio del estudio y, para ser totalmente transparente, he de decir que estoy un poco colada por él. Solo un poquito. Tiene unos rasgos fuertes y simétricos, y unos ojos azules del tono del aciano. Bajo la camisa blanca ajustada se le notan ligeramente los músculos abultados. No es que tenga los músculos típicos de un obseso del gimnasio, sino más bien la fuerza sutil de un hombre al que, si es necesario, puedes pedirle que te abra un bote de mermelada que se te resiste, o que empuje un coche estropeado hasta el área de descanso más cercana.

—Hola, James —le digo—. ¿Qué tal estás?

—Con ganas de que llegue ya el viernes. Menuda semana de espanto. —Clava la vista en el vestido de tubo que llevo. Lo tengo desde hace años, pero es uno de mis favoritos; los motivos geométricos y llamativos acaparan toda la atención y hacen que no se note que casi no tengo pecho—. Me gusta tu vestido —me dice—. Creo que nunca te he visto con uno, ¿no?

Una oleada de calor me recorre el cuello.

—Gracias. Hoy me tocaba encargarme de las flores de un funeral, así que he intentado vestirme un poco elegante.

James ve las flores sobre el mostrador.

—Bueno, ¿qué sorpresas nos traes esta semana?

Retiro el borde del cono de papel que las envuelve.

—Ave del paraíso, heliconia, protea y lirio atigrado —contesto mientras voy señalándolas—. He atado los tallos para dejarlos unidos, así que no hace falta colocarlas de ninguna manera en especial; tan solo hay que ponerlas en un jarrón.

Llevo la mirada hacia el recipiente cuadrado de cristal en el que aún están las flores que traje la semana pasada. Me alegra ver que casi no se han marchitado, aunque el agua ha adquirido un tono gris bastante desagradable.

—¿Quieres que cambie las de la semana pasada por las nuevas, ya que estoy aquí?

—Eres muy amable, pero seguro que a Olivia no le importa hacerlo. ¿Verdad, Olivia?

—Claro que no, señor Elliott.

A pesar de la aparente predisposición de la recepcionista, habla con un deje de tirantez, casi de mártir.

James se gira hacia mí.

—Antes de que te vayas, te quería preguntar si te puedo robar cinco minutos, Amy. Quiero hablar de una cosa contigo.

—Claro —le respondo sin necesidad de pensármelo siquiera.

James es un cliente muy valioso, no solo desde el punto de vista profesional, sino también personal. Viene a la tienda bastante a menudo para comprarle flores a su mujer. A diferencia de muchos hombres, no se lleva lo primero que ve; se toma su tiempo para elegir con esmero, y le dedica la misma atención al envoltorio que a las propias flores. Solemos charlar mientras elige lo que se va a llevar, y no solo sobre las flores, sino sobre todo tipo de cosas. Y estoy segura de que no solo está siendo educado; parece que mi vida le interesa de verdad. Puede hablarme sobre cualquier asunto mundano, como el tiempo, el precio de la gasolina, la nueva rotulación en vinilo del escaparate…, pero la manera en que me mira mientras tanto me hace sentir como si el resto del mundo estuviera dando vueltas y él fuera el único punto fijo. No suelo tener ese tipo de conexión con casi nadie. Con nadie, de hecho. Es parte del motivo por el que siempre tengo tantas ganas de verlo.

—Mejor vamos a mi despacho, así estaremos más tranquilas. —James mira a Olivia—. ¿Puedes traernos unos cafés, por favor? ¿O prefieres té, Amy?

—Un café estará bien, gracias.

Olivia levanta el trasero respingón de la silla y, mientras recorre el pasillo con los tacones de tres centímetros y medio, me doy cuenta de que, aunque suene fatal, estoy deseando que se tropiece y se rompa el tobillo.

Nunca he estado en el despacho de James. Hay un escritorio grande de madera clara y, tras él, una silla de diseño que parece lo bastante cómoda como para dormir en ella. Pero la protagonista de la sala es la mesa colocada en el centro, sobre la que hay una maqueta de una casa. No es el tipo de casa en el que me gustaría vivir a mí (con ángulos pronunciados y ventanales enormes que van desde el suelo hasta el techo), pero he de admitir que resulta impresionante.

–¿La has hecho tú? –le pregunto.

–No, qué va. Incluso aunque tuviera las habilidades necesarias, no tendría la suficiente paciencia. Una empresa especializada nos hace todas las maquetas. Emplean una técnica de corte por láser que ofrece una precisión excepcional.

Qué vergüenza. ¿Cómo he podido preguntárselo siquiera? ¿De verdad pensaba que un hombre como James se quedaría hasta altas horas de la noche creando pequeñas cornisas de madera de balsa?

–Es mi proyecto más reciente –continúa James–. Tiene más de setecientos metros cuadrados. La ubicación es espectacular. La casa da a un lago privado.

Se acerca hasta quedarse a mi lado y me llega el ligero aroma cítrico de su *aftershave*. De repente siento el impulso de dar un paso hacia él para poder olerlo mejor. James señala una estructura estrecha sobre varios pilotes que lleva a un circulito de metacrilato azul.

–La casa tenía una pasarela elevada desde el porche delantero hasta el agua.

–Es impresionante –digo con una voz cargada de envidia. Ni siquiera me puedo imaginar cómo sería ser tan rica, tan privilegiada–. Imagino que una casa así no debe ser precisamente barata.

James suelta una carcajada.

–No, la verdad es que no. Por suerte, mi cliente es un gestor de fondos de cobertura al que le va muy bien, y no le falta el dinero.

Olivia aparece e interrumpe la conversación. Lleva una bandeja con una cafetera francesa y un plato con galletas. No son las que tenemos en la cocina de Flores de Mayo (solemos tener galletas rellenas de mermelada o Digestives de chocolate), sino unas galletas de mantequilla gruesas y alargadas con trozos de chocolate y de jengibre. Deja la bandeja sobre el escritorio y empieza a servir el café. Me alegra ver que James la despacha rápido.

–No te preocupes, Olivia, ya nos servimos nosotros. –Se dirige al escritorio y me invita a sentarme en una de las sillas de estilo retro que hay delante–. Coge galletas si quieres –me ofrece mientras empieza a servir el café.

Vacilo; no quiero parecer glotona.

–¿Te vas a comer tú una?

–Y tanto. Solo puedo comerlas cuando estoy en el despacho. –Pone una cara de enfado fingido mientras me pasa el café–. En casa, tenemos las galletas prohibidas. Mi mujer es supergolosa; dice que, si las tenemos en casa, no es capaz de parar hasta que se ha zampado el paquete entero.

–Yo soy igual.

Cojo una galleta de mantequilla con cuidado de mantener los codos pegados a los costados; no quiero que James vea los círculos oscuros de sudor que han empezado a expandirse en las sisas del vestido. Hoy hace calor, y estar tan cerca de él me pone nerviosa.

Resisto las ganas de meterme la galleta alargada entera en la boca como un tronco en un aserradero y tan solo le doy un mordisquito delicado. Me doy cuenta de que tiene una foto en un marco plateado en el escritorio. En ella aparece una mujer rubia y atractiva con un niño pequeño en brazos.

–¿Es Eleanor? –le pregunto una vez que logro rescatar el nombre de su mujer de las profundidades de mi memoria.

–Sí –me dice con una sonrisa que le forma unas arrugas alrededor de la boca–. Y ese es nuestro hijo, Toby. Tiene dos años y medio.

–Ay, parece adorable.

La verdad es que no se le ve especialmente adorable, pero estoy siendo amable.

–Y lo es…, a veces –responde James–. Otras es un monstruito. Pero no me puedo quejar; yo era igual a su edad. No he sido consciente de lo que tuvieron que aguantar mis pobres padres hasta ahora que soy padre yo también. —Se recuesta en la silla y se lleva una mano a la nuca, donde se masajea los tendones con los dedos—. ¿Tú tienes hijos?

—No. —Siento como que debo justificarme, de modo que añado—: Pero es por elección propia, no por ningún tipo de problema biológico. Ni por ineptitud para encontrar un compañero adecuado con el que criarlos.

James se ríe; una carcajada profunda y gutural que hace que me tiemble la columna.

—Está bien saberlo. ¿Y tienes pareja?

Sacudo la cabeza.

—Estoy soltera y de maravilla, gracias.

—Pues sí, es lo mejor —responde con un guiño—. A veces me gustaría seguir estando soltero. No porque no adore a mi mujer y a mi hijo, sino porque ser padre y marido en ocasiones puede llegar a ser muy duro.

Nos miramos a los ojos y parece que compartimos algo especial, pero seguro que es solo cosa mía, que me hago ilusiones.

—La verdad es que justo te quería hablar de mi mujer. O, más bien, de la hermana de mi mujer, Isabel. —Coge la taza y le da un sorbo al café—. Izzy ha tenido una mala racha. A principios de año pasó por un divorcio bastante complicado y luego la despidieron.

—Pobrecilla… —murmuro, compasiva, aunque me gustaría que fuera al grano; el suspense me está matando.

—Queda poco para que cumpla los cuarenta, y Eleanor y yo le vamos a organizar una fiesta durante el puente de agosto. Vamos a tirar la casa por la ventana: carpa, cáterin, banda en vivo… Todo. —Coge otra galleta y continúa—: Nos encantaría que te ocuparas de las flores, pero, dado que es un puente, comprenderé que tengas otros planes.

Para nada. Lo cierto es que no tengo casi vida social desde que Rob y yo lo dejamos. Hay muchos fines de semana en los que no hablo con nadie que no sea el cartero. Sé que debería hacer algo para solucionarlo (apuntarme a un coro o ir a clase de algo por las tardes), pero por alguna razón que no termino de entender siempre lo pospongo.

–No, no –me apresuro a decir–. Me encantaría encargarme de las flores de la fiesta de tu cuñada, y muchas gracias por pensar en mí. ¿Qué tipo de adornos tienes en mente?

–Me temo que preguntarme a mí no va a servir de mucho. No tengo ni idea del tema. Diría que es mejor que Eleanor y tú pongáis en común vuestras ideas. Por ahora no tenemos nada fijo, y seguro que le gusta oír cualquier sugerencia que puedas ofrecerle.

–Genial. Entonces, ¿la llamo?

–Creo que prefiere que os veáis en persona, si no te importa. Tengo su calendario en el móvil. Podemos dejarlo todo organizado ahora mismo, si te parece. Podría ser la semana que viene. ¿Estás libre?

–Sí, por mí, bien.

Coge el móvil del escritorio.

–Nosotros vivimos en West Dulwich. ¿Sueles quedar con los clientes en su casa o prefieres que Eleanor se pase por la tienda?

Vacilo. Sería más cómodo que viniera ella, pero me da mucha curiosidad ver dónde vive James.

–Puedo pasarme a ver a tu mujer en vuestra casa, si le va mejor así.

James consulta el calendario en el móvil.

–¿Te viene bien el jueves… sobre las dos?

Le ofrezco una sonrisa con los ojos entornados.

–Me viene muy bien.

Mientras me marcho del estudio de Cole & Elliott, no puedo evitar dejarme llevar por la emoción. Ese encargo podría ser una oportunidad increíble para la floristería. Está claro que los Elliott son una familia adinerada. Resulta evidente por lo impoluta que lleva la camisa James, su postura despreocupada, los eslabones pesados de oro de la cadena del reloj que lleva en la muñeca. Llevo un tiempo pensando que, si quiero que mi negocio prospere, necesito trabajar con peces más gordos (banqueros, abogados, gente con gusto y dinero), el tipo de personas que, sin duda, pertenecen al círculo de James y Eleanor. Está muy bien todo eso de vender ramos de flores en oferta a los trabajadores que pasan por allí y hacer alguna que otra instalación para una boda elegante o una empresa, pero, si quiero llevar a Flores de Mayo al siguiente nivel, necesito otro tipo de clientes: unos con mejores contactos y unos ingresos que les permitan gastar más. El tipo de gente para la que las flores recién cortadas son una necesidad, en lugar de un lujo. Si hago un buen trabajo, esa fiesta puede ser un trampolín hacia clientes de mayor prestigio y encargos más lucrativos. Lo único que tengo que hacer es asegurarme de no cagarla.

Capítulo 3

La casa de los Elliott es el sueño húmedo de cualquier agente inmobiliario: una impresionante iglesia reconvertida, neogótica, con arcos, ménsulas, gárgolas, pináculos y un sinfín de elementos arquitectónicos cuyos nombres desconozco. Un rosetón precioso domina la fachada derecha del edificio, con delicadas tracerías de piedra que dividen cada una de las vidrieras. El campanario que hay en el extremo opuesto es incluso más impactante; no es demasiado alto, pero tiene unas ventanas con parteluz bellísimas. Si alguna vez ha tenido aguja, ya no está por ningún lado, y en su lugar hay una estructura cuadrada de cristal contemporánea que sobresale del lateral de la torre. El contraste de lo antiguo y lo moderno debería resultar chocante, pero el efecto general es de lo más agradable. Todavía estoy contemplando la casa, atónita, cuando se abre la puerta principal.

Tanto Eleanor Elliott como yo tenemos treinta y tantos años, pero eso es lo único que tenemos en común. Cuando yo me pongo alguna prenda de lino, parezco una cama sin hacer, pero a ella le queda estilosa y natural. Lleva unos pantalones anchos y un top suelto, combinados con un collar extravagante y unos pendientes de diamantes que sueltan destellos cegadores. Tiene el pelo, de un tono miel, recogido en un moño desenfadado, y un brillo sutil en la cara que revela que usa cremas caras. Allí plantada, delante de su casa, con una blusa manchada de polen y unos pantalones pirata desgastados, me siento como un cardo al lado de una cala.

Después de saludarme, Eleanor me conduce por un vestíbulo imponente hasta un salón inmenso y diáfano con un techo abovedado de madera. En todos los años que llevo trabajando, he estado en casas muy bonitas, pero nunca en una tan impresionante como esta. En un extremo de la sala hay un rosetón deslumbrante; en el otro, unas puertas francesas modernas que dan al jardín y contrastan a la perfección con las jambas de piedra que las sostienen, que parecen de una época pasada.

Mire a donde mire, veo elementos arquitectónicos eclesiásticos combinados de un modo impecable con otros más modernos y minimalistas. Los suelos de madera les dan un toque cálido a las paredes desnudas y unos candelabros de acero inoxidable iluminan los rincones sombríos. Han mantenido intactas las tallas y los arcos. El pasado y el presente en perfecta armonía.

Eleanor se detiene durante un momento frente a una pared cubierta con un papel pintado con hojas de Colefax y Fowler. Con ese fondo, parece un pájaro exótico.

—¿Quieres algo de beber, Amy? ¿Un té?

—No hace falta, no te molestes —le contesto, aunque en realidad me muero de ganas de una taza de té.

—No es ninguna molestia. Tengo una *au pair*.

«Ah, claro, cómo no», pienso.

Me pide que me siente antes de desaparecer a través de un arco de piedra. Tras comprobar que no tengo restos de plantas en los pantalones, me dejo caer en uno de los dos sillones, cada uno de su padre y de su madre pero bien combinados, y me quedo mirando el desastre de uñas que llevo hasta que regresa Eleanor.

—Tienes una casa preciosa —le digo—. Nunca he visto nada igual.

—Gracias —me responde mientras se sienta con elegancia en una mecedora estilo *mid-century*—. Aunque tampoco puedo atribuirme demasiado mérito. Los muebles sí que los he elegido yo, pero lo demás es cosa de James.

—¿Fue él quien se encargó de la reforma? —le pregunto con los ojos como platos.

Eleanor asiente.

—Cuando me enseñó la propiedad en el catálogo de subastas, no me parecía que se pudiera transformar en un hogar familiar práctico, pero James me convenció de que podía reconvertirla y adaptarla a nuestras necesidades. Y tenía toda la razón. Ha creado un remanso de paz en este sitio. Por eso decidimos llamarlo El Santuario.

–Le pega muchísimo el nombre –le digo–. Y menuda muestra para exhibir el talento de James.

–Sí, ¿verdad? La casa apareció en un reportaje del *Evening Standard* sobre las mejores iglesias reconvertidas, y a James le salieron varios encargos a raíz de eso. Aunque tampoco fue todo coser y cantar, ¿eh? Al principio queríamos seis dormitorios, pero para eso habría hecho falta construir una ampliación de la planta baja, y no nos dieron el permiso. –Alza una mano al aire y agrega–: Aunque no les importó que añadiéramos la estructura de cristal en el campanario, para poner ahí nuestro dormitorio principal. Tú me dirás dónde está la lógica.

–Seguro que ahí arriba hay unas vistas increíbles –le digo.

–Y tanto. Se ve hasta el palacio de Westminster cuando está despejado. Desde luego, vale la pena subir los tres pisos.

La envidia bulle en mi interior. Lo que haría yo por vivir en una casa como esa… y por estar casada con alguien tan maravilloso como James.

–Pero, bueno, hablemos de las flores. –Eleanor se quita las sandalias, dobla las piernas y se las coloca debajo del cuerpo, un movimiento que poca gente podría hacer con tanta elegancia en una mecedora–. Te he buscado en Google esta mañana.

Su comentario, por inofensivo que sea, me provoca una reacción psicológica instantánea. Se me acelera el pulso y me da la sensación de que los latidos de mi corazón resuenan por toda la sala, con un tono diferente al rebotar en cada superficie: cristal, madera, granito y ladrillo visto.

–He encontrado tu Instagram –añade–. Me encanta tu estilo, y se nota que le prestas atención hasta al más mínimo detalle.

Al instante se me relajan los hombros. No sé por qué me había puesto en lo peor. Por costumbre, supongo.

–Lo que más me ha impresionado ha sido la instalación del Crystal Palace Park en honor a la reina.

Se refiere a una escultura floral enorme en forma de diadema, inspirada en el árbol que plantó la reina en Balmoral. Me lo encargó el ayuntamiento como parte de un concurso de los parques mejor decorados que había organizado el alcalde de Londres, y me proporcionó bastante publicidad, además de llevarme el segundo premio.

–Gracias. Desde luego, ha sido uno de los proyectos más complicados que he hecho.

–¿Cuánto tiempo te llevó?

–Casi tres días.

–Vaya –dice con tono de admiración–. Seguro que acabaste con los dedos ensangrentados.

Me río.

–Tanto como eso, no, pero sí que me salieron algunas ampollas por las tijeras de podar.

Eleanor deja escapar una carcajada cantarina y dice:

–Espero que la fiesta de cumpleaños de mi hermana no te haga sufrir tanto.

–¿Tienes alguna idea sobre los colores o la temática?

–Sí, pero cambio de opinión cada dos por tres. Esperaba que me pudieras orientar un poco.

–Claro, para eso estoy aquí. –Llevo la mano a la *tote bag* que he dejado a los pies y saco un cuaderno pequeñito–. ¿A cuánta gente habéis invitado?

–A unos sesenta, más o menos. Acabamos de enviar las invitaciones, así que no sabemos cuánta gente responderá todavía. La fiesta la vamos a hacer en el jardín, siempre y cuando nos lo permita el tiempo. Primero tomaremos unas bebidas y luego habrá un bufé libre. Todo bastante informal.

–¿Quieres que haya flores en las mesas?

–Sí, unos centros de mesa pequeños, nueve o diez en total; depende de cuánta gente venga al final.

Me lo apunto en el cuaderno.

–¿Y quieres que sean todos iguales o distintos?

–Ah –responde con el ceño fruncido–. Pues no lo había pensado. Podrían quedar bien distintos. ¿Qué piensas tú?

–Sí, pienso igual. Podrían ser diferentes, pero con la misma gama cromática. ¿Cómo lo ves?

Eleanor esboza una amplia sonrisa y me percato de la ligera asimetría de sus dientes, y de lo blancos que son.

—Perfecto.

—Puedo enseñarte algunas fotos de los centros de mesa que he hecho en otras ocasiones. Si me dices los que te gustan, me puedo hacer una idea de tu estilo, aunque el diseño final será totalmente único, claro. ¿Querías flores también en el interior de la casa?

—Sí, estaba pensando en algo espectacular, algo que resulte extravagante. —Eleanor me señala una mesa baja de cristal que hay en el centro de la sala—. Se me había ocurrido que lo podríamos colocar ahí.

Me doy unos golpecitos con el bolígrafo en la barbilla.

—No es el sitio más indicado, si te soy sincera. Por ahí estará pasando gente todo el rato durante la fiesta, sobre todo si tienes a los de la empresa de cáterin yendo de aquí para allá entre la cocina y el jardín. Es posible que alguien tire el jarrón. —Miro a mi alrededor durante un momento y al fin poso la vista en una hilera de nichos de piedra profundos en la pared, cada uno coronado con un arco gótico exquisito—. Esos nichos quedarían genial repletos de flores.

—¿Tú crees? —me pregunta, vacilante—. No son demasiado grandes.

—Te sorprendería… Si colocas muchos adornos florales pequeños juntos, puedes conseguir un impacto visual mayor que con un despliegue más grande. —Vuelvo a meter la mano en la bolsa y saco el portátil—. Déjame que te lo muestre. —Unos instantes después, tenemos delante un primer plano de seis floreros idénticos, cada uno con un ramillete de hortensias blancas atadas muy juntas—. Esto es en un hotel de lujo en Islington. —En realidad, no; era una fiesta por el nacimiento de un bebé en Hackney, pero ¿qué más daba?—. El dueño del hotel es muy exigente. Pero supongo que es lo que toca cuando tienes clientes famosos, como *celebrities* o miembros de la realeza europea —añado, para darle más credibilidad.

Eleanor toca la pantalla para agrandar la foto.

—Ya veo a lo que te refieres —dice, pensativa—. ¿Y crees que algo tan sencillo como eso quedará bien aquí?

—Por supuesto. La gente suele pensar que, para conseguir un efecto espectacular, hay que apiñar tantos tipos distintos de flores como puedas en un florero, pero a veces menos es más. No tenemos por qué elegir las hortensias, claro está, pero lo cierto es que en agosto están en temporada, lo cual siempre es un plus.

A juzgar por su expresión, diría que está convencida.

—Me encantaría tener hortensias. Aunque a lo mejor podríamos elegir unas azules, que es el color favorito de Izzy.

—Pues azules —digo mientras lo anoto en el cuaderno—. Se me ha olvidado preguntar por el presupuesto que tienes en mente. Por ahora, con una cifra aproximada me vale.

La cantidad que me dice es la que la mayoría de la gente se gastaría en las flores de su boda. Es mucho más de lo que sería necesario dejarse en un evento de este calibre. Pero, oye, si los Elliott tienen ese dinero, yo feliz de ayudarles a gastárselo.

—¿Y tu hermana quiere opinar sobre las flores de la fiesta o le parece bien dejártelo a ti?

—Ah, ¿no te lo dijo James? Es una fiesta sorpresa. Izzy cree que viene para comer con nosotros por su cumpleaños, una cosa sencillita, en familia. Me muero de ganas de ver la cara que pone cuando la lleve al jardín y vea a todos nuestros amigos y familiares.

Levanta los hombros hacia las orejas, como si yo también compartiera esa emoción. No es cierto, pero la imito de todos modos.

—Qué ilusión, seguro que a tu hermana le encanta la sorpresa. Por lo que he oído, ha pasado una mala racha.

Eleanor gira la cara hacia un lado y se queda mirando la nada. Tiene perfil de bailarina: nariz recta y perfecta, la barbilla alzada hacia arriba y un porte que indica que está acostumbrada a que la miren.

—Y tanto... Ha pasado por un divorcio horrible. Hugh, su ex, hizo que el proceso fuera mucho más difícil de lo necesario. Al final, se complicó tanto la cosa que solo se comunicaban a través de sus abogados. Lo normal habría sido que fuera un poco más complaciente, sobre todo teniendo en cuenta que fue él quien quiso separarse. Izzy estaba destrozada; no tenía ni idea de que Hugh no fuera feliz con ella. Hugh insistió en que no había nadie más, pero estaba clarísimo que era mentira. —Eleanor se detiene, tratando de controlarse—: Lo siento, ni siquiera conoces a Izzy. ¿Qué más te dará a ti su divorcio?

–Bueno, me viene bien saberlo –digo con énfasis–. Siempre que me encargo de las flores de algún evento familiar, intento averiguar todo lo que puedo sobre el cliente. Para mí, no se trata solo de hacer que el lugar quede bonito, sino de crear un ambiente adecuado. Para alguien como tu hermana, por ejemplo, alguien a quien, al parecer, le vendría bien animarse un poco, me centraría en lo que yo llamo «flores alegres»: tulipanes, muguete, caléndula y rosas; flores que levantan el ánimo y que hacen que la gente se sienta bien.

–Me gusta tu enfoque holístico –me dice Eleanor mientras asiente con la cabeza–. Ya veo por qué James te admira tanto.

Me inunda una oleada de placer. Siempre resulta agradable que reconozcan tus esfuerzos, y valoro la opinión de James más que la de la mayoría. Dirijo la mirada hacia las puertas francesas; el sol que entraba por ellas al llegar ha desaparecido, y ahora el cielo está encapotado y cada vez más oscuro.

–Por cierto…, ¿podría echarle un vistazo rápido al jardín?

Eleanor baja los pies al suelo de nuevo.

–Sí, claro, pero será mejor que sea rápido. Parece que va a caer una buena.

El jardín es muy bonito, y bastante grande para estar en Londres. Doy un giro de trescientos sesenta grados para contemplarlo todo: el seto de boj, que ondea ligeramente al viento; el precioso cerezo viejo; y la llamativa fuente de cobre con un gorgoteo relajante. Más o menos dos tercios del espacio están cubiertos de césped, y al fondo hay un cenador imponente.

–En un principio, íbamos a alquilar una carpa, pero luego lo pensé mejor –me explica Eleanor–. Al final vamos a comer en el cenador. Será más agradable que estar asándonos dentro de una carpa abarrotada, ¿no te parece?

Me toca el brazo desnudo con esos dedos largos y delicados y me produce una especie de escalofrío que me llega hasta los huesos.

–Claro, y además las flores quedarán mucho más bonitas aquí fuera, en su hábitat natural.

–Deja que te explique cómo vamos a disponer las mesas –dice y empieza a recorrer el jardín.

De cerca, el cenador es incluso más impresionante. Una estructura de madera muy elegante con un tejado a cuatro aguas, perfecto para cenar al aire libre. Desde luego, no es el tipo de cenador de serie que se puede comprar en unos grandes almacenes. El suelo es de losas color miel y hay plantas preciosas en los parterres que lo rodean. Eleanor empieza a moverse de aquí para allá mientras me indica la ubicación de las mesas.

–La empresa de cáterin va a traer su propio mobiliario. Te puedo dar las medidas, si te sirve de ayuda.

–Sí, por favor.

–Por cierto, no conocerás ninguna agencia de empleo de confianza, ¿no? Para los camareros. Mi *au pair* me ha dicho que tiene unos amigos que estarían dispuestos a echar una mano, pero creo que lo suyo sería contar con profesionales.

–Sí, claro. Te puedo recomendar alguna. Muchos de los eventos de los que me ocupo trabajan con camareros de agencias. Cuando vuelva a la tienda te envío los números.

–Ah, pues fenomenal, gracias. –Se lleva las manos a las caderas delgadas–. Estaba pensando en poner un arco de flores como entrada del cenador, pero no sé si quedaría demasiado como de boda.

–Ay, a mí me parece que quedaría genial; así habría un foco de atención. –A ver, de alguna manera me tengo que gastar su dinero–. Y, si evitamos los colores pastel, no quedará para nada como un arco de boda. –Me muerdo el labio inferior como valorando las opciones–. Una temática a lo Carmen Miranda podría funcionar: algo atrevido y exótico, con muchos colores llamativos.

Eleanor contrae los labios rosados y brillantes con expresión de aprobación.

–¿Acaso puedes leer la mente? Mi hermana ha viajado por toda Sudamérica; es su continente favorito. Una temática a lo Carmen Miranda sería ideal.

No, no leo la mente, pero sí soy observadora. Una de las paredes del salón estaba repleta de fotos familiares, y había muchas de una mujer que se parecía a Eleanor, pero con un pelo rubio más oscuro, tirando a castaño rojizo, y con una nariz ligeramente más respingona. En una de las fotos, estaba sentada en una canoa en un río muy ancho, rodeada de selva tropical, con una mochila a los pies. En otra, posaba con una compañera de viaje en un festival callejero colorido. A juzgar por la ropa, me atrevería a decir que estaban en Brasil o en Colombia.

–Genial. Hablaré con mi proveedor, que está en los Países Bajos, y veremos qué hay disponible. Las instalaciones más grandes prefiero montarlas *in situ*, así que necesitaría venir el día de antes de la fiesta para ponerme manos a la obra.

–Si, claro, sin proble…

Antes de que pueda terminar la frase, oímos el rugido estrepitoso de un trueno sobre nosotras. Ambas alzamos la vista, sorprendidas. Unos segundos después, comienzan a caer gotas, del tamaño de un penique, que nos dejan toda la ropa empapada al instante.

–Corre, vamos para dentro –chilla Eleanor.

La sigo de cerca mientras comienza a correr hacia la casa.

Atravesamos las puertas francesas en tropel y nos quedamos unos minutos en el felpudo de fibra de coco, recobrando el aliento. Las dos estamos caladas hasta los huesos, y el top fino de Eleanor se ha vuelto casi transparente. Llama a alguien y al momento aparece una chica joven. No parece tener más de veinte años, y lleva a un niño pequeño en brazos que supongo que es el hijo de James.

–Tráenos del armario unas toallas para secar la ropa, Katya, por favor –le pide Eleanor–. No quiero que a Amy le dé una hipotermia. –Eleanor saluda al pequeño moviendo los dedos, y el niño se me queda mirando descaradamente, muy interesado–. A la boba de tu mami y a su amiga les ha pillado la lluvia. Se nos ha olvidado ponernos el abrigo y las botas de agua.

–Mami boba –repite el chiquillo con una risita mientras Katya se lo lleva hacia las escaleras del rincón de la sala.

Al ver la bandeja de té que debe de habernos preparado Katya, Eleanor me hace señas para que me acerque.

–Ven, vamos a sentarnos –me dice, se quita las sandalias y camina descalza hacia los sillones.

No me encanta la idea de quitarme los zapatos (no me hago la pedicura desde hace bastante tiempo), pero al final decido hacerlo porque no quiero dejarle toda la alfombra, que parece bastante cara, llena de pisadas.

—¿Leche y azúcar? —me pregunta Eleanor mientras remueve el té en la tetera.

—Sí, dos cucharaditas, por favor. —Me siento en el borde del sillón, ya que no quiero arruinarle la tapicería con la ropa mojada—. ¿Lleva Katya mucho tiempo con vosotros?

—Casi un año. Es la segunda *au pair* que tenemos. La primera chica era maravillosa, pero tuvo que volver a Polonia por motivos familiares. Ella fue la que nos puso en contacto con Katya. Creo que iban juntas al colegio. —Entonces baja la voz y dice—: No es muy trabajadora, pero Toby la adora.

Comienza a servir el té en dos tazas altas.

—James se pasa la vida trabajando y no le queda mucho tiempo para ocuparse de Toby —me confiesa—. Y yo no podría encargarme de él sola por más que quisiera, con todo lo demás que tengo que llevar para delante.

—¿A qué te dedicas? —le pregunto, dando por hecho que debe tener un trabajo muy exigente.

—Antes trabajaba en Recursos Humanos, pero de eso hace ya mucho tiempo.

Espero a que me ofrezca una explicación de por qué alguien que no trabaja necesita que una *au pair* cuide de su hijo, pero dicha explicación nunca llega.

Poco después, Katya regresa con las toallas, pero sin el pequeño.

—He acostado a Toby para que ese eche una siesta —anuncia.

—Genial —dice Eleanor—. Así no estará cansado y gruñón esta tarde, cuando vaya a jugar con Hebe.

Me lanza una mirada cómplice, como si lidiar con un niño de mal humor fuera una situación con la que me puedo sentir identificada.

Katya me pasa una toalla; como todo en esta casa, está impoluta. Es gruesa, suave y huele de maravilla.

Me paso la media hora siguiente enseñándole a Eleanor más fotos de mi porfolio y ayudándola con la selección definitiva de las flores para la fiesta, y después llega la hora de irme. Tengo que volver a la tienda para ver cómo va Claire con las flores de los ojales para la boda de mañana. No es una tarea muy complicada, y seguro que puede apañárselas sola, pero prefiero asegurarme de que estén a la altura de Flores de Mayo, y nada sale de la tienda sin que le haya dado el visto bueno personalmente.

Tengo la vejiga a punto de explotar después de haber bebido dos tazas de té y media, de modo que le pregunto a Eleanor si puedo ir al baño antes de marcharme. Me dirige a una habitación del vestíbulo que, según me cuenta, antes era la sacristía. Es el doble de grande del baño de mi casa, las paredes son de paneles de madera y tiene el tipo de adornos que encontrarías en un hotel de lujo.

Una vez que me he secado las manos abro las puertas del armarito que hay bajo el lavabo, solo por curiosidad. No sé qué espero encontrar; tal vez una esponja de limpieza andrajosa o un tubo de pomada antifúngica, algo que me haga sentir menos inferior. Pero lo único que veo es una pastilla de jabón de lujo en un envoltorio precioso y un bote de ambientador en espray de Jo Malone tan bonito que me entran ganas de echarme un poco en las muñecas.

Al salir del baño, me topo con una voz enfadada. Me acerco a la puerta que da al salón, pensando que Eleanor estará regañando a la *au pair*, pero luego me doy cuenta de que solo oigo la mitad de la conversación, de modo que supongo que estará hablando con alguien por teléfono.

—No puedes seguir así, Izzy —dice Eleanor. Ah, está hablando con su hermana. Me inclino un poco para acercar la oreja a la rendija de la puerta—. Pero ¿qué dices? —exclama Eleanor—. James y yo nos hemos estado dejando la piel estos últimos meses para ayudarte.

Después se produce un silencio de unos treinta segundos.

—Bueno, pues lo siento si te sientes asfixiada. —Eleanor pronuncia la última palabra con un toque de sarcasmo—. Pero eres mi hermana mayor y no puedo evitar preocuparme por ti.

Otro silencio.

—¿Has bebido, Iz? —Eleanor toma aire y añade—: Sí, sí que has bebido; siempre te lo noto. —Una breve pausa—. ¡Me da igual que solo haya sido una copa! Por Dios, Izzy, que son las tres de la tarde. ¿No te convendría más estar mirando páginas webs de empleo o preparándote un poquito las entrevistas de trabajo, en vez de estar haciendo el vago con un vodka doble?

No puedo saber qué responde Izzy, pero es evidente que a Eleanor le sienta mal porque se le quiebra la voz como una pequeña grieta que atraviesa la porcelana.

—¿Cómo puedes decir eso después de todo lo que he hecho por ti…? ¿Izzy? ¡¿Izzy?! ¿Sigues ahí?

Un suspiro profundo.

Al parecer, la conversación ha terminado.

Cuando vuelvo al salón, veo a Eleanor de pie, mirando el teléfono, con las mejillas encendidas.

—¿Va todo bien?

—Sí. —Suspira—. No, la verdad es que no. Acabo de discutir con mi hermana. Incluso me ha colgado y todo. ¿Te lo puedes creer?

Me agacho para recoger la *tote bag*.

—No te preocupes demasiado; siempre nos peleamos con las personas que más nos importan.

Leí esa frase en un imán para la nevera hace tiempo; no tengo ni la más remota idea de si es verdad.

Eleanor me ofrece una sonrisa forzada.

—¿Te llevas bien con tus hermanos?

—Soy hija única, aunque siempre he querido tener una hermana.

—Créeme, no querrías tener una hermana como la mía. —Deja el teléfono en la mesa—. Adoro a Izzy, pero a veces es de lo más egocéntrica, sobre todo desde el divorcio. Es casi imposible mantener una conversación con ella últimamente sin acabar peleadas.

—¿Por qué habéis discutido ahora? —le pregunto, dejándome llevar por la curiosidad.

—Izzy quería que la invitara a cenar este fin de semana. Cuando le he dicho que James y yo teníamos otros planes, me ha dicho que me daba igual que ella fuera a pasar el fin de semana entero sola. Sé que odia estar sola, siempre lo ha odiado, pero, por mucho que se haya divorciado, tiene que entender que no gira todo el mundo a su alrededor. James y yo tenemos unas vidas ocupadas; no podemos estar ahí para ella las veinticuatro horas del día. —Eleanor respira hondo y de repente parece que está a punto de echarse a llorar—. Y lo que lo complica más todavía es que Izzy es otra persona cuando está James delante. Se vuelve encantadora, ingeniosa, tranquila… Me molesta bastante que se esfuerce tanto con él, pero con su propia hermana no. –Se cruza de brazos y se agarra los hombros diminutos, casi como los de una niña, con las manos–. No sé si se merece la fiesta de cumpleaños –añade en un tono más duro y cortante–. Me estoy planteando mandarla a la mierda.

Se me forma un nudo en el estómago. No puede cancelar la fiesta. Quiero este trabajo. No, necesito este trabajo.

–Pero si ya has enviado las invitaciones… –le digo–. Además, ¿no es la fiesta la mejor manera de demostrarle a Izzy lo mucho que te importa?

–Supongo que tienes razón –coincide Eleanor–. Solo espero que me lo agradezca. –Me mira a través de las pestañas–. Debes de pensar que soy una persona horrible, poniendo a parir a mi hermana con alguien que casi ni conozco.

–Qué va. Las relaciones familiares siempre provocan emociones intensas. No tienes nada de qué avergonzarte –le aseguro, pensando en los sentimientos petrificantes e involuntarios que me causa mi familia.

Mientras Eleanor me acompaña hasta la puerta principal, me agradece mi profesionalidad… y mi comprensión. Y luego, como si se le hubiera venido a la cabeza en el último momento, añade:

–Te agradecería que no le contaras nada de mi arrebato a James. Ya le parece que soy demasiado susceptible en lo que respecta a Izzy; no quiero que piense que me estoy volviendo loca del todo.

Le ofrezco una sonrisa tranquilizadora, encantada de que Eleanor esté empezando a confiar en mí.

–Ni se me ocurriría.

Capítulo 4

Siento que me sobreviene esa pesadez familiar en cuanto aparco delante del chalé aburrido de los setenta de mis padres. No es que nos llevemos mal; es solo que, cada vez que los veo, siento que vuelvo a ver una telenovela que llevo años sin ver, y me cuesta reengancharme a la trama.

Mis padres viven en una isla de la costa de Essex que, dos veces al día, cuando sube la marea, queda completamente aislada. Se puede ver de dos maneras, como una peculiaridad encantadora del lugar o como un fastidio enorme. Nos vemos cada varios meses. A veces vienen ellos a visitarme a Londres, pero normalmente voy yo a Essex; así puedo marcharme cuando ya no aguanto más, siempre que me lo permita la marea.

En cuanto mi padre me abre la puerta, me da un abrazo. Cuando me separo, veo que le he dejado el polo azul marino manchado de maquillaje: una marca blanquecina de base con la forma de mi mejilla y de mi nariz.

Mi madre me está esperando en el salón-comedor, pálida y muy erguida. Tiene los labios ligeramente fruncidos y se está tirando del collar de cuentas turquesas que lleva al cuello.

–Tu madre ha pasado una mala noche –me intenta explicar mi padre.

Mi madre y yo nos sentamos en el sofá mientras mi padre va a la cocina para ver cómo va el pollo asado. En el yeso del techo hay grietas que atraviesan el salón de un extremo al otro y serpentean hasta meterse por la cornisa. A veces me siento un poco como esta casa: como si necesitara un poco de apoyo, que alguien me preste atención y me sostenga.

–¿Cómo estás? –le pregunto.

Escucho a mi madre enumerar sus últimos achaques. Algunos

son auténticos, pero la mayoría son imaginarios. Mi madre, y no hay manera de decir esto de un modo amable, es extremadamente hipocondríaca. En cuanto le duele un poco la cabeza, ya quiere decir que tiene migraña; una nueva peca se convierte en un posible tumor; y un ligero cansancio es, sin lugar a dudas, síntoma de covid prolongado. Es como una de esas personas con ojos perturbados a la que acaban de sacar del tejado de un edificio inundado, y que sale en las noticias de la noche, intentando transmitir a quienes la ven desde la seguridad de sus casas lo que se siente al haber estado tan cerca de la muerte. En realidad, no debería juzgarla; ha tenido que hacer frente a muchas cosas en su vida. Como todos.

Hago lo posible por mostrar interés, pero nunca he sido demasiado empática. Lo cual es otro motivo por el que no me suelen apetecer estas reuniones familiares: me dejan agotada durante, al menos, veinticuatro horas. Cuando mi madre termina de hablarme sobre el sarpullido que le ha salido en el brazo, que está convencida que es una reacción alérgica a una nueva cera para muebles, me pregunta cómo estoy yo.

—Estoy bien —le respondo mientras miro el techo, nerviosa.

Hay una pesada lámpara de araña de cobre justo sobre nosotras y, cada vez que la veo, no puedo evitar pensar que se nos va a caer encima.

—¿Qué tal va el trabajo? ¿Sigues muy ocupada en la tienda?

—Sí, no me da la vida para todo.

—Deberías contratar a alguien para que te ayude.

—Eso hice. A finales del año pasado. Pero si ya te lo conté…

—Yo creo que no.

—Sí que te lo conté, mamá. Me acuerdo perfectamente de haberte contado que Claire estaba muy por encima del resto de candidatos.

Mi madre frunce el ceño.

—Qué raro… No recuerdo nada de eso.

Nos quedamos sentadas en silencio durante varios minutos, con la luz tenue del sol colándose por las persianas venecianas que mis padres, por alguna razón que no entiendo, siempre dejan medio cerradas. Y entonces mi madre saca otro de sus temas favoritos:

—¿Has conocido a algún hombre que valga la pena últimamente?

45

–La verdad es que sí –le respondo–. Anoche tuve una cita con un director de teatro. Fuimos a ver una exposición en la National Portrait Gallery y luego me invitó a cenar en un restaurante muy caro.

Observar el rostro de mi madre mientras procesa toda la información es como ver un *time-lapse* de un documental de naturaleza; le cambia la expresión de invierno a verano en cuestión de segundos.

–Qué bien –dice con la voz entrecortada.

Noto una punzada de irritación al ver lo ingenua que es, y al momento me siento culpable.

Mi madre gira la cabeza hacia el pasaplatos, la ventanilla entre el salón y la cocina que el agente inmobiliario que les vendió la casa señaló, por gracioso que resulte, como una de las «atractivas características originales», según recuerdo.

–¿Lo has oído, Neil? Amy tuvo anoche una cita con un director de teatro.

Mi padre asoma la cabeza por la ventanilla y dice:

–Qué buena noticia, cielo. Siempre he dicho que te merecías algo mejor que ese tal Bob con el que estabas obsesionada.

–Rob –lo corrijo, agotada–. Se llamaba Rob.

–Pero tampoco te cierres a nada, ¿eh? –interviene mi madre–. Eso es lo bueno de conocer a gente por internet…, que tienes un montón de opciones.

–Tu madre tiene razón –dice mi padre–. No tienes por qué quedarte con el primero que pase. Si el chico este te llama y te pide una segunda cita, no le digas que sí al instante; haz que se es…

–La verdad es que ya me la ha pedido, y hemos quedado el viernes para almorzar.

Sé que mi padre tiene buenas intenciones, pero no aguanto oír más «consejos sabios» de un hombre que solo se ha acostado con una mujer en toda su vida (nunca me lo ha confirmado, pero me apostaría hasta la floristería a que es verdad).

Justo en ese momento me suena una notificación del móvil. Me lo saco del bolsillo de la chaqueta y miro la pantalla. Es un mensaje del hospital: me recuerda por tercera vez que tengo que ir a hacerme una citología.

–Es él –miento–. Quiere saber si me gustaría que me hiciera un *tour* privado entre bastidores del Old Vic antes de ir a comer.

–¡Uy! –chilla mi madre–. Ese es un buen partido, eh.

A esas alturas, ya debería confesar que dicho director de teatro no existe. Estaba tan harta de que mi madre me preguntara cuándo iba a encontrar marido y sentar cabeza que me inventé que estaba usando una aplicación de citas. Todo el mundo sabe que ese tipo de aplicaciones promete más de lo que puede ofrecer en realidad: la fachada de inteligencia, ingenio y química instantánea que se crea a través de la pantalla del móvil oculta imágenes megarretocadas, muermos de personas y fotopollas que nadie ha pedido. Y, para colmo, tampoco puedo mantenerme al día con la jerga, que no deja de evolucionar. Que si *ghosting*, que si *love bombing*, que si «me ha quitado el *match*». ¿Ya no se dice que alguien es un cabrón y punto?

–Ya pongo yo la mesa por ti, ¿vale, papá? –le digo por cambiar de tema.

–Gracias, cielo.

Me acerco al aparador y veo que encima hay una foto mía con amigas del colegio. Estamos en la playa, y tendré unos trece o catorce años. Ahora miro la foto y me impresiona la ironía de mi apariencia: una adolescente la mar de feliz, sin ninguna preocupación. No hay ningún indicio de los problemas que están por llegar.

Abro el cajón superior y empiezo a sacar los cubiertos.

–¿Dónde están los salvamanteles, papá?

–En el cajón de abajo –me responde a gritos para que lo oiga por encima del zumbido del extractor.

Coloco los salvamanteles y los cubiertos en la mesa del comedor, decorada con un centro de mesa que no pega nada, con flores exóticas que pensaba que no habría en esta parte de Essex. Me acerco para olerlas. Son falsas. Están muy logradas, pero son falsas, al fin y al cabo.

Media hora más tarde, estamos los tres sentados alrededor de la mesa. Mientras mi padre deja platos cargados hasta los topes delante de nosotras, mi madre contempla el suyo como una presa condenada a muerte a la que le han servido mal la última comida.

–Pensaba que ibas a poner la chirivía asada –se queja.

–Al final la he hecho puré, que pensaba que quedaría mejor.

–¿Mejor para quién? –pregunta mi madre por lo bajo.

Mi padre le ofrece una sonrisa afable. Lleva viviendo con mi madre demasiado tiempo como para ofenderse. Tanto él como yo sabemos que es una de esas personas que están destinadas a vivir siempre insatisfechas. La gente, los lugares, las cosas… Nada parece estar a la altura de sus expectativas. Es como dormir con un mosquito en el cuarto; oyes el zumbido y sabes que es inevitable que, tarde o temprano, te acabe picando, lo que te deja en un estado de alerta constante.

–Me encantó la foto que me pasaste por WhatsApp –me dice mi padre mientras se sienta a la mesa.

Me estiro para coger la salsera.

–¿Cuál?

–La de la inauguración del restaurante mexicano.

–Ah, la de los cactus. Quedaban graciosos, ¿verdad?

Mi padre suelta una risita.

–Seguro que después te pasaste varias semanas quitándote las espinas. –Me río yo también y me pregunta–: ¿Has tenido algún otro encargo interesante últimamente?

–La verdad es que no. Solo bodas y funerales, como de costumbre. –Me sirvo salsa sobre las patatas asadas–. El dueño de una de las empresas con las que trabajo me ha pedido que me encargue de las flores de la fiesta de cumpleaños que están organizándole a su cuñada. El otro día quedé con su mujer para valorar algunas ideas. Tienen una casa increíble; es una iglesia reconvertida. Salió en el *Evening Standard* y todo. –Le paso la salsera a mi madre, pero niega con la cabeza–. Si juego bien mis cartas, podría ser muy buena publicidad para la tienda.

–Qué bien, hija –me dice mi padre, aunque parece distraído.

Descorcha una botella de pinot y se sirve un poco en una copa. Por alguna razón, sus movimientos y su mandíbula tensa me advierten que la conversación se va a poner seria.

—Sabes que dentro de poco es el aniversario, ¿no? —me pregunta, y no hace falta que me dé más detalles; sé perfectamente a qué se refiere.

—Veinte años —añade mi madre—. Aún me cuesta creérmelo. Ha pasado el tiempo volando.

Para mí, no. Para mí, ha pasado arrastrándose, con un letargo agonizante, más o menos como una cadena perpetua, pero sin ninguna posibilidad de que te concedan la libertad condicional.

—La familia va a celebrar una vigilia con velas a modo de conmemoración. Tu madre lo ha visto por Internet por casualidad.

Fulmino a mi madre con la mirada. ¿Que lo ha visto «por casualidad»? Ya te digo yo que no.

—Los has estado espiando por redes, ¿no? —No consigo suavizar el tono acusatorio—. No sé si te acuerdas, pero mi abogado dijo que no podíamos ponernos en contacto con ellos de ninguna manera.

—No me he puesto en contacto con ellos; solo he echado un vistazo por Internet —se defiende mi madre.

—Pero ¿por qué? ¿De qué te sirve a ti eso?

Se encoje de hombros de una manera extraña; los alza demasiado y los deja así demasiado tiempo, como si no hubiera perfeccionado la técnica.

—Es que me gusta saber que están bien…, después de lo que les hiciste.

Su comentario me resulta doloroso; es como pisar una avispa, como un pinchazo en una carne blanda.

Mi padre carraspea.

—Como es normal, nosotros no estamos invitados, pero a lo mejor podríamos hacer un homenaje distinto. No creo que esté bien ignorarlo y ya está. —Le da un sorbo al vino—. A lo mejor podríamos celebrar nuestra propia vigilia con velas en el jardín, y podrías quedarte a pasar la noche si quieres.

Siento un dolor palpitante en las sienes, y por instinto me llevo la mano a la frente y aprieto con las yemas de los dedos las zonas en las que siento la presión.

—No sé —digo.

Mi madre comienza a cortar la pechuga de pollo en trocitos uniformes y los dispone en filas; luego se va llevando uno a uno a la boca, acarreándolo en la parte posterior del tenedor; una maniobra complicada que parece requerir toda su atención.

–Bueno, tú piénsatelo, ¿vale, cariño? –dice mi padre–. Y, si lo de la vigilia no te apetece, por nosotros no pasa nada.

Terminamos de comer con un ambiente incómodo y me ofrezco a fregar los platos. Insisto en que puedo sola; haría lo que sea con tal de estar sola durante unos minutos. Después, mi padre me hace un *tour* por el jardín. No vuelve a sacar el tema del aniversario, y yo se lo agradezco. Tan solo me habla de las últimas verduras que ha plantado en el huerto y del mal tiempo que hace últimamente para la época en la que estamos.

Cuando volvemos adentro, tomamos café y bombones de menta de Elizabeth Shaw, y les digo que me voy a ir marchando; como excusa, finjo que me preocupa que suba la marea, aunque todos sabemos que aún quedan unas dos horas para que la carretera quede intransitable. Mientras me despido de ellos con unos besos, pienso que tal vez deje que pasen más de los tres o cuatro meses de siempre antes de volver a visitarlos. No estoy siendo egoísta; es solo que así será más fácil para todos.

La vuelta en coche a Londres es una pesadilla. Hay un accidente en la autopista y me toca tragarme un atasco que no parece tener fin. Tengo ganas de llorar, pero no por la frustración que me provoca estar ahí, retenida; las palabras de mis padres me han afectado más de lo que querría admitir. He de decir que me sorprende que hayan sacado el tema, ya sea el aniversario o no. Todos nosotros, como familia, nos hemos vuelto expertos en ignorar ese capítulo desagradable de nuestro pasado compartido. Pero los secretos nunca desaparecen del todo. Como polillas en un armario, van carcomiendo sin que se dé cuenta nadie, hasta que un día alzas tu jersey de angora favorito a la luz y se te desmorona entero en las manos.

Capítulo 5

Ahora

Mi nombre es Andrea Jennings y trabajo para Eleanor Elliott como empleada de hogar en El Santuario, en Oakwood Road, West Dulwich.

Mi horario habitual es de doce del mediodía a cinco de la tarde todos los jueves. Sin embargo, el 22 de septiembre pedí trabajar a primera hora de la mañana, puesto que tenía que llevar a mi padre, que está mayor, a una cita con el médico por la tarde.

Llegué a las ocho y cuarenta y cinco y llamé al timbre primero, como siempre. Al ver que no contestaba nadie, entré con la llave que me había dado la señora Elliott. Hasta ese momento no vi ningún motivo de preocupación, ya que era no era raro que la casa estuviera vacía al llegar.

Después de colgar el abrigo y el bolso, fui a la cocina. Siempre empiezo por la cocina porque suele ser la habitación de la casa que está en peores condiciones, y me gusta quitármela de encima enseguida. Cuando saqué los productos de limpieza de debajo del fregadero, me percaté de que faltaba el descalcificador. Sabía que la señora Elliott suele guardar otro bote de descalcificador en el baño de la primera planta, de modo que decidí subir a por él.

Cuando llegué al descansillo, vi que la puerta del cuarto de Toby Elliott estaba entreabierta. No le di importancia y seguí hacia el baño. Pero entonces, cuando estaba volviendo con el descalcificador, me di cuenta de que había alguien en el suelo del cuarto de Toby. Lo único que podía ver a través de la rendija de la puerta era un brazo y una mano, pero parecía que la persona estaba inconsciente, porque no se movía.

Me sorprendió tanto que tiré el producto al suelo y corrí hacia la puerta. Soy bastante corpulenta, y la rendija de la puerta no era lo suficientemente grande como para que pudiera pasar. Intenté abrirla más, pero no cedía porque la persona yacía justo detrás, y no quería empujar con demasiada fuerza por si le hacía daño. Vi que se trataba de la mano de una mujer, por lo que llamé a la señora Elliott a gritos, aunque no sabía si era ella o no. Como no respondía nadie, metí el brazo por el hueco y toqué la mano. La persona no reaccionó, pero tenía la piel caliente, de modo que supuse que seguía viva. Entonces decidí ir al piso de abajo y llamar a una ambulancia.

Capítulo 6

Dos meses antes

–Me voy ya, si te parece bien.

Me sobresalto al oír la voz de Claire y le doy un golpe con la rodilla a la parte inferior rugosa de la mesa de trabajo. Me giro para mirar a mi espalda y la veo plantada en la puerta del estudio.

–Lo siento, Amy. ¿Te he asustado? –me pregunta.

–Un poco. –Miro la pantalla del portátil: las seis menos veinte. Estaba tan enfrascada en mi tarea que había perdido la noción del tiempo–. ¿Has cerrado?

–Sí, y, antes de que me preguntes, también he fregado el suelo, he cerrado las persianas y he metido el dinero en la caja fuerte.

Le dedico una sonrisa de agradecimiento.

–Gracias, Claire. Eres un cielo.

Y lo digo en serio. No quise poner el listón demasiado alto cuando comencé a seleccionar a gente para el puesto. ¿Cómo iba a hacerlo, si solo iba a pagar un poco más que el salario mínimo? Tan solo esperaba encontrar a una dependienta un poco mejor de lo normal, alguien que atendiese a los clientes que aparecen de repente en la tienda, sin llamar, y que me ayudara con los aspectos más tediosos de la preparación de las flores. Pero al final Claire superó todas mis expectativas. Puede que no posea un conocimiento demasiado amplio de las plantas ni un talento natural para el diseño floral, pero le pone mucho entusiasmo y es muy trabajadora, lo cual, para mí, vale mucho. Además, a los clientes les cae bien. Tiene uno de esos rostros angulosos y agradables que transmiten confianza. Tanto si tiene que ayudar a un adolescente tímido a elegir las flores que le quiere regalar a su primera novia como si le toca lidiar con un cliente que acaba de perder a un ser querido, siempre trata a todo el mundo con sensibilidad y paciencia, y esas habilidades no se pueden enseñar.

–Si hace falta que haga alguna otra cosa no me importa quedarme un poco más –me dice–. Kyle me acaba de escribir para decirme que sigue en Deptford, lidiando con una alcantarilla atascada, así que no me espera nadie en casa.

Kyle es la pareja de Claire. Es fontanero y suele trabajar en horas intempestivas. Nunca nos hemos visto, pero siento que lo conozco porque Claire se pasa la vida hablando de él.

–No, no te preocupes. Vete a casa. ¿Qué vais a hacer este finde? ¿Algo interesante?

Es jueves, pero, como Claire solo trabaja cuatro días a la semana, a efectos prácticos su fin de semana empieza ya.

–Sí, la verdad es que sí. –Se acerca y apoya una nalga en el borde de la mesa de trabajo–. Vamos a un festival de surf en Newquay. Me muero de ganas.

–No sabía que surfeabais.

–No, no surfeamos, pero un amigo de Kyle sí, y compite en el festival.

–¿Os vais a llevar la caravana?

–Sí, anoche ya estuvimos preparándolo todo. Tenemos pensado ponernos en marcha en cuanto Kyle vuelva del trabajo. Está bastante lejos, pero con suerte podríamos llegar al *camping* a medianoche.

Siento una punzada infantil de envidia. Claire es unos años mayor que yo, pero no tiene hijos y lleva el tipo de vida maravillosa que suele tener la gente joven, sin complicaciones. Kyle y ella siempre están de aquí para allá, con planes divertidos: festivales, excursiones en bici por la montaña, piragüismo, fines de semana con amigos… Fue uno de los motivos por los que Claire quiso el trabajo en la floristería, porque le deja mucho tiempo libre para planificar (y para poder llevar a cabo) sus aventuras. Debe de ser genial tener tan pocas responsabilidades y ninguna preocupación.

–Seguro que lo pasáis genial –le digo.

Claire coge un pétalo de dalia que había en la mesa de trabajo y lo enrolla entre el pulgar y el índice.

–¿Y tú? ¿Qué planes tienes para el finde?

Hace tiempo que tomé la decisión de cerrar la floristería los sábados y los domingos, ya que sabía que, si abría, no me dejaría tiempo para encargarme de las bodas, pero, por raro que resulte en esta época del año, no tengo ninguna programada para este fin de semana.

–Ah, voy a quedar con unos amigos y poco más –digo, sin dar demasiados detalles–. Todavía no sé qué vamos a hacer.

Me da demasiada vergüenza admitir la realidad: que me espera un fin de semana de lo más monótono, sin plan alguno, y lo único que me hace un poco de ilusión es ir al supermercado y, si logro reunir la energía necesaria, a una clase de *spinning* en el gimnasio.

Claire señala el portátil.

–¿Esa es una de tus amigas?

Desvío la vista hacia el perfil que inunda la pantalla, y veo que me está devolviendo la mirada un rostro moreno de una mujer atractiva vestida con ropa de senderismo. Se trata de una selfi en la que la chica está posando como una profesional en un bosque de pinos frondoso, con un pie sobre un tronco caído.

–Eh…, es una vieja amiga de la uni. –Cierro el portátil y dejo los antebrazos encima–. Llevamos mucho tiempo sin hablar y estaba viendo qué tal le iba. A ver si encuentro un rato para llamarla.

Claire adopta una expresión nostálgica.

–Yo también debería esforzarme más por mantener el contacto con mis amigos de la uni –responde–. Pero, claro, voy haciendo nuevos amigos y ahora tengo tantos que mantenernos al día es casi un trabajo a tiempo completo. –Ladea la cabeza y dice–: Eso es lo mejor de vivir en Londres: lo facilísimo que es conocer a gente nueva.

–Sí, te entiendo tanto… Dentro de poco voy a tener que empezar a reducir la lista de gente a la que le mando tarjetas de Navidad.

Es una mentira como una catedral. Ni siquiera recuerdo la última vez que hice un nuevo amigo, uno de verdad. Las compañeras de trabajo como Claire no cuentan. Ni Janet, la mujer de mediana edad que vive en el apartamento de arriba. Si me encuentro con ella, nos paramos a charlar, pero tampoco es que hagamos planes juntas, lo cual siempre me ha parecido una pena. Cuando se mudó a mi edificio, intenté invitarla a alguna actividad, pero no parecía demasiado interesada.

Hace poco, conocí a una chica en el gimnasio y pensé que podríamos llegar a ser amigas. Charlamos unas cuantas veces en la cinta de correr y nos reímos bastante, pero, cuando le propuse que nos diéramos el número de teléfono, se inventó una excusa, algo de que tenía un número nuevo y no se lo sabía todavía. Sabía que era mentira porque le estaba viendo el bulto rectangular en el bolsillo de los *leggings* y habría sido facilísimo sacar el móvil y guardar mi número. Si hubiera querido que fuésemos amigas de verdad, claro. A lo mejor pensaba que estaba intentando ligar con ella. Supongo que nunca lo sabré.

–¿Amy?

–Ay, lo siento, Claire –me disculpo cuando vuelvo a centrarme en la conversación–. ¿Qué decías?

–Que las llaves de la furgoneta están en la caja fuerte. Mañana por la mañana, cuando llegues, tendrás que sacarlas para Ewan, ¿vale?

–Genial. Gracias por recordármelo.

Claire se baja de la mesa de trabajo y me dice:

–Bueno, pues, si no hace falta que haga nada más, me voy a casa. Nos vemos la semana que viene.

–Hasta la semana que viene.

Claire comienza a dirigirse a la puerta, pero entonces se detiene y gira medio cuerpo.

–Casi se me olvida. James Elliott se ha pasado por la tienda cuando estabas en la imprenta.

Se me acelera el corazón al instante; una respuesta automática, como un animal que reacciona a las feromonas de su pareja. En realidad es ridículo, ya que: a) tiene pareja, y b) tampoco se fijaría en mí si estuviera soltero.

–¿Ha venido a comprar flores?

–No. A verte a ti. Lo siento, Amy, tendría que haberte avisado antes. Me pidió que te diera un mensaje.

Se me dispara el pulso todavía más.

–Te quería agradecer que quedaras con su mujer el otro día. Dice que aprecia mucho que hayas ido a su casa y que sabe que vas a hacer un trabajo excepcional.

Saco el labio inferior, un poco incrédula.

—¿Ha venido a la tienda solo para decir eso?

—Decía que tenía que pasar por aquí. Creo que tiene un cliente por la zona. —Claire se echa la melena oscura y brillante por detrás del hombro—. Qué agradable es cuando la gente hace el esfuerzo de mostrar su agradecimiento, ¿eh?

No puedo evitar esbozar una sonrisa.

—Desde luego.

Cuando vuelvo a quedarme sola en el estudio, abro el portátil. Espero que Claire no se haya fijado demasiado en el perfil de Facebook que tenía abierto. Me ha pillado por sorpresa, y me han salido las mentiras solas. Tengo que andarme con más cuidado. Sé, por experiencia, que las mentiras son como hilos delicados, alargados y difíciles de controlar que se pueden torcer con facilidad.

Es la primera vez que entro en Facebook desde hace siglos. Sí que tengo una cuenta, pero no le presto mucha atención a las novedades insulsas del montón de supuestos «amigos» que tengo agregados, la mayoría de los cuales son contactos de trabajo o gente que conocí a través de Rob y con la que ya no hablo. Cada vez que leo sus patéticos *posts* arrogantes y las fotos de sus familias, sus mascotas y sus vacaciones en el extranjero, me embarga la inquietante sensación que suelo tener cuando reflexiono sobre mi propia vida y me topo con el manto gris y borroso que cubre partes importantes de ella.

Me sorprendió lo fácil que me resultó encontrar a Izzy. Dado que no conozco su apellido, decidí buscar las redes sociales de Eleanor. Encontré su Instagram y fui leyéndome comentarios hasta que encontré uno muy efusivo de @isabelharkness como respuesta a una foto de Toby, en la que aparece con una de esas toallas de baño para niños que tienen capucha y orejas de animal. De ahí llegué a la cuenta de Izzy, que era bastante sosa y solo tenía fotos que parecían sacadas de National Geographic. No tenía esperanzas de encontrar mucho más en Facebook. Si es que tenía cuenta, suponía que sería privada, que no podría ver nada más que la foto de perfil y, con suerte, dónde estudió o para quién trabaja. Pero me llevé una alegría tremenda, porque resultó que su página era pública. Cuando me interrumpió Claire, acababa de encontrarla y, ahora que estoy sola, puedo echarle un buen vistazo a toda la información disponible. No suelo investigar mucho las vidas de la gente para la que trabajo, pero por alguna razón me intriga este ser, al parecer caprichoso y egocéntrico, al que los Elliott piensan dedicarle tanto tiempo y dinero.

Empiezo viendo sus fotos. No es tan esbelta como Eleanor; la suya es más bien una belleza robusta, como de chica de campo, con extremidades fuertes y ojos del color verde intenso de un ficus. A pesar de los defectos que pueda tener como hermana, desde luego tiene un amplio círculo de amigos. Mientras la contemplo tomándose unos cócteles en un bar a la última de Chelsea, casi me siento como si estuviera allí con ella. Casi puedo saborear la sal del margarita en los labios y oír el tintineo de los vasos mientras brindamos. Tres meses más tarde, estamos pasando las Navidades en un albergue de esquí en Verbier con un grupo de amigos de la universidad muy unidos, todos con jerséis chillones, posando delante de un árbol decorado ostentosamente. Después llega el verano, y estamos tomando el sol en la playa, extendiendo las toallas en la arena caliente, poniéndonos crema en los hombros unas a otras. La vida de Izzy resplandece tanto en la pantalla que casi me quema en los ojos.

Después les echo un vistazo a sus *posts* más recientes, en los que recomienda un documental sobre el cambio climático que ha visto en Prime, comparte un vídeo de alguien que le da el biberón a un bebé de gorila y pregunta si alguien sabe dónde puede donar las toallas que ya no quiere. Todo bastante mundano. Pero de pronto algo me llama la atención. Una de sus amigas, una tal Maria, le dejó una pregunta en su perfil hace tres días: «¿Te apuntas?».

Al ver que a Izzy le ha gustado el comentario, pulso en el enlace que le ha dejado su amiga. Me lleva a una página de Facebook de un grupo de senderismo del sur de Londres que se llama Caminar, Dulce Caminar, un nombre que hace que me caigan bien de inmediato. El *post* fijado anuncia su próximo evento: una caminata de dieciséis kilómetros por el sendero South Downs Way el domingo. Veinticuatro personas han dicho ya que van a participar, pero, como no tengo a ninguna agregada, no puedo ver sus nombres.

«Descubre iglesias ocultas, preciosos arroyos en colinas de tiza y antiguas vías pecuarias en este impresionante paseo circular –reza el anuncio–. Hay algunas cuestas y algunos descensos, pero nada demasiado exigente. Será mejor que traigas comida y bebida suficiente para todo el recorrido, ya que no habrá posibilidad de comprar nada por el camino. Los nuevos miembros son bienvenidos, pero, por favor, ponte en contacto con el organizador del evento con antelación para reservar la plaza. Se deberá abonar una contribución de 5 libras el día de la excursión».

También aparecen las indicaciones para llegar en coche y el horario de los trenes desde la estación de Waterloo.

Suena divertido…, salvo por la parte de andar. Personalmente, nunca le he visto la gracia a ir de excursión en un país en el que, durante al menos un setenta por ciento del año, el suelo está húmedo y el cielo, gris. En cualquier caso, según el pronóstico del tiempo, este fin de semana va a hacer buen tiempo.

Solo he buscado a Izzy por curiosidad, pero de repente me da la impresión de que lo que he encontrado es uno de esos regalos maravillosos que te da la vida cuando no ibas en busca de nada.

Después de todo, parece que sí tengo plan este fin de semana.

Capítulo 7

Los dos días siguientes parecen pasar muy despacio. El viernes en la floristería hay menos movimiento que de costumbre; tan poco que acabo cerrando antes de lo normal y yéndome al gimnasio. El sábado por la mañana voy al súper y luego a uno de esos grandes almacenes de artículos deportivos, donde me compro unas botas de montaña y calcetines, y también unas gafas de sol ligeras que casi consiguen que parezca *cool*.

Cuando llego a casa, guardo la compra y rebusco en el armario hasta que encuentro mi antigua mochila. Las costuras se están rompiendo por varias zonas, pero, dado que no tengo nada mejor, me va a tener que servir. Después, limpio la casa hasta dejarla como los chorros del oro, lo cual me mantiene ocupada hasta la hora del almuerzo. Me tomo un cuenco de sopa y después, cuando no se me ocurre nada más emocionante con lo que entretenerme, decido reorganizar los cajones de la cómoda. Para mi sorpresa, doblar todas y cada una de mis camisetas en un rectángulo y apilarlas en vertical por orden de color resulta bastante terapéutico. Pero, cuando abro el cajón de las bragas, mi entusiasmo disminuye. Tengo alguna que otra prenda que se podría describir como «lencería»; las compré cuando Rob y yo estábamos en la fase de luna de miel. El resto es una recopilación de artículos desparejados, y ya va siendo hora de reconvertir muchos de ellos en trapos para el polvo. Supongo que debería sustituirlos, pero me cuesta gastar dinero en cualquier cosa que se tenga que lavar a mano y que no me va a ver nadie más que yo misma.

Decidida a no dejar la tarea a medias, me tiro veinte minutos doblando cada braga en un cuadrado perfecto antes de colocarlas, ordenadas, en una vieja caja de zapatos. «Ay, si pudiera hacerme un cambio de imagen así a mí misma, no solo a la cómoda –pienso mientras meto la caja en el cajón–. Vestirme con tonos neutrales delicados, cortarme las puntas abiertas y alisarme las arrugas tan feas que me han salido…».

Al fin llega el domingo, el día de mi gran aventura. Aunque el comienzo del día no es muy prometedor: para empezar, está nublado, lo que significa que no voy a poder ponerme las nuevas gafas de sol. Además, cuando voy a prepararme el almuerzo para meterlo en la mochila, descubro que el jamón que pensaba usar en los bocadillos está caducado. La única otra opción es mayonesa, que no es un relleno muy aceptable socialmente, pero una doble capa de papel de cocina sirva para esconder el olor.

Me pongo unos pantalones militares (lo más parecido que tengo a unos pantalones de senderismo), una camiseta de algodón, un polar ligero y los nuevos calcetines y las botas, me marcho a la parada del autobús con tiempo de sobra para coger el tren de las nueve y seis desde Waterloo, el que recomendaba la página. Para mi frustración, unas obras retienen el autobús y pierdo el tren, pero, por suerte, solo tengo que esperar veinte minutos para el próximo, aunque tiene parada en todas las ciudades comerciales y estaciones rurales olvidadas de la mano de Dios.

Una vez que estoy montada en el tren, con un café en la mano, voy de un vagón a otro, con la esperanza de encontrarme con alguno de mis futuros compañeros de excursión, pero la única persona que lleva un calzado apropiado está bebiéndose una lata de cerveza. Diría que puedo descartarlo con bastante seguridad.

Se tarda sesenta y cinco minutos en llegar al pueblo de Sussex Oriental donde comienza la excursión. Tres minutos después de que el tren se ponga en marcha, empiezan a asaltarme las primeras dudas. No tengo claro qué es lo que espero conseguir con esta aventura. Ni siquiera tengo claro que vaya a estar presente Izzy. Y, en caso de que esté, tampoco es seguro que vaya a tener la oportunidad de hablar con ella. Y, si la tengo, ¿qué le digo?

Me parece que me estoy comportando de una forma un tanto… Me trago la primera palabra que se me viene a la mente y la sustituyo por algo más fácil de digerir: «excéntrica».

Considero la posibilidad de bajarme en la próxima parada y

volver a Waterloo. Pero ¿luego qué? ¿Vuelvo a una casa vacía y me pongo a ordenar más cajones? No, me digo a mí misma con decisión. No voy a rendirme; tengo que seguir adelante. ¿Qué más da si Izzy no aparece? La excursión me va a venir bien para salir de mi rutina habitual; es una oportunidad de conocer a gente nueva y que me dé un poco el aire. Y lo mejor de todo es que tendré algo que contarle a Claire el lunes.

Llego a mi destino cuatro minutos antes de que vaya a comenzar la caminata y me dirijo hacia la zona de reunión, en el exterior de la iglesia, donde ya se ha formado un gran grupo. La mayoría de la gente es joven y va vestida a la moda, con prendas sintéticas transpirables. Tras identificar al líder de la excursión gracias al portapapeles que lleva en la mano, me acerco y me presento. El hombre me tiende la mano y, mientras se la estrecho, se inclina hacia mí y agita el codo con vigor. Después coge las cinco libras que le entrego y me tacha de la lista. Parece ser que soy la última en llegar, porque partimos casi de inmediato. Recorremos el borde serpenteante de un campo y atravesamos una zona boscosa antes de llegar a un sendero bien señalizado.

Al fin me sonríe la suerte por primera vez en todo el día, ya que de pronto el sol comienza a aparecer entre las hileras de nubes onduladas. Me bajo las gafas de sol de la frente para protegerme los ojos, me quito la coleta y me sacudo el pelo suelto. Resulta muy agradable escapar de Londres, del cemento y la contaminación, y la verdad es que esta zona es preciosa. Una cometa roja revolotea en el cielo y montones de flores que me llegan a la altura de las rodillas, rosas, blancas y azules, adornan la hierba larga que hay junto al camino. Voy enumerando sus nombres mentalmente, y los repito una y otra vez como un mantra.

Poco después veo que mi ritmo se acompasa con el de otra senderista; una mujer mayor con los párpados caídos y los andares asustadizos de una criatura que acaba de salir de una hibernación imprevista. Tras la charla obligatoria sobre en qué parte de Londres vivimos, se lanza a recitar un monólogo apasionado sobre los baños en los ríos y sobre el despertar espiritual que tuvo en el estanque exclusivo para mujeres en Hampstead Heath. Cuando se queda atrás para atarse el cordón de las botas, siento cierto alivio.

A estas alturas el grupo ya se ha ido extendiendo. Aún no he visto a Izzy por ningún lado, de modo que acelero el paso y adelanto a los demás cada vez que puedo. Cuando estoy casi al frente del grupo, sudando un poco de tanto esfuerzo, veo al fin a alguien que podría ser ella. Tiene el mismo pelo y la misma constitución que Izzy, y va vestida con tonos suaves y agradables, como de frutas: *leggings* color frambuesa, calcetines hasta la rodilla color albaricoque y chaleco color arándano. No puedo verle la cara al completo, tan solo el perfil cuando se gira para hablar con la chica que va a su lado, pero esa nariz respingona y esa barbilla ligeramente redondeada me resultan muy familiares.

Durante casi un kilómetro, me mantengo unos metros por detrás de las dos chicas, preguntándome si la que creo que es Izzy podrá sentir la atracción de mi ávida mirada. Me encanta cómo camina, con unos andares estables y cargados de confianza, flexionando las extremidades y bamboleando los brazos, con la melena ondeando al viento. Si resulta ser Izzy, entonces es muy probable que la mujer de pelo moreno con la que está manteniendo una charla muy animada sea la misma que le escribió en Facebook. De tanto en tanto me llegan fragmentos prometedores de su conversación, y poco después oigo el nombre del exmarido de Izzy, lo cual confirma mis sospechas.

—Estoy segurísima de que Hugh me pone verde cada vez que puede —le dice a su amiga la mujer que estoy convencida de que es Izzy, con un toque inconfundible de resentimiento en sus palabras—. La mitad de los amigos que teníamos en común ha dejado de responder a mis mensajes, y dos de ellos incluso han tenido la cara de eliminarme de Facebook.

—No entiendo por qué la gente siempre piensa que tiene que ponerse de un bando o de otro cuando se acaba un matrimonio —comenta la amiga—. Pero no te vengas abajo, que siempre puedes hacer amigos nuevos.

—Supongo, pero requiere mucho tiempo y energía... Y, mientras tanto, me tengo que quedar los viernes por la noche en casa sola mientras todo el mundo sale a pasárselo bien. Por cierto, hablando de eso, ¿estás libre este finde? Estaba pensando que podríamos salir a cenar. Yo invito.

—Me encantaría, Iz, pero vienen mis sobrinos a pasar el fin de semana para jugar con los niños.

—¿Y no podría hacerse cargo de ellos ese marido tan maravilloso que tienes? Si no van a ser más que unas horitas…

—Estás de coña, ¿no? Si casi ni siquiera se puede ocupar de nuestros dos hijos cuando lo dejo solo con ellos… Y los niños de su hermano son unos salvajes.

No consigo oír la respuesta de Izzy porque justo en ese momento un hombre alto al que le queda poco pelo se acerca y me pregunta en un tono amable:

—¿Te está gustando la excursión?

Vacilo durante un instante, molesta por que no me haya permitido seguir escuchando, mientras busco algún vacío legal en las normas de la buena educación que me permita librarme de mantener una conversación con él. No encuentro ninguno, de modo que tan solo le ofrezco una respuesta afirmativa. Y después de eso no consigo librarme de él durante otros seis kilómetros y pico, aunque, para ser justa, lo cierto es que es majo, y sabe mucho sobre la fauna silvestre.

A las doce y media hacemos una parada para almorzar en la cima de una colina cubierta de hierba con vistas panorámicas. Y ya era hora, porque uno de los talones me está matando, y quiero echarle un vistazo para ver cómo lo tengo. Pero, antes de nada, necesito comer; entre el aire fresco y el ejercicio, estoy muerta de hambre. Para minimizar el mal olor, devoro los bocadillos tan rápido como puedo y los bajo con unos buenos tragos de la botella de agua. Después, cojo la mochila y me acerco a un tocón en el que me siento para quitarme la bota izquierda y el calcetín con mucho cuidado. Cuando veo la piel inflamada en la parte posterior del talón, me doy las gracias a mí misma por haber sido lo bastante previsora como para traer un paquete de tiritas. Tras escoger una del tamaño apropiado, me agacho y empiezo a retirar el envoltorio de la tirita.

—Qué cabrona —dice alguien.

La tirita se me resbala y, cuando alzo la vista, me encuentro con que la persona que se está dirigiendo a mí no es ni más ni menos que Izzy.

–¿Perdón? –le digo, confundida.

Me señala el pie desnudo.

–Las ampollas, digo –responde–. Son la cruz de los senderistas.

En ese momento se me relajan los músculos de la cara.

–Deben de ser estas botas nuevas. Es la primera vez que me las pongo.

–Sí, suelen tardar un poco en adaptarse. –Coge la tirita del suelo y me la entrega–. No quiero quedar como una sabelotodo y, por favor, mándame a tomar viento si quieres, pero ayudaría bastante que te atases las botas como es debido.

Le ofrezco una sonrisa para demostrarle que no me molesta el comentario; de hecho, lo agradezco.

–No sabía que te pudieras atar mal las botas.

–Te sorprendería… Y te lo digo por experiencia. –Se le forman unas arrugas agradables alrededor de los ojos–. Si quieres, te enseño.

–Sí, por favor. Me vendría muy bien.

Espera a que me coloque la tirita y me vuelva a poner el calcetín.

–El problema es que se te están moviendo los pies por dentro de las botas –me explica–. Y esa fricción constante es la que te provoca las ampollas.

Se arrodilla delante de mí y empieza a sacar por completo el cordón de la bota derecha. Me percato de que no tiene hecha la manicura como su hermana, pero sí lleva las uñas cortas y bien perfiladas.

–Para alguien como tú, con el empeine alto, es mejor no entre-cruzar los cordones –me dice mientras empieza a volver a intro-ducirlos en los agujeros de la bota–. Si los atas rectos, no sentirás tanta presión en la parte superior del pie.

Alza la vista hacia mí y me dice:

–¿Te puedes levantar? Es mejor ver cómo apoyas el pie cuando está soportando tu peso.

Me pongo en pie, obediente.

–Ahora flexiona los dedos y empuja con el talón hacia abajo, para que tengas todo el pie bien apoyado y acomodado antes de apretarte los cordones.

Tras hacer lo que me pide, empieza a tirar de los cordones, fila a fila, desde la punta del pie hacia arriba. Resulta extraño, y a decir verdad incluso agradable, que alguien me dedique su atención de este modo.

Una vez que Izzy está satisfecha con la tirantez de los cordones, agarra el extremo de uno y lo dobla sobre sí mismo, con lo que crea la forma de una oreja de conejo. Enrolla el otro a su alrededor, usando el pulgar para crear un lazo debajo y, después, mueve las manos tan rápido que me pierdo y no logro ver lo que hace.

–¿Qué tal así? –me dice cuando termina de atar el nudo.

Levanto el pie del suelo.

–La noto cómoda. Y bien sujeta.

–Prueba a caminar.

Doy unos pasos hacia delante y me quedo boquiabierta al notar el contraste con la bota derecha.

–Madre mía, menuda diferencia. El pie no se me mueve nada dentro de la bota.

–De eso se trata. –Se echa hacia detrás y se queda en cuclillas–. Si te vuelves a sentar, te hago también la otra, para que tengas las dos iguales.

–¿Seguro? No quiero quitarte tiempo del almuerzo.

–No te preocupes, ya me había comido casi todo antes de que nos sentáramos. No tengo nada de fuerza de voluntad. Por eso me sobran unos kilitos.

En mi opinión, Izzy tiene un cuerpo ideal (y, con esos *leggings* que lleva, tampoco puede ocultar nada), pero no quiero sonar como una psicópata, así que resisto la tentación de decírselo.

–Me llamo Amy, por cierto –le digo mientras vuelvo a sentarme en el tocón.

–Izzy –responde–. Encantada de conocerte.

–Te agradezco mucho la ayuda. Soy una completa novata en esto de caminar. –Esbozo una sonrisa afectada con exageración–. Y con caminar no me refiero a poner un pie delante del otro, claro.

Izzy me sonríe.

—No te preocupes, te entiendo, y tienes mucho mérito por lanzarte a la piscina con una excursión de más de quince kilómetros. —Extiende la mano para encargarse de mi otra bota—. ¿Cómo has conocido el grupo?

—A través de Facebook. Una amiga mía sabía que tenía ganas de apuntarme a un club de senderismo y mc pasó el enlace —le digo; la mentira me sale sola, con facilidad—. ¿Cuánto tiempo llevas tú en el grupo?

Izzy encoje un único hombro.

—Un año, más o menos. La gente es bastante maja. Espero que todo el mundo esté haciendo que te sientas bienvenida.

—Ah, sí, desde luego —respondo—. Me lo estoy pasando genial. Hay tanta paz por aquí… Parece que estemos a millones de kilómetros de Londres.

—Sí, no hay nada como una buena excursión por el campo para aclarar la mente. —Baja la vista mientras comienza a pasar los cordones por los agujeros de la otra bota—. Últimamente he estado bastante estresada en el trabajo. Hoy necesitaba justo esto.

Me aferro a esta revelación con avidez.

—¿A qué te dedicas?

—Soy jefa de ventas en una inmobiliaria. O, bueno, era. —Vuelve a entregarme la bota—. Ya está.

Introduzco el pie en la bota y me levanto para que pueda atarme bien los cordones.

—¿Eras?

—Sí, me despidieron hace unas semanas. Al dueño le parecía que había demasiados altos cargos administrativos en el negocio, así que decidió echar a uno de los directivos, y me tocó a mí. —Agita una mano en el aire—. A saber por qué. Me podrían hacer una lobotomía y, aun así, haría mi trabajo mejor que la mayoría de la gente de ese puto sitio.

Su comentario me saca una risita.

—¿Y has conseguido encontrar ya otro trabajo?

Izzy sacude la cabeza.

—No es un momento demasiado bueno; el mercado inmobiliario

no está precisamente en su punto álgido. ¿Y tú? ¿A qué te dedicas?

–Soy florista.

–Anda, qué bien –me responde mientras levanta la vista–. Debe de resultar muy gratificante hacer sonreír a la gente todos los días.

El comentario acertado de Izzy me emociona.

–Sí, la verdad es que sí.

–¿Y llevas mucho tiempo dedicándote a eso?

–Casi quince años. Ya no me veo haciendo ninguna otra cosa, para serte sincera. Llevo las flores en el ADN; es más una vocación que un trabajo.

–Qué maravilla. Hay tanta gente que acaba trabajando de algo sin planearlo bien y luego se pasa el resto de la vida arrepintiéndose... –Aprieta bien los cordones y empieza a anudarlos–. ¿Para quién trabajas?

–Para nadie; tengo mi propio negocio.

–Vaya, qué bien –responde con admiración–. ¿Y dónde lo tienes?

–Tengo una tienda en el sureste de Londres.

–Yo vivo al sur del río. ¿Cómo se llama la floristería? A lo mejor he oído hablar de ella.

Me froto la punta de la nariz. Dudo mucho que los Elliott le hayan hablado de mí a Izzy, sobre todo cuando se supone que la fiesta de cumpleaños es una sorpresa, de modo que no tengo motivos para pensar que va a atar cabos.

–Flores de Mayo. También trabajo *online*.

–Ay, qué nombre más cuco –me dice–. Lo recordaré para la próxima vez que quiera enviarle flores a alguien.

Al mirar por encima de la cabeza de Izzy, veo que el líder del grupo está ya en pie y los demás están empezando a meter las cosas del almuerzo en la mochila.

–Creo que vamos a ponernos en marcha de nuevo –le digo a Izzy.

Le da unas palmaditas a la punta de mi bota y se levanta.

–Pues ya están listas. Esperemos que no te salgan más ampollas.

–Gracias –le digo mientras cojo mi mochila.

No tengo muy claro cómo proceder ahora; es como ese momento incómodo al final de una cita, cuando tienes que fingir indiferencia porque no quieres arriesgarte a que te rechacen si muestras demasiado entusiasmo. Que Izzy me haya ofrecido su ayuda con las botas no quiere decir que quiera que siga caminando con ella durante el resto de la excursión. Seguro que hay muchas otras personas del grupo con las que preferiría pasar el rato.

–Bueno, disfruta del resto de la excursión –le digo mientras me cuelgo la mochila de un hombro.

Alza una ceja, como si le hubiera hecho gracia mi comentario.

–No me digas que vas a esfumarte tan pronto. ¿Por qué no te vienes conmigo y te presento a mi amiga Maria? También puedo presentarte a más gente, si te apetece.

Casi no puedo contener la alegría.

–Bueno, si de verdad no te importa que vaya con vosotras…

Normalmente odio hablar sobre trivialidades, esas charlas falsas que mantienes cuando estás conociendo a alguien y que garantizan que vas a conocerlos menos al final de la conversación que al principio. Pero la conversación con Izzy y con Maria no tiene nada que ver con eso. Las dos son muy abiertas y simpáticas, y pasan de un tema a otro al momento, como clientes en un bufé que no pueden dejar ni un solo plato sin probar. Me cuentan que se conocen desde hace más de diez años, que coincidieron por primera vez en una clase de pilates y que Izzy se acaba de comprar un piso a un tiro de piedra de donde vive Maria, en Greenwich. Izzy habla con pasión sobre lo mucho que le gusta viajar al extranjero, mientras que Maria nos ofrece anécdotas divertidas de su trabajo como médica de cabecera y nos habla de su marido y sus dos hijos, a quienes adora. Cuando me hago la inocente y le pregunto a Izzy por su situación sentimental, me habla de su divorcio reciente y dice que, por ahora, está contenta yendo de flor en flor, sin compromiso.

Como es natural, también me hacen preguntas a mí. Dado mi historial, tengo que andarme con cuidado, pero tengo la historia de mi pasado muy bien ensayada. La he contado tantas veces que los detalles han adquirido una especie de pátina, como la correa de un bolso de cuero después de usarlo mucho. Les ofrezco respuestas cortas e inocuas y no me cuesta demasiado redirigir la atención hacia ellas de nuevo. Como suele ocurrir con la gente segura de sí misma, a Izzy y a Maria les encanta hablar sobre ellas. Y a mí me gusta escuchar lo que me cuentan. Poseen cierta firmeza, una presencia robusta y estable que envidio.

Me tienen tan cautivada que los kilómetros van pasando como si nada y, antes de que me dé cuenta, hemos vuelto al pueblo desde el que partimos. Espero que el líder del grupo proponga ir a tomar algo al pequeño *pub* tan mono que acabamos de dejar atrás, pero la gente parece querer llegar a tiempo para el próximo tren, que sale en ocho minutos.

–Maria y yo hemos venido en coche –comenta Izzy mientras el grupo recorre la calle principal en dirección a la iglesia–. ¿Tú has venido en tren?

–Sí. Cogí un asiento en el vagón silencioso, pero la verdad es que no era el bastión de silencio que esperaba.

Maria me sonríe y señala un coche deportivo que hay aparcado un poco más adelante, en la cuneta.

–Me ofrecería a llevarte de vuelta a Londres, pero mi coche tiene solo dos asientos. Mi marido necesitaba el monovolumen para poder llevar a los niños a la clase de natación.

Siento una pequeña punzada de decepción; habría sido genial poder pasar más rato con ellas.

–No pasa nada –le digo tratando de sonar despreocupada.

Izzy rebusca en la riñonera que lleva en la cintura y saca el móvil.

–¿Me das tu número, Amy? –me pregunta–. Podríamos tomar un café algún día.

Siento un ligero temblor; algo cobra vida en mi interior, como una cerilla encendida de pronto en la oscuridad.

–Sí, claro –contesto mientras hurgo con torpeza en el bolsillo delantero de la mochila en busca del móvil–. Me encantaría.

Capítulo 8

Me despierto aterrada y empapada de sudor. He vuelto a tener una de mis pesadillas. Y esta vez era una de las malas, de las que te asfixian. He estado a punto de conseguir zafarme una o dos veces, pero el peso de mis propias extremidades ha vuelto a hundirme.

Miro el reloj que tengo en la mesilla de noche. Las 05:26 h. Ya no voy a poder volver a dormir, así que decido levantarme. Cojo el móvil y veo que tengo un mensaje de Claire; me lo envió un poco después de las doce de la noche. Dice que no puede venir a trabajar hoy, que la caravana se ha estropeado mientras volvían de Cornualles y que se han tenido que quedar en un Travelodge en Exeter. Han tenido que dejar la caravana en un taller de la zona y están esperando a que se la arreglen. Me pide disculpas efusivamente por haberme dejado tirada con tan poca antelación y me asegura que, si no les arreglan la caravana hoy, Kyle se quedará en Exeter y ella volverá a Londres en tren. Lo último que quiere es dejarme en la estacada dos días seguidos.

Le respondo que no se preocupe; los lunes suelen ser días bastante tranquilos en la floristería. Seguro que puedo arreglármelas yo solita. Lo único que me molesta un poco es no poder contarle a nadie el domingo tan maravilloso que pasé en Sussex Oriental.

Después de beberme el café, no logro resistirme y abro Facebook. Izzy ya ha subido una selfi de ayer. Está de pie delante de una valla de madera, con los acantilados de South Downs por detrás. Debajo hay varias fotos más de la excursión: la luz del sol filtrándose por las ramas de un árbol, una oruga en una rosa silvestre y un par de pies (los suyos, imagino) con unas botas de montaña al borde de un arroyo cuya corriente fluye deprisa.

El texto del *post* reza: «Salir a la naturaleza es más barato que ir a terapia». Normalmente me da repelús ese tipo de frases optimistas, pero esta vez (supongo que porque he compartido la experiencia con ella) me resulta encantador, e incluso bastante inspirador.

Después de ducharme, me seco el pelo con el secador en lugar de dejar que se seque al aire. Si voy a atender a los clientes en la tienda todo el día, más me vale estar presentable. Cuando termino, me quedo mirando el reflejo del espejo del tocador. Esperaba que se me pegara algo del glamur y el aspecto saludable de Izzy, y lo cierto es que empiezo a sentirlo; lo noto en la piel, como si se posaran sobre mí unos delicados copos de nieve. Me acerco al espejo, giro la cabeza hacia un lado y hacia el otro y me pregunto si podrán notarlo los demás.

Llego a la tienda un poco antes de las siete. Después de comprobar los pedidos que han llegado a través de la web de Flores de Mayo durante el fin de semana, empiezo a confeccionar los ramos y paro a las ocho y cuarto para desayunar un *bagel* con mantequilla que he traído de casa. Ya casi es la hora de abrir, de modo que dirijo la atención a la decoración del exterior de la tienda. A veces, sobre todo cuando estamos muy ocupadas, puede resultar una tarea muy tediosa, pero hoy me produce una satisfacción enorme colocar unos frascos de cristal llenos de rosas de té en los peldaños de una escalera de madera antigua y llenar el carrito *vintage* de caléndulas naranjas.

Como siempre, los trabajadores con trajes elegantes que van de camino a la estación empiezan a entrar en la tienda para comprar flores para los cumpleaños de sus compañeros de trabajo o como regalo de despedida. Cuando la cosa se calma un poco, decido prepararme una taza de té. Dado que no puedo dejar la tienda desatendida, me he traído el hervidor de agua del estudio y lo he colocado junto al grifo que hay en el rincón. Cuando alcanza su clímax tembloroso, Ewan llega para hacer la ronda diaria de repartos.

—Justo a tiempo —le digo con una sonrisa de oreja a oreja—. ¿Te apetece tomarte una taza de té rápida antes de empezar a cargar la furgoneta?

—Me encantaría, gracias —me responde mientras se acerca al mostrador.

Dejo caer una bolsa de té en otra taza y cojo el hervidor de agua.

—Todos los ramos están colocados en la mesa de trabajo del estudio —le informo—. En un momento, te imprimo la hoja de ruta.

—Genial, gracias —contesta mientras se pasa una mano por el pelo oscuro. Me fijo en que le han empezado a salir algunas canas sobre las orejas—. ¿Está Claire en el estudio?

Niego con la cabeza.

—No, hoy no vendrá. Kyle y ella han pasado el fin de semana en un festival y se les ha estropeado la caravana cuando estaban de vuelta. Se han quedado atrapados en Exeter hasta que se la reparen.

—Menudo fastidio —dice—. ¿Te apañas tú sola? Puedo quedarme un rato después de entregar los pedidos, si necesitas ayuda con lo que sea. —Me lanza una sonrisa ladeada—. No se me da muy bien el diseño floral, pero soy todo un experto en coger cosas y acarrearlas de aquí para allá.

—Gracias, Ewan, te agradezco mucho la oferta. —Sirvo leche en las dos tazas y le tiendo una—. ¿Has tenido un buen fin de semana?

Ewan se apoya contra el marco de la puerta, agarrando la taza con ambas manos.

—Sí, no ha estado mal. Tampoco es que haya hecho mucho; solo he ido a pescar con mi hermano y nos hemos tomado unas cuantas cervezas en el *pub*. ¿El tuyo qué tal?

—He estado en Sussex haciendo senderismo. Recorrimos más de quince kilómetros.

—Hala. ¿Y con quién has ido?

—Con mi grupo de senderismo —respondo, disfrutando de cómo suenan las palabras en mi boca—. Es la primera vez que voy, pero me lo he pasado de maravilla. —Se me escapa un suspiro soñador—. No puedo dejar de pensar en ello; ha sido el mejor día que he tenido en mucho tiempo.

Percibo algo en la expresión de Ewan: una mezcla de diversión y lástima en sus ojos. «Lo sabe», pienso. Sabe que soy una persona patética y sin amigos y que el día de la excursión ha sido la primera vez que he socializado desde hace meses. Años, para ser sincera. Una llamarada de vergüenza me enciende las mejillas.

—Yo también hago senderismo de vez en cuando —me dice—. Un

par de colegas y yo subimos a Snowdon el año pasado. –Hace una pausa para tomar un sorbo de té. Hace tanto ruido con la parte posterior de la garganta al tragar que resulta desagradable–. Deberías hacer un viaje al norte de Gales. Hay unos paisajes espectaculares. Te puedo recomendar un par de sitios buenos donde alojarte, si te interesa.

–No sé yo –le digo con frialdad–. No creo que esté a tu nivel, Ewan; seguro que me va mejor quedándome por la zona. –Me acerco al fregadero del rincón y vacío el contenido de la taza con tanta violencia que salpica todo el escurridor. Me giro hacia él y añado–: Me encantaría seguir charlando todo el día, pero la verdad es que tendría que ponerme a trabajar. Entra de nuevo en la tienda cuando hayas terminado de cargar la furgoneta y te entrego la hija de ruta impresa.

–Vale –responde, un poco desconcertado.

Cuando se marcha, empiezo a confeccionar un ramo para un aniversario. Se me ha esfumado el buen humor y me pongo manos a la obra del mismo modo que un *pitbull* se lanza a la pierna de un cartero, con una violencia despiadada. Manejo una rosa con un tallo muy largo con tanta agresividad que acabo rompiéndola y al momento me avergüenzo, como si acabase de asesinar a uno de mis hijos.

Durante el momento de calma que llega tras el almuerzo, aprovecho para hacer un boceto de un diseño para una pared de flores que tengo que preparar para la inauguración de una nueva peluquería. Normalmente no tengo ningún problema para inspirarme, pero hoy, por lo visto, me cuesta concentrarme. Siento el cráneo como una bola de nieve que acaban de agitar, con un remolino de ideas a medio formar que no consigo unir para crear un concepto coherente.

Ewan vuelve poco después de las tres. Mientras estaba fuera, había pensado en pedirle que me ayudara a meter las jardineras que tenemos en la acera. Pesan bastante y me cuesta manejarlas sola. Si las dejo fuera toda la noche, seguro que me las destrozan o, peor aún, me las roban. Pero, al final, ni siquiera me da tiempo a pedírselo, ya que no entra en la tienda del todo; tan solo asoma la cabeza por la puerta para decirme que ya ha entregado todos los pedidos y que ha dejado las llaves de la furgoneta colgadas en el estudio.

—Nos vemos mañana por la mañana –me dice mientras se despide con la mano y desaparece.

No me sorprende que no quiera pasar más tiempo conmigo de lo que estipulan las condiciones de su contrato; la verdad es que antes he sido bastante brusca con él. Espero que mañana se le haya olvidado lo borde que he sido.

Entre las cuatro y las cinco y media no dejan de entrar clientes, y después llega la hora de cerrar e irme a casa, a mi piso vacío. Mientras giro el cartel de la puerta para indicar que la tienda está cerrada, me pongo a pensar en si debería adoptar otro gato; al menos así habría alguien que se alegraría al verme entrar por la puerta.

Un estallido breve en plan sintetizador que procede de debajo del mostrador me informa de que me ha llegado un mensaje de WhatsApp, algo que me resulta un poco sorprendente. A diferencia de la mayoría de las mujeres de mi edad, no formo parte de ningún grupo de WhatsApp, ni de viejos amigos de clase ni de mi familia ni de gente que haya conocido en unas clases de preparación al parto. No tengo ni idea de quién será. La única persona de la que espero noticias es Claire para que me confirme si ha conseguido volver a Londres. Pero, ahora que lo pienso, Claire nunca me ha mandado un WhatsApp hasta ahora; su modo de comunicación preferido cuando no estamos la una al lado de la otra son los mensajes de toda la vida. Supongo que esta vez ha roto la tradición.

En lugar de ir a por el móvil directamente, me entretengo con todas las tareas mundanas de las que suele ocuparse Claire: sacar la basura, fregar el suelo, bajar las persianas… Cuando al fin reviso el móvil, me encuentro con una sorpresa maravillosa: resulta que el mensaje no era de Claire, sino de Izzy.

Empieza diciendo:

Hola, Ames.

¿«Ames»? Nadie me ha llamado así jamás. Pero me gusta. Da la sensación de… cercanía.

> Te quería preguntar si te apetece salir a comer algo el viernes por la noche. Hay un sitio de tapas que me encanta cerca de mi casa. Si te da igual venir hasta Greenwich, claro.

Me quedo mirando la pantalla, desgranando cada palabra y volviéndolas a unir. ¿Está de coña? Pues claro que me da igual. Me arrastraría sobre cristales rotos para llegar hasta Greenwich si fuera necesario. La verdad es que estoy bastante sorprendida. No pensaba que Izzy se fuera a poner en contacto conmigo tan pronto. Ni siquiera sabía si lo haría. Había empezado a pensar, para mi horror, que se esfumaría, como una Polaroid cuando se deja a la luz del sol y se difumina la imagen hasta convertirse en una silueta gris, como un esqueleto, y al final desaparece.

Respondo:

> Me parece genial. ¿Quedamos en el restaurante?

Los dos tics se tiñen de azul en cuestión de segundos. Agarro el móvil con fuerza, casi olvidándome de respirar, mientras veo la lenta marcha de la muerte de los tres puntitos que me informan de que está redactando su respuesta.

> Es un poco difícil encontrar el sitio. Creo que es mejor que vengas a mi casa primero. 36 Hyde Terrace SE10. Primera planta. ¿Te viene bien a las 19:30 h?

Es tan maja que incluso ha añadido un *emoji* de un beso al final. Le respondo de inmediato:

> ¡Pues parece que tenemos una cita el viernes! Qué ganas.

Después de enviárselo, estoy hasta mareada. Demasiadas emociones. Necesito sentarme.

Capítulo 9

El trayecto en autobús es más rápido de lo que pensaba, y llego a Greenwich veinte minutos antes de la hora. No quiero presentarme en la casa de Izzy demasiado pronto, de modo que hago tiempo echándole un vistazo al escaparate de una tienda de antigüedades mientras me pregunto quién se podrá permitir gastarse seis mil libras en una mesa de comedor.

El piso de Izzy, en una antigua casa reconvertida de una calle arbolada, está a un paseo de distancia. Cuando llego y toco el telefonillo, me abre al momento, pero, cuando me recibe en la puerta, veo que está hablando por teléfono.

—Espera un segundo, El, porfa —le dice al teléfono. Se lo pega contra el pecho y me hace un gesto para que pase—. Lo siento, Amy, es que estoy hablando con mi hermana. —Pone los ojos en blanco para indicar que no es una experiencia de la que esté disfrutando demasiado—. El salón está ahí atrás. ¿Me esperas allí? En un momento estoy contigo.

Mientras atravieso la puerta que me ha indicado Izzy, me paro a pensar en la coincidencia de haber pillado a las dos hermanas hablando por segunda vez. Me hace sentir incómoda y un poco deshonesta. Si Izzy y yo vamos a ser amigas, tengo que encontrar la manera de hablarle de la relación que mantengo con los Elliott, y mejor pronto que tarde.

El salón es bastante grande y tiene unas vistas preciosas al parque. No se puede decir que los muebles sean tan elegantes ni tan caros como los de la casa de Eleanor, pero el efecto general es más agradable, más acogedor, en cierto modo. El estilo de Izzy es ecléctico, y tiene una curiosa colección de adornos. En la mesa de centro hay un cuenco con guijarros de río lisos y redondeados, y las estanterías que flanquean la chimenea están repletas de estatuillas exóticas: un Buda de esteatita, una Ganesha que toca la trompeta y algo maya, o quizá azteca, que está enseñando unos amenazantes dientes de ónice. Acabo de agarrar una diosa hindú pintada con colores intensos para examinarla de cerca cuando aparece Izzy.

—Perdona —me dice mientras deja el móvil en el sofá—. Me he librado de ella tan pronto como he podido.

Se nota que ha querido ponerse mona. Lleva un vestido con volantes muy bonito, conjuntado con unas zapatillas blancas de suela gruesa y muchas joyas de plata. Tiene el pelo recogido con un broche de carey, lo cual le acentúa la longitud del cuello, y la piel radiante, con un maquillaje que le hace parecer unos cinco años más joven. Menos mal que me he escabullido de la tienda a la hora del almuerzo para que me peinen y me sequen el pelo con el secador en la peluquería; así al menos estoy medio presentable.

—No te preocupes. He llegado demasiado pronto.

—¿Te ha resultado fácil llegar?

—Sí, he decidido venir en autobús en lugar de coger el coche; así puedo beber un poco.

—Ay, genial —exclama Izzy mientras se frota las manos con una alegría exagerada—. Odio beber sola. —Al ver la estatuilla que tengo en las manos, añade—: Ya veo que has encontrado a Durga, la madre protectora del universo.

Le doy la vuelta a la diosa y a todos sus brazos en la mano.

—Es preciosa. ¿Dónde la encontraste?

—La compró mi exmarido en Nepal. Es el primer regalo que me hizo.

—¿Y qué hacía en Nepal?

—Estaba de viaje, como yo. Acababa de graduarme y Hugh trabajaba en Londres, pero se había tomado un año sabático. Nos alojábamos en el mismo albergue, y congeniamos. Él iba solo, así que acabó pasando bastante tiempo conmigo y con los amigos con los que viajaba. —Izzy esboza una leve sonrisa—. No tenía ni idea de que estuviera colado por mí hasta que me compró justo esa estatua en un mercadillo callejero en Katmandú. Me había pillado admirándola unas horas antes y luego volvió para comprármela. Después de eso nos volvimos inseparables y, cuando volvimos a

Inglaterra, tres meses después, me pidió que me fuera a vivir con él.

Vuelvo a dejar a la diosa con cuidado en la estantería.

—Qué romántico suena…

—La verdad es que sí —dice como si sus palabras fueran un suspiro—. Hugh es el único hombre del que he estado enamorada. Estaba convencida de que estaríamos juntos para siempre.

—¿Cuándo rompisteis? —le pregunto, aunque ya me he hecho una ligera idea, gracias a Eleanor.

—La sentencia de divorcio llegó el mes pasado —contesta, a punto de quebrársele la voz—. No te voy a mentir, Amy; ha sido muy duro. Para serte sincera, todavía lo estoy aceptando. —Sacude un poco la cabeza, como si estuviera tratando de exorcizar el pensamiento—. En fin, no te he hecho venir hasta aquí para que tengas que aguantar mis lloriqueos, así que vamos yendo al restaurante, ¿vale? —Se agacha para recoger el móvil del sofá—. No he reservado, pero no creo que haya ningún problema.

Cuando llegamos, el restaurante está a reventar, lo cual no resulta demasiado sorprendente para un viernes por la noche.

—Madre mía, está a tope —digo mientras nos dirigimos al mostrador de la entrada, donde no hay nadie—. A lo mejor deberíamos intentar ir a otro sitio.

—Seguro que hay alguna mesa —contesta Izzy con firmeza.

Mira a su alrededor hasta que posa los ojos sobre un camarero muy atractivo con un tatuaje tribal en el antebrazo. Levanta la mano como si estuviera llamando a un taxi y, al momento, el camarero repara en ella. Esboza una sonrisa, se mete la bandeja que estaba sosteniendo bajo el brazo y comienza a acercarse a nosotras haciendo zigzag entre las mesas ocupadas.

Izzy se inclina hacia mí y huelo su champú de pomelo.

—Danny y yo somos follamigos —me dice ladeando la boca—. Seguro que puede sentarnos en algún sitio.

—¡Estupendo! —exclamo, tratando de no mostrar lo mucho que me ha sorprendido ese comentario tan privado, inesperado y, a decir verdad, innecesario.

Unos minutos después, como por arte de magia, Danny nos consigue una mesa libre.

—Gracias, guapo –le dice Izzy en un tono seductor mientras le acaricia la mandíbula y se sienta en la silla que Danny ha retirado para ella–. Tal vez te escribo luego.

Con una sonrisa voraz, Danny le responde:

—Estoy deseándolo.

A esas alturas ya tengo los ojos abiertos de par en par. El aire está tan cargado de feromonas que casi no puedo respirar.

—Qué bien que hayas podido venir esta noche –me dice Izzy después de que Danny, complaciente, nos tome el pedido de las bebidas–. Odio pasar los viernes por la noche sola.

Asiento con energía.

—Yo también. La mayoría de mis amigas pasan los fines de semana con sus parejas, así que suelo quedarme sin plan.

Izzy apoya la barbilla en la palma de las manos y me mira a los ojos.

—Entonces, ¿también estás soltera? Creo que no hablamos sobre tu vida romántica el otro día, en la excursión, ¿no?

—No –respondo–. O sea, que no lo hablamos, pero sí, estoy soltera. Llevo soltera bastante tiempo, la verdad.

Carraspeo, incómoda. Después de que Izzy haya confiado en mí para hablarme de sus encuentros sexuales con el camarero, me siento presionada a corresponderle con alguna confesión propia.

—Con mi último novio estuve seis años –le cuento–. Y me dejó por otra.

Frunce el ceño con expresión de compasión.

—Vaya, lo siento. En serio, los tíos son unos cabrones.

—Bueno, Rob no era tan malo –le digo–. Y, además, también tengo que asumir parte de la culpa. No lo valoraba lo suficiente, pero cuando me di cuenta ya era demasiado tarde.

Me detengo mientras un camarero, uno que no es el descarado de Danny, llega con una botella de zinfandel y nos llena las copas antes de dejar la botella en el enfriador.

—¿Y qué tal llevas eso de vivir sola? –me pregunta Izzy.

—La verdad es que lo llevo bien. Me gusta poder hacer lo que me dé la gana sin tener que preocuparme por lo que piense nadie más.

—¿Por ejemplo? —me pregunta, interesada.

Intento pensar en algunos ejemplos que no sean demasiado vergonzosos como para contárselos.

—Pues ponerme a cantar una ópera entera en la ducha, con varias voces y todo. O dejarme el lavavajillas lleno de platos durante tres días, o devorar una bolsa grande entera de Doritos mientras me trago un documental de seis capítulos sobre asesinos en serie...

Izzy me sonríe y le da un sorbo (más bien un lingotazo) al vino.

—Pero ¿no echas de menos el sexo?

Me paro a darle vueltas mientras recuerdo cómo era el sexo con Rob. Siempre lo hacíamos con las luces apagadas y siempre iba directo a las zonas erógenas relevantes, sin pronunciar palabra. Él, diligente; yo, respetando su concentración. Y, una vez que habíamos acabado, solía expresar su satisfacción. No tanto por haber tenido unos orgasmos impresionantes, sino por un trabajo bien hecho.

—Supongo que echo de menos esa conexión —reconozco—. Pero no tanto como para salir a buscar un ligue de una noche. Ni siquiera sabría cómo encontrarlo, la verdad.

—Créeme, no es tan difícil.

Izzy desvía la vista hacia Danny, que está retirando los platos de una mesa cercana, y veo que se le marca un bulto exagerado en la entrepierna con esos pantalones tan ajustados.

Cojo la copa de vino y le doy vueltas en la mano.

—¿Cómo te enteraste de que tu marido tenía una aventura?

Me fulmina con la mirada.

—¿Quién ha dicho que tuviera una aventura?

Me muerdo el carrillo con tanta fuerza que casi me sangra. No me puedo creer que le haya dicho eso. Fue Eleanor la que dejó caer que Hugh le había puesto los cuernos a Izzy, no la propia Izzy.

—Ay, lo siento. Lo había dado por hecho —le digo, tratando de salir del paso—. Ha estado fuera de lugar. Que mi pareja me pusiera los cuernos a mí no quiere decir que a ti te haya tenido que pasar lo mismo.

—No hace falta que te disculpes, amor —me dice mientras estira el brazo para posar la mano sobre la mía—. No eres la primera que lo piensa.

—¿No?

—Mi hermana Eleanor estaba convencidísima de que Hugh me había dejado por otra. Pero no tiene razón. Es solo que dejó de estar enamorado de mí. Así de simple.

—¿Y por qué piensa tu hermana que hay otra persona involucrada?

Izzy se encoge de hombros, pero el gesto no encaja con la intensidad de su mirada.

—Eso se lo vas a tener que preguntar a ella. A lo mejor lo dijo solo para ser cruel conmigo.

—No creo —le suelto. Si Izzy supiera todas las molestias que se está tomando su hermana para celebrar su cumpleaños, no diría eso—. ¿Por qué iba a querer hacerte daño tu propia hermana?

—No sé. Yo creo que le gusta sentirse superior. —Deja la mirada perdida en la botella de vino—. Y, además, piensa que bebo demasiado. Siempre me dice que no beba tanto, pero no es capaz de darse cuenta de que mi vida entera se ha venido abajo y tengo que intentar disfrutar todo lo que pueda.

Se me tensa un poco la boca. Si estuviera en el lugar de Izzy, en lugar de sentir lástima de mí misma, estaría agradecida. Vale, sí, ha perdido a su marido y el trabajo, pero vive en un piso precioso y tiene un camarero buenorro al que se tira de tanto en tanto. No obstante, si me pongo demasiado crítica, esta amistad no va a durar ni dos telediarios, de modo que me callo y le ofrezco una sonrisa que espero que parezca comprensiva.

El mismo camarero que nos ha traído el vino vuelve para preguntarnos si ya estamos listas para pedir la comida. Cuando hago amago de coger la carta, Izzy me la quita de las manos y vuelve a colocarla en la mesa.

—Sé que nos acabamos de conocer, pero ¿confías en mí?

—Sí —respondo sin pensarlo siquiera.

—Vale, pues deja que pida para las dos.

Se vuelve hacia el camarero y empieza a enumerar un plato tras otro sin necesidad de mirar la carta ni una sola vez. Supongo que debe venir a menudo. El camarero parece hipnotizado mientras la mira a la cara, al escote y a la cara de nuevo. Parece que Izzy tiene a la mitad de los que trabajan aquí cautivados. No puedo evitar preguntarme lo que se sentirá al resultar tan atractiva. La belleza de Eleanor es más clásica, pero Izzy tiene algo más: un carisma indescriptible.

Mientras el camarero intenta convencerla de cambiar las gambas al ajillo por la especializad del chef, me preparo mentalmente para la delicada conversación que nos espera. Necesito quitármela de encima pronto o, si no, no voy a poder relajarme. Le doy un buen trago al vino y luego otro, y noto que se me sube al momento a la cabeza.

En cuanto el camarero se marcha, me lanzo a soltar el guion que he preparado.

—¿Está casada tu hermana?

—Sí, James es un cielo. Siempre nos hemos llevado bien.

Me esfuerzo por mantener el rostro inexpresivo.

—¿También viven en Londres?

—En West Dulwich —Izzy coge la botella de vino y se rellena la copa antes de servirme también a mí—. Su casa antes era una iglesia; es impresionante, como sacada de una película.

Frunzo el ceño y ladeo la boca, como si estuviera pensando.

—No estarás hablando de James Elliott por casualidad, ¿no?

Izzy se queda boquiabierta.

—No me digas que lo conoces.

Abro la boca yo también, fingiendo que estoy igual de sorprendida que ella.

—James es uno de mis clientes. Me encargo de las flores de su estudio de arquitectura.

—¡Qué dices! —exclama mientras le da una palmada a la mesa y hace saltar los cubiertos—. O sea, ¿que también conoces a mi hermana?

Tomo otro sorbo de vino. Aquí es donde la cosa se pone complicada. Está claro que no le puedo revelar mi papel en la fiesta de cumpleaños que le están organizando; Eleanor nunca me perdonaría el haber arruinado la sorpresa.

–Solo nos hemos visto una vez, un momento, cuando le llevé flores a su casa. Creo que era un regalo de aniversario.

Izzy se lleva la mano a la boca.

–Mierda, si llego a saber que la conoces, no la habría puesto verde.

–Ah, no te preocupes por eso –me apresuro a decir–. Sé mantener la vida profesional y la privada separadas. De aquí no saldrá nada de lo que digas esta noche, te lo prometo.

Espero que me crea. No quiero que haya ningún obstáculo en nuestra relación. Quiero que se sienta cómoda conmigo, que me tenga por alguien en quien confiar. Una amiga de verdad.

–Menos mal –me dice–. Eleanor me vuelve loca a veces, pero sigue siendo mi hermana. No me gustaría que se enterase de que la he estado criticando a sus espaldas.

Intercambiamos una mirada profunda, como para comunicarnos que ambas entendemos que compartimos un secreto.

–¿Tenéis más hermanos o hermanas?

–No. Solo nosotras dos.

–¿Os lleváis bien con vuestros padres? –pregunto con una voz cargada de melancolía que deja ver que la relación con los míos se ha ido deteriorando a lo largo de los años.

–Solo vive mi madre. Mi padre murió cuando yo tenía catorce años. Era ortodoncista y un día sufrió un infarto fulminante en la consulta. Aunque había personal médico cualificado allí con él, no pudieron salvarle.

–Dios mío, qué horror –le digo mientras me esfuerzo por adoptar una expresión de espanto para intentar transmitir un nivel apropiado de empatía–. Perder a vuestro padre siendo Eleanor y tú tan jóvenes debe de haber sido muy duro.

–Fue horrible, y, para colmo, mi madre se vino abajo por completo y se pasó los seis meses siguientes casi sin poder valerse por sí misma.

–Entonces, ¿quién cuidaba de vosotras?

Se echa un mechón de pelo tras la oreja.

–Cada vez que alguien de la familia nos ofrecía su ayuda, mi madre la rechazaba, de modo que no nos quedó otra que cuidar de nosotras mismas. He de admitir que Eleanor se portó genial durante esa época. Es dos años más joven que yo, pero se comportó como si fuera la hermana mayor. Me preparaba el bocadillo para el instituto cada día, me recordaba que me lavase los dientes, comprobaba que hubiera hecho los deberes… No creo que hubiera sido capaz de pasar por esa época tan oscura sin ella. Diría que por aquel entonces estábamos más unidas que nunca.

–Eso es maravilloso –respondo–. Debéis tener un vínculo muy especial.

–En esa época, quizá sí, pero ahora las cosas son distintas –dice con el ceño fruncido.

Justo en ese momento llega el camarero con la comida. Muerta de hambre, lo observo mientras va dejando un plato tras otro en la mesa hasta que ya no cabe casi nada más. Todo tiene una pinta increíble y huele genial. Me alegro de que Izzy se haya encargado de pedir los platos; por mí misma, nunca habría sido tan aventurera. Antes de ponernos a comer, me va señalando cada plato y me explica lo que lleva. Resulta que sabe bastante sobre la cocina española, gracias a lo mucho que ha viajado por el país. Me encanta que sea tan cosmopolita y tan sofisticada, y que tenga tantas ganas de compartir sus conocimientos. Nos conocemos de menos de una semana, pero ya sé muchísimo sobre ella.

Mientras me sirvo un buen trozo de tortilla, veo que mira la botella medio vacía de vino con deseo y casi puedo oír el pensamiento que le cruza la mente como un rayo: «¿Es demasiado pronto para pedir otra?».

Hago contacto visual con un camarero que pasa por allí y le pido otra botella de zinfandel, con la barbilla levantada y ligeramente ladeada, imitando a Izzy cuando habla.

Izzy me ofrece una amplia sonrisa tan resplandeciente que me enternece.

–Chica, ni que me hubieras leído la mente.

El resto de la velada es un borrón agradable de conversación animada y embriaguez en aumento. Izzy me fascina; me fascina que muestre tantas facetas distintas, a veces seria e introspectiva y otras traviesa y juguetona, pero siempre con emociones fuertes.

Su intensidad es como una de esas ráfagas de viento inesperadas que hacen que las ventanas se abran de golpe.

Yo, por mi parte, soy mucho más circunspecta; me entrego en pequeños fragmentos, esquirlas de verdad, anécdotas cuidadosamente adaptadas. No veo necesario abrirle mi corazón a nadie. Al menos al principio. Fingir ser alguien que no eres puede resultar agotador, pero esta noche me lo estoy pasando genial. Soy como una niña disfrutando de un viaje en barco. Sé que, bajo el agua, hay todo tipo de peligros: corrientes impredecibles, algas asfixiantes, depredadores con fauces abiertas; pero aquí arriba, en la cubierta, tan solo veo la luz del sol reflejada en la superficie del agua.

Nos pimplamos dos botellas de vino con la comida y, después de que nos sirvan una tarta de chocolate muy pesada de la que solo puedo comerme la mitad, Izzy me convence para que pruebe un *espresso martini*.

—¿Puedes ponerle eso a mi amiga para llevar, cielo? —le dice Izzy al camarero, señalando la tarta.

Su petición no tiene nada de especial, pero me encanta porque yo tampoco soporto desperdiciar comida.

Recuerdo la vez en que Rob se murió de vergüenza cuando tuve una bronca con una camarera en un restaurante francés que se negaba a ponerme las sobras de un *cassoulet* para llevar. Según ella, el local podía considerarse responsable si yo guardaba las sobras en casa en unas condiciones que no eran óptimas y acababa intoxicada. Era un razonamiento ridículo, ya que tenía todo el derecho del mundo a llevarme la comida deliciosa que había preparado alguien con unas habilidades culinarias muy superiores a las mías y por la que, además, había pagado una cantidad considerable de dinero.

Está claro que, en ese tema, Izzy y yo pensamos igual, y que haya querido rescatar las sobras de mi postre constituye una nueva aportación generosa a nuestra amistad.

Le dedico una sonrisa de agradecimiento. Han atenuado las luces del restaurante e Izzy tiene las pupilas dilatadas. Alza el vaso de martini para proponer un brindis.

—Gracias por esta velada tan agradable, Amy. Me lo he pasado genial.

—Yo también —respondo mientras entrechocamos los vasos—. Habrá que repetir algún día.

En el viaje de vuelta a casa en autobús, me encuentro casi en un estado de euforia. Ni siquiera los jóvenes molestos que están sentados al otro lado del pasillo, que no dejan de decir palabrotas y de enseñarse fotos pornográficas unos a otros en el móvil, pueden deslucir la velada.

Apoyo la cabeza contra la ventana y cierro los ojos mientras repaso mentalmente las últimas horas: la risa, la cercanía, la novedad de pasar la tarde y la noche fuera de las cuatro paredes de mi piso…

Siento como si algo que estaba tenso y contraído se hubiera desplegado en mi interior, como un helecho al soltar sus frondas y extenderse hacia la luz.

Capítulo 10

Ahora

Mi nombre es Jennifer Hodge. Soy técnica en emergencias sanitarias en el servicio de ambulancias de Londres. Obtuve el título en 2011 y llevo trabajando en este puesto desde diciembre de 2015. He hecho esta declaración consultando mis apuntes, que redacté el día del incidente.

El día 22 de septiembre entré a trabajar a las ocho y media. Ese día, mis siglas de identificación eran Q217 y trabajaba con mi compañera Kelly Wilson. Estábamos en nuestro centro cuando recibimos la llamada para acudir a El Santuario, en Oakwood Road, West Dulwich, aproximadamente a las once y cuarenta y cinco. Nos informaron de que la paciente era una mujer de 36 años que, al parecer, estaba inconsciente. No se nos proporcionaron más detalles.

Al llegar, nos recibió una mujer que nos dijo que trabajaba como limpiadora en la casa. Estaba muy alterada y no pudo darnos información sobre el estado de la paciente, más allá del hecho de que no respondía a ningún estímulo.

La mujer nos condujo a un dormitorio del primer piso. La puerta estaba abierta solo unos centímetros y, a través de la rendija, pude ver a la víctima en el suelo. La posición del cuerpo impedía que se abriera la puerta con facilidad, pero, dado que mi compañera y yo somos de complexión delgada, pudimos entrar en la habitación.

Una vez dentro, vi tres mujeres adultas tumbadas en el suelo, todas vestidas y todas aparentemente inconscientes. Dos de ellas tenían manchas de sangre visibles en la ropa. También observé una huella de sangre en la pared.

La habitación estaba bastante revuelta. Había una estantería tumbada y juguetes de niños esparcidos por el suelo. En la mesilla de noche había una lámpara volcada y una de las cortinas estaba medio descolgada. También me percaté de que había flores recién cortadas desperdigadas por el suelo.

Preocupada, llamé por radio al centro de control y les pedí que enviaran a la Policía de inmediato al lugar de los hechos.

Mi compañera y yo éramos conscientes de que podía tratarse de la escena de un crimen. Sin embargo, nuestra prioridad como profesionales sanitarios era evaluar la condición de los pacientes y proporcionarles toda la ayuda necesaria, aunque eso significara comprometer las pruebas.

Lo primero que hicimos fue evaluar a las víctimas para determinar quién necesitaba atención médica con más urgencia. La primera de ellas presentaba lo que parecían ser heridas de arma blanca en el brazo derecho y el pecho. Su pulso radial era débil, las pupilas respondían con retraso a la luz y mostraba signos de *shock* hipovolémico. En mi opinión profesional, ella era la que presentaba lesiones más graves de las tres y, además, me parecían potencialmente mortales. Mientras examinaba a las pacientes, me percaté de que había un cuchillo manchado de sangre en el suelo, aproximadamente a medio metro de la cabeza de la paciente.

La segunda víctima yacía junto a la primera, tan cerca la una de la otra que sus extremidades estaban en contacto. Tenía una gran contusión en la frente; sin embargo, en mi opinión, no la había causado el cuchillo, ya que no había indicios de heridas cutáneas visibles. Sus constantes vitales eran normales, pero, puesto que estaba inconsciente, era complicado evaluar la posibilidad de que hubiera sufrido alguna lesión interna.

La tercera víctima yacía a algo más de un metro de las otras dos.

Presentaba dos cortes compatibles con heridas de arma blanca, en el pecho y en el abdomen, y había perdido mucha sangre. Mientras la examinaba, comenzó a gemir y a mover la cabeza, lo cual indicaba que estaba recobrando la consciencia. Le pregunté si podía oírme, pero no contestó y mantuvo los ojos cerrados.

Para mi compañera y para mí, era evidente que había que llevar a las tres personas allí presentes al hospital para que recibieran atención médica urgente. Llamé por radio al centro de control y pedí que enviaran dos ambulancias más al lugar de los hechos. Insistí en que era necesario que la Policía llegara lo antes posible y me comunicaron que estaban en camino.

Mi compañera habló con la limpiadora, que estaba esperando fuera de la habitación, en el rellano, y le preguntó sobre la posibilidad de que hubiera más heridos en la propiedad. La limpiadora respondió que no estaba segura, dado que no había comprobado aún todas las demás habitaciones, pero que, hasta donde ella sabía, no había nadie más en la casa.

Resultaba evidente que nos encontrábamos en el dormitorio de un niño pequeño, y me preocupaba que pudiera haber habido menores presentes en el momento del incidente, y que para entonces estuvieran escondidos, demasiado asustados como para salir. Por lo tanto, miré bajo la cama y abrí las puertas de los armarios, pero no encontré a nadie.

Mi compañera y yo llevábamos en la casa unos diez o quince minutos cuando llegaron los primeros agentes de Policía.

Tras ponerlos al corriente de la situación de las tres pacientes, seguí tratando de estabilizar a la que estaba herida de más gravedad, administrándole oxígeno y aplicando presión en sus heridas, mientras mi compañera atendía a las otras dos.

Poco después llegaron dos ambulancias más. Llevamos a las tres mujeres al hospital, cada una en un vehículo. Nosotras fuimos las responsables de transportar a la segunda víctima. Mi compañera condujo mientras yo permanecía en la parte trasera de la ambulancia para vigilar a la paciente. En un momento determinado, abrió los ojos durante un instante y pronunció una palabra. No puedo estar segura al cien por cien, pero me pareció que dijo: «Amy».

Capítulo 11

Un mes antes

—Has estado quedando mucho con esa tal Izzy, ¿no?

Claire tiene razón. En las últimas dos semanas, Izzy y yo hemos quedado dos veces más. El sábado le propuse que fuéramos a almorzar a South Bank, y después dimos un paseo por el Tate Modern. Fue un día espléndido. Me he dado cuenta de que Izzy saca lo mejor de mí, me permite ser la versión más inteligente, ingeniosa y relajada de mí misma, una versión que ni siquiera sabía que existía. Además, anoche fuimos a un club de burlesque en Covent Garden, y ahora le estaba enseñando a Claire las fotos que Izzy ha subido a Facebook y los comentarios efusivos que le he dejado después de que me etiquetara.

Fuimos a ver la actuación de una amiga de Izzy, que consistía en unos movimientos la mar de creativos con un *hula hoop*, y, después de la actuación, nos acompañó a tomar algo en la zona del bar. Me había dejado impresionada y estaba obsesionada con su atuendo, que era fabuloso. Me dijo que tenía un aspecto interesante (significase lo que significase eso) y me contó que da clases de burlesque en Balham los martes por la noche, por si me interesaba. La verdad es que no (nunca he sido demasiado exhibicionista), pero acepté el folleto que me entregó de todos modos, ya que no quería parecer borde.

—Me lo paso muy bien con Izzy —le digo a Claire—. Ya sé que nos acabamos de conocer, pero creo que vamos a ser amigas para toda la vida, de verdad.

Doy un paso hacia atrás y estudio el ramo que estoy componiendo con ojo crítico. Normalmente prefiero trabajar en el estudio, pero hoy me apetece tener compañía. El ramo es un regalo para alguien a quien acaban de darle el alta en el hospital tras estar ingresado durante mucho tiempo por una enfermedad, y he elegido los componentes con mucho mimo: las margaritas, porque transmiten positividad; la lavanda, relajación; los gladiolos, fuerza; y las azucenas porque simbolizan los nuevos comienzos.

–Qué bien que hayáis conectado tan rápido –responde Claire. Deja de barrer el suelo durante un momento y apoya la barbilla en lo alto del palo de la escoba–. ¿Y decías que Izzy es la hermana de James Elliott?

–La cuñada –la corrijo.

–Y os conocisteis haciendo senderismo, ¿no?

–Sí. Cuando me enteré de que era familia de James, no me lo podía creer. Qué locura, ¿eh?

Cojo una ramita de eucalipto, que es reconstituyente, y la añado al ramo, sobre todo para evitar tener que mirar a Claire a los ojos.

–¿Y sabe que te vas a encargar de las flores de su cumpleaños?

–No, es una fiesta sorpresa.

Agarro las pinzas y empiezo a quitar con delicadeza las anteras de una azucena medio abierta. Es una tarea un poco complicada, pero vale mucho la pena. No solo protege la ropa y los muebles del cliente de las temidas manchas de polen, sino que también alarga el tiempo de floración.

Claire se agacha para hacerse con el recogedor.

–Parece que están bastante unidas.

–Antes lo estaban, pero últimamente no se llevan demasiado bien. Hace poco despidieron a Izzy y a Eleanor le parece que no se está esforzando lo suficiente para conseguir un nuevo trabajo.

–¿Y le está pidiendo dinero a Eleanor?

–Que yo sepa, no. Me da la impresión de que a Izzy no le va mal económicamente. Su exmarido trabajaba como agente de bolsa en la City; ganó un montón de dinero apostando contra los precios del petróleo. No conozco bien todos los detalles, pero, después del divorcio, Izzy se llevó el dinero suficiente como para comprarse un apartamento en Greenwich. Tenga trabajo o no, no creo que la vayamos a ver haciendo cola en el banco de alimentos un día de estos.

–Pues qué suertuda –murmura Claire–. De aquí a que Kyle y yo hayamos ahorrado lo suficiente para pagar la entrada de un piso pueden pasar años… Y, mientras tanto, nos toca llenarle el bolsillo a un casero avaricioso.

Se lleva el recogedor y la escoba al armario que hay en el rincón de la tienda y los guarda, fuera de mi vista. Claire sabe lo mucho que odio tener ese tipo de objetos prácticos pero feos a la vista; quiero que todo el mundo que entre en la floristería se sienta en un oasis precioso y exuberante, lo más lejos posible del mundo real.

Mientras comienzo a enrollar un trozo de cordel alrededor de los tallos para sujetarlos, pienso en la conversación que mantuvimos Izzy y yo anoche. He de admitir que algunas de las críticas hacia Eleanor no me parecieron muy justas y, dado que no tengo hermanos, me costaba un poco empatizar con ella. Estuve a punto de decir algo en defensa de Eleanor, pero, claro, no podía mencionar la fiesta y, en cualquier caso, tampoco quería que Izzy pensara que no la apoyaba.

Mientras Claire atraviesa de nuevo la tienda, veo que parece distraída; camina con la cabeza girada hacia la calle. La puerta está abierta y sujeta con una cuña, como siempre que hace calor. No solo nos viene mejor a nosotras, sino que a las flores también; así respiramos todos mejor. Claire me mira a los ojos y ladea la cabeza hacia un hombre alto que viste un traje bien confeccionado y que está en la acera, en el exterior de la floristería.

—Hablando del rey de Roma...

Cuando vuelvo a mirarlo, me doy cuenta de que es James. Está dando vueltas en círculos, con el móvil pegado a la oreja. Se me empieza a acelerar el pulso, como cada vez que lo veo. Por instinto, me llevo la mano a la pinza con forma de mariposa con la que me he recogido el pelo. Me la quito, me dejo la melena suelta por los hombros y la sacudo. Me queda mucho mejor el pelo suelto; me hace parecer más joven, más delicada, más guapa, aunque todos esos adjetivos son relativos, claro.

Claire me está observando, y me lanza una sonrisilla; creo que es consciente de que siento algo por James. Se señala el pómulo derecho y me dice:

—Tienes un poco de polen de las azucenas en la cara.

Me paso la palma de la mano por la mejilla.

—¿Qué tal?

—Lo sigues teniendo. —Se lame el pulgar—. Ven, que te lo quito.

Me inclino hacia ella mientras mantengo un ojo en la puerta y echo la cara hacia arriba para que Claire me quite la mancha granate frotando bien.

–Ya está. Perfecto.

Conforme nos separamos, James entra por la puerta. Lleva la chaqueta colgada del brazo y ya se ha guardado el teléfono.

–Buenas tardes, señoritas –nos saluda.

A pesar de su tono animado, veo que tiene ojeras, como si no estuviera durmiendo bien. Le otorgan un aspecto vulnerable y de repente siento el impulso de envolverlo entre los brazos y hacer que apoye la cabeza en mi pecho.

Claire, que, a diferencia de mí, no está sumida en una fantasía y es capaz de formular una frase coherente, se acerca a él.

–Qué alegría verlo, señor Elliott. ¿Qué podemos hacer hoy por usted?

James le sonríe antes de girarse hacia mí.

–Estaba trabajando por la zona y se me ocurrió pasarme a ver si a Amy le apetecía venir a comer conmigo.

La invitación me pilla por sorpresa y durante un momento no sé cómo reaccionar.

–Aunque sea algo rápido, nada más –añade–. Es que quería hablar contigo de un asunto relacionado con la fiesta de Izzy. Pero, si estás demasiado ocupada para ir a almorzar, podemos charlar aquí.

–No, no está ocupada. ¿A que no, Amy? –Me giro para mirar a Claire, que tiene los labios fruncidos, como si estuviera tratando de mantener el rostro inexpresivo–. Venga, id a comer, que yo me las arreglo sola –agrega.

–¿Estás segura?

–Pues claro. Ya me tomaré el descanso para almorzar cuando vuelvas.

–Genial –dice James–. La cafetería vegetariana de aquí al lado tiene buena pinta. Le he echado un vistazo al escaparate justo ahora, al venir. –Me sonríe–. A no ser que seas una carnívora empedernida, claro.

Le devuelvo la sonrisa.

–No. Por mí, el sitio vegetariano está bien. –Me desato el delantal y me lo saco por la cabeza–. Dame dos segundos, que tengo que coger el bolso del estudio.

Niega rápidamente con la cabeza.

–No te va a hacer falta. Yo invito.

Mierda. Quería aprovechar que tenía que ir a coger el bolso para peinarme un poco y ponerme algo de rímel.

Un poco aturdida, salgo del mostrador. Los dos nos dirigimos a la puerta a la vez y nos quedamos confundidos durante un instante mientras titubeamos, esperando a que el otro la cruce primero. James me apoya ligeramente la mano en la parte baja de la espalda, para que pase primero. Al notar la presión de su mano, un hormigueo me recorre la columna, como si todas las terminaciones nerviosas se hubieran activado de pronto.

Resulta extraño estar en compañía de James fuera de alguno de nuestros lugares de trabajo, pero no tardamos demasiado en relajarnos y mantener una de nuestras charlas desenfadadas.

–Me alegro de que hayas podido acompañarme, porque si hay algo que odio es comer solo –me dice una vez que hemos pedido la comida y estamos sentados en una mesa junto a la ventana–. Lo siento si me notas un poco preocupado; acabo de tener una reunión con un cliente muy exigente. –Habla con un toque de exasperación en la voz–. Me ha costado no retorcerle el cuello en varios momentos de la conversación.

Se desabrocha los puños de la camisa y se remanga hasta los codos. La luz que se cuela por la ventana le ilumina los finos vellos dorados de los brazos musculosos y siento el impulso de acariciarlos con los dedos.

–En fin, no te he traído hasta aquí para hablar de eso. Como te decía, quería que nos pusiéramos al día con el tema de la fiesta. Eleanor me ha comentado que pensabas pasarte por casa el día de antes para montar el arco de flores.

–Sí, eso le dije. ¿Por qué? ¿Hay algún problema?

Pone cara de incomodidad.

–Por desgracia, Eleanor y yo no nos hemos organizado muy bien; le pedí al jardinero que viniera y arreglara un poco el jardín ese mismo día sin saber que coincidiría con tus planes. –Mueve los pies con nerviosismo debajo de la mesa. Nuestras rodillas están tan cerca que casi se rozan y percibo el calor que emana de las suyas–. Eleanor y yo nos preguntábamos si sería posible que vinieras a montar el arco el mismo día de la fiesta. No comienza hasta por la tarde. ¿Tendrías tiempo suficiente?

«La verdad es que no», pienso. Pero los Elliott son clientes importantes, y lo suyo sería que me adaptara a sus necesidades.

–Supongo que sí –respondo tras pensármelo durante un momento–. La estructura metálica del arco viene en varias piezas. Puedo preparar las secciones individuales en el estudio el día antes; así, cuando vaya a vuestra casa, lo único que tendré que hacer será unirlas.

–Gracias, Amy, eres un cielo. Perdona por la confusión. Es cien por cien culpa mía, debería haberlo consultado con Eleanor antes de hablar con el jardinero.

–No te preocupes. Yo solo quiero que salga todo lo mejor posible. Sé lo estresante que pueden resultar estos eventos para los anfitriones, incluso aunque estén deseando celebrarlos. –Me aclaro la garganta y prosigo–: Escucha, James, ya que estamos hablando de la fiesta… Hay algo más que necesito contarte.

Me detengo mientras la camarera llega con la comida. James, tan atento como siempre, aparta el recipiente metálico de los cubiertos y los condimentos para dejar espacio a la bandeja de la camarera.

–La cuestión es que… –Tomo aire rápido. Necesito sonar convincente. Si James averigua que he buscado a su cuñada en Facebook, he fingido encontrármela por casualidad y me he esforzado al máximo para forjar una amistad con ella, quedaría…, bueno, como una rarita y una acosadora–. Hace unas semanas me topé con Izzy en una excursión que organizó un grupo de senderismo de Facebook. Por supuesto, por entonces no sabía que era vuestra Izzy, al menos al principio. Pero congeniamos tan bien que decidimos quedar otra vez, y entonces fue cuando ambas atamos cabos.

James alza una ceja, divertido.

–Lo sé.

–Ah, ¿sí?

96

James agarra el cuchillo y empieza a cortar el pan de pita relleno de falafel por la mitad.

–Izzy me mandó un mensaje… algún día de la semana pasada, creo que fue. Me dijo que había hecho una nueva amiga, una florista con mucho talento, y me dio tres oportunidades para adivinar quién era. –Se lleva la mano a la corbata para aflojársela–. Lo acerté a la primera, lo cual no resulta muy sorprendente, dado que eres la única florista que conozco.

–Ah –respondo, un poco desanimada, por extraño que parezca–. ¿Y Eleanor también lo sabe?

–Sí. Al principio le preocupó un poco que pudieras haberle dicho algo de la fiesta, pero le dije que no era muy probable.

–Te prometo que no le he dicho nada de nada –respondo con firmeza–. Por favor, asegúraselo a Eleanor.

–Lo haré –contesta mientras coge el bote de salsa de yogur–. Creo que deberías venir, por cierto.

–¿Adónde?

–A la fiesta. Como invitada, digo.

–Ah, te lo agradezco, pero no quiero molestaros.

James se lleva el pan de pita a la boca y dice:

–¿Por qué ibas a molestar a nadie? Eres amiga de Izzy, ¿no?

–Bueno, sí, supongo que sí.

–En ese caso, deberías venir. Estoy seguro de que a Izzy le encantaría verte.

Mientras pronuncia esas palabras, siento que se me infla el corazón como un globo de helio que se alza y se aleja de mi cuerpo.

–Bueno, si estás seguro…

–Claro. Le diré a Eleanor que te envíe una invitación con la hora y demás.

Me mira directamente a los ojos y siento como si me estuviera despojando de mis capas como un disolvente de pintura, como si consiguiera ver mucho más allá que los demás.

Cuando ya no soy capaz de sostenerle más la mirada, la bajo a mi plato y finjo deleitarme con mi bocadillo de remolacha y garbanzos crujientes.

Capítulo 12

Una burbuja de emoción se hincha en mi interior mientras me acerco a la casa. Es más majestuosa de lo que esperaba, una casa victoriana adosada en una calle elegante, lo que se podría describir como un chalet: tres pisos, un porche cubierto con un banco de madera y un magnolio magnífico en el jardín delantero. Está claro que, en Londres, los médicos de cabecera cobran bastante bien. O a lo mejor es solo que Maria ha dado un braguetazo.

Recibí su mensaje hace dos días, por la noche.

> Hola, Amy. Soy Maria, del grupo de senderismo. Izzy me ha dado tu número. ¿Tienes planes el sábado por la noche? Voy a invitar a unos amigos a casa a cenar (es solo una cenita en casa, nada extravagante). Me encantaría que vinieras. Izzy viene, por cierto. ¡Un beso!

Como era de esperar, no tenía ningún plan. Y, aunque los tuviera, los habría cancelado sin pensármelo dos veces. Ni siquiera recuerdo la última vez que me reuní con varios amigos para cenar. Probablemente fuera aquella vez que Rob y yo invitamos a los demás a nuestra casa cuando nuestra relación estaba ya agonizando, y no se puede decir que fuera un éxito. La cosa ya empezó mal por querer preparar un menú demasiado ambicioso y por la inexplicable desaparición de mi único cuchillo afilado. Y luego, para colmo, perdí el móvil, en el cual, creyéndome muy astuta, me había programado varias alarmas y recordatorios, y por consiguiente no tenía ni idea de los pasos que debía seguir. Mientras tanto, Rob había sido muy oportuno y había desaparecido de la cocina para dedicarse a inundar el cuarto de baño de ambientador y construir una pirámide de papel higiénico como un chalado que se prepara para el día del juicio final.

Para cuando llegaron los invitados, yo estaba ya desquiciada y agotada, con la blusa manchada de los jugos de la carne.

Por suerte, se me da mucho mejor ser una invitada que la anfitriona, y la velada en casa de Maria va a ser una oportunidad excelente para expandir mi círculo de amistades, que por ahora es del tamaño de un botón. Y, por supuesto, significa que voy a volver a ver a Izzy.

He decidido venir en coche; no quería tener que preocuparme por si llegaba a tiempo a coger el último autobús para volver a casa. Los coches de los demás estaban aparcados frente a la casa de Maria y el único hueco que he podido encontrar estaba a dos calles de distancia. Para cuando llego a la puerta principal, ya tengo el sujetador sudado y los zapatos nuevos que me he comprado esta mañana, en el último momento, me empiezan a apretar.

—Ay, Amy, eres muy amable —dice Maria mientras le entrego el ramillete atado con una cinta que hice para ella ayer, en el estudio.

Como solo he estado con ella un día, aún no la conozco mucho, de modo que he ido a lo seguro con rosas rosadas y color crema, unas flores que siempre gustan a todo el mundo.

—Son a modo de agradecimiento —le respondo mientras cierra la puerta tras de mí—. Por haberme salvado de tener que cenar una comida preparada del súper calentada en el microondas y de una cita con Netflix.

En cuanto salen las palabras de mi boca, me arrepiento; estoy intentando impresionar a esta gente, no darles pena.

—Bueno, pues me alegro de que hayas podido venir. Te avisé con tan poco tiempo que pensaba que seguro que tendrías otros planes. —Se lleva las flores a la nariz—. Madre mía, huelen de maravilla. Nada que ver con las rosas que se compran en el supermercado.

Se me viene a la mente la frase: «Si me dieran un penique por cada vez que oigo esa frase…», pero la descarto y me limito a ofrecerle una sonrisa reservada.

—Cuando se trata de rosas, la mayoría de los floricultores comerciales solo se preocupan por dos cosas —le cuento—: la apariencia y la durabilidad. El olor siempre lo ignoran. Por tanto, no es de extrañar que, con el tiempo, el gen que activa la enzima del olor se haya eliminado por completo de muchas variedades. Y es una pena, porque ¿acaso no es eso por lo que la mayoría de la gente compra flores para sus casas, por lo bien que huelen?

Maria acaricia los pétalos aterciopelados con la yema de los dedos.

—Desde luego… Mucho mejor que los aerosoles esos que se enchufan, con todos los productos químicos que tienen.

—Yo por eso solo les compro las rosas para mi floristería a los floricultores que las producen con el gen del olor intacto, tal y como las concibió la naturaleza.

—¿Es que se va a casar alguien? —pregunta un hombre que aparece por detrás de Maria.

Lleva unos pantalones cortos a la altura de las rodillas y una camisa hawaiana llamativa.

Maria se gira hacia él y le ofrece el ramo para que le eche un vistazo.

—Son preciosas, ¿verdad?

—Increíbles —coincide el hombre.

—Amy es florista. Izzy y yo la conocimos en la excursión a la que fuimos hace poco.

—Sí, recuerdo que me lo contaste. —El hombre se acerca a mí. Tiene unos andares muy peculiares, algo entrecortados, como si fuera una marioneta con más articulaciones y bisagras en las extremidades de lo normal—. Encantado de conocerte, Amy. Soy Marcus, el marido de Maria.

Se inclina para besarme, y es un beso de verdad; sus labios llegan a posarse en mi mejilla y todo.

—También os he traído esto —digo mientras saco una botella de vino del bolso.

Me he tirado siglos para elegirla en la licorería.

—Un *syrah* espumoso, qué bien. Muchas gracias, Amy.

—¿Puedes poner las flores en un jarrón, cariño? —le pide Maria mientras le entrega el ramo—. En ese amarillo tan bonito que compramos en la galería en Saint Ives. Ah, y mira a ver cómo están los niños, ¿vale? Si Jake sigue despierto, que escuche algún cuento en el iPad… Así se quedará frito seguro.

Marcus se lleva los dedos a un lado de la cabeza imitando un saludo militar.

–Sí, señora.

Maria le responde lanzándole un beso al aire.

–Venga, Amy –me dice tras pasarme un brazo por los hombros–. Los demás están en el jardín. Vamos con ellos.

Me lleva a la cocina, una agradable mezcla de tradición (losas de pizarra, una pila de fregar a la antigua, una cocina-horno Aga, de hierro fundido...) y modernidad (armarios que van del suelo al techo, iluminación ambiental, una nevera enorme de colores pastel), y atravesamos las puertas plegables que dan al patio, donde están reunidos los demás invitados: dos hombres y dos mujeres.

Inevitablemente, Izzy es la primera que me llama la atención. Lleva un vestido verde intenso que solo alguien con su tono de piel podría ponerse, y el sol del atardecer le tiñe el pelo rubio rosáceo de un tono dorado. Está hablando con un hombre elegante que va vestido con tonos oscuros cuyos rizos negros le llegan a la altura del cuello de la camisa. Estaba un poco nerviosa por la velada, pero al verla algo en mi interior se relaja y se libera parte de la ansiedad que me comprime el pecho.

En cuanto Izzy me ve, detiene la conversación para saludarme:

–¡Ames! ¡Al fin! Ya me estaba empezando a preguntar dónde te habrías metido.

–Me ha costado un poco encontrar aparcamiento –murmuro mientras todo el mundo me clava la mirada.

–Ya, lo siento –se disculpa Maria–. Marcus siempre dice que deberíamos cubrir de cemento el jardín delantero, pero me da pena tener que cortar ese árbol tan bonito.

Le sonrío.

–Yo también votaría por mantener el magnolio.

Izzy se acerca a mí y me abraza mientras el grueso collar que lleva tintinea entre nosotras y siento su pelo contra la mejilla. Cuando se aparta, el olor a vainilla de su perfume permanece en el aire.

–Me alegro de verte otra vez –me dice.

–Lo mismo digo –respondo, aunque me noto la lengua torpe en la boca.

Maria me presenta al resto de invitados: un matrimonio, Ben y Niamh, y el hombre que estaba hablando con Izzy antes, Rafe, que es amigo de Marcus. Se está quedando en la casa durante unas semanas mientras reforman la suya, en el oeste de Londres. Maria le pide que me sirva algo de beber antes de desaparecer de nuevo en el interior de la casa para ver cómo va la comida.

—¿Qué te pongo? —me pregunta Rafe, señalando una mesa de ratán cargada de botellas.

—Agua con gas está bien —le digo mientras le echo el ojo a una botella de San Pellegrino.

—Ya sé que tienes que conducir luego, tía, pero porque te tomes una copa tampoco pasa nada —me dice Izzy, y luego se dirige a Rafe—: Ponle un *gin fizz*.

Rafe coge una jarra de cristal pesada llena de un líquido amarillo con ramitas de romero flotando en la superficie.

—Y, ya que estás, relléname la copa a mí —le pide Izzy, acercándole la copa.

Después de que Rafe nos haya servido, volvemos adonde están Ben y Niamh. Les pregunto de qué conocen a Maria y resulta que ambos son médicos de cabecera y trabajan en el mismo centro de salud que ella. Izzy comenta lo difícil que es, desde la pandemia, conseguir una cita presencial con su médico, y eso nos lleva a una conversación general sobre el estado del Sistema Nacional de Salud. No es que yo esté demasiado puesta en el tema, pero consigo aportar algún que otro comentario breve.

Después de más o menos quince minutos, Marcus aparece en las puertas plegables con un plato de *bruschetta* caliente. Cuando me ofrece un trozo, aprovecho para felicitarle por el jardín tan bonito que tienen.

—Tenéis una trepadora espectacular —le digo, señalando la clemátide robusta que cubre la mitad de la valla.

—Sí, ¿verdad? —contesta Marcus—. Pero me temo que no me puedo llevar yo el mérito. Maria es la que tiene buena mano para el jardín. —Me pasa una servilleta de papel—. Tienes un poco de tomate en la barbilla…, justo ahí.

—Ay, Dios, típico de mí —le digo mientras me limpio la barbilla—. Una vez estuve trabajando toda la tarde con mayonesa en la punta de la nariz, hasta que me avisó un cliente.

Ya estoy dando demasiada información otra vez…

Maria no tarda en volver al jardín para decirnos que la cena está lista. Nos sentamos a comer alrededor de una mesa redonda enorme en la cocina, con una conversación animada en la que no hay silencios incómodos. Rafe habla largo y tendido de las reformas de su casa. Ha mandado construir un sótano, pero hay algún problema con el apuntalamiento, lo que significa que le va a costar casi el doble del presupuesto inicial. No obstante, parece que se lo puede permitir, porque al instante nos habla sobre el granero de madera a medida que ha mandado construir para guardar su coche clásico.

No sé si Rafe y Izzy se conocían de antes de esta noche, pero, mientras Rafe habla, ella lo mira con una intensidad que revela su interés. Aunque a estas alturas es imposible saber si ese interés es solo sexual o si va más allá. Rafe no lleva anillo de casado, lo cual indica que está disponible, y a juzgar por el modo en que la mira, con esos ojos ávidos, diría que la atracción es mutua.

Mientras Maria le pregunta a Rafe si ya le han concedido la sentencia del divorcio, caigo en que uno de los objetivos de esta cena, si no el principal objetivo, es emparejarlo con Izzy. Siento un malestar que se retuerce en mi interior como un calambre. Si los dos comienzan a salir, Izzy tendrá menos tiempo para sus amigas. Menos tiempo para mí.

—¿A qué te dedicas, Rafe? —le pregunto mientras Marcus se lleva los platos de los entrantes.

—Soy profesor de Física Molecular en el Imperial College —responde.

¿Estará de coña? En cuanto a físico, no puede ser más distinto del profesor universitario estereotípico. No lleva ropa de *tweed* ni tiene barba ni está ligeramente encorvado, sino que es un hombre atractivo, energético y elegante, con un jersey gris de punto fino y unos vaqueros de diseño. Dado que ninguno de los demás se ríe, intuyo que está diciendo la verdad.

Marcus abre el horno y saca una fuente de Le Creuset.

—Marcus y yo estudiamos en un internado juntos —nos cuenta—. Ya por entonces resultaba evidente para todo el mundo, incluso para nuestros profesores, que iba a tener mucho éxito en la vida. —Trae la fuente a la mesa y la coloca en el centro–. No como yo, que acabé malgastando una educación muy cara y dejando el bachillerato a medias para trabajar en un concesionario.

Rafe extiende la mano y la mueve por el aire para indicar el entorno tan agradable que nos rodea.

–Yo diría que te ha ido bastante bien, colega.

Los demás sonreímos y asentimos para mostrar que estamos de acuerdo.

–¿Y en qué estás trabajando ahora? –le pregunto a Rafe.

–Estoy investigando sobre la dualidad onda-corpúsculo, pero no hace falta que os cuente más sobre el tema porque no quiero arruinar una velada tan encantadora con algo soporífero como esto –dice, muy modesto.

Izzy apoya la barbilla en la palma de la mano y le mira a los ojos con una expresión que parece decir: «Eres, de lejos, la persona más fascinante de esta sala».

–A mí me parece que la ciencia es de lo más atractiva –dice, arrastrando un poco las palabras.

–A lo mejor puedes decirle eso al vicerrector de la universidad –dice Rafe mientras coge un trozo de pan tostado de la cesta–. Lo mismo así conseguimos un poco más de financiación.

–Yo odiaba las ciencias en la escuela –digo–. No tengo el cerebro que se necesita para eso. Pero admiro mucho a la gente como tú, que está desafiando los límites y descubriendo cosas nuevas.

Rafe parte un pedazo de pan y lo gira entre el índice y el pulgar.

–Te lo agradezco, Amy, pero los científicos tampoco somos tan inteligentes como cree la gente. Es solo que se nos da bien resolver problemas, aunque sean bastante complejos. El truco está en aceptar que no puedes resolverlos todos a la vez.

–¿A qué te refieres?

–En cualquier proyecto de investigación, siempre hay una pregunta general, un gran objetivo, si prefieres llamarlo así. Pero, si piensas demasiado en la inmensidad del asunto, pierdes la perspectiva. La clave está en empezar poco a poco. Hay que concentrarse en resolver los problemas a los que te puedes enfrentar; comenzar a unir todas las piezas del rompecabezas, empezando por los extremos.

Y despacio, poco a poco, el misterio de la pregunta general se va revelando solo. Imagínate que es uno de esos murales a gran escala que están compuestos de miles de objetos diminutos. Si los miras de cerca, puede que no tengan mucho sentido. Pero, si te alejas, entiendes el concepto general.

Se mete el trozo de pan en el carrillo.

—¿Y tú, Amy, en qué trabajas?

—Es florista —responde Izzy antes de que pueda contestar yo—. Crea unas instalaciones florales impresionantes.

Al momento, el amplio rostro de Ben refleja todas sus dudas.

—Es evidente que estoy un poco perdido en este tema, porque no tengo ni la más remota idea de lo que es una instalación floral.

—Es una manera un poco grandilocuente de describir un montaje con flores —le explico—. Puede ser cualquier cosa, desde una simple columna de rosas hasta un despliegue decorativo con un tema concreto que cubre todo un escaparate.

Izzy coge un cucharón de la mesa y empieza a servirse de la fuente una porción de cordero cocinado a fuego lento.

—Me encantó lo que hiciste para la inauguración del hotel ese de Clerkenwell —dice y mira alrededor de la mesa—. Amy convirtió el techo de la recepción en una pradera del revés, con un montón de hierba y flores silvestres preciosas.

La miro, intrigada.

—¿Cómo lo sabes?

—Lo tienes en Instagram, cari.

No tenía ni idea de que Izzy me hubiera buscado en redes. Pensarlo me provoca un escalofrío de placer; resulta agradable saber que está tan interesada en mi vida como yo en la suya.

—¿Y cuál es tu mayor ambición, Amy? —me pregunta Rafe.

—Ocuparme de las flores de una boda real —respondo.

Rafe se ríe. Piensa que estoy de broma.

—Me encantan las flores recién cortadas —dice Niamh—. Las compro para casa siempre que puedo. Me animan tanto que no me importa que solo duren una semana. —Le coge el cucharón a Izzy y añade—: ¿Quién era el pintor famoso que dijo: «Siempre tengo que tener flores. Siempre»?

—Monet.

Niamh me mira, claramente impresionada.

—Ay, pues creo que tienes razón, Amy.

Pues claro que la tengo, pero resisto la tentación de decírselo. Niamh empieza a servirse varios trozos de cordero en el plato.

—¿Tienes una tarjeta de visita, Amy? Es que dentro de poco mi familia va a celebrar varias fiestas de cumpleaños importantes.

Le sonrío.

—Claro, antes de irme te doy una.

—Yo también tengo una de esas —interviene Izzy.

—¿Una tarjeta de visita? —le pregunta Niamh, confundida.

Izzy sacude la cabeza.

—No, una fiesta de cumpleaños: el mío. La semana que viene no, la otra. —Pone morritos y añade—: Cuarenta… Casi no me lo creo. Parece que fue ayer cuando le hice una paja a mi primer novio detrás del pabellón de críquet.

Mientras la mesa entera estalla en carcajadas, Izzy inclina la cabeza hacia un lado, coqueta, claramente disfrutando de la atención.

—¿Y cómo lo vas a celebrar? —le pregunta Ben.

—Iré a casa de mi hermana a comer. Nada demasiado emocionante, pero bueno.

—¿Solo con tu familia?

—Mi hermana me ha dicho que me puedo llevar a una amiga, así que le he pedido a Maria que venga. —Izzy pestañea y añade con desdén—: Una única amiga… Mi hermana pequeña, tan generosa como siempre. —Desvía la vista hacia Maria—. Claro que siempre podríamos librarnos del almuerzo cutre de Eleanor.

Noto un nudo en el pecho que me oprime. Tengo que beber un sorbo de agua para que Izzy no se percate del pánico en mi rostro.

—Ya has aceptado la invitación; supongo que se enfadará un poco si te escaqueas —contesta Maria—. Lo que sí podemos hacer es planear algo divertido para esa noche.

—Mmm, pues tal vez sí. —Izzy me mira—. ¿Te apuntarías a celebrar mi cumple y salir por ahí, Ames? Podríamos ir de bares en West End, y a lo mejor a alguna discoteca después.

—Claro —respondo—. Hace ya varios años que no entro en ninguna discoteca, pero no suelo rechazar la oportunidad de revivir mi adolescencia malgastada.

–¡Divino! –contesta Izzy, satisfecha, al parecer, con el pacto.

Conforme cojo el plato de puré de boniato que me está pasando Marcus, me percato de que Ben me está mirando fijamente.

–Oye, por curiosidad, Amy, ¿de dónde eres? –me pregunta–. Llevo un rato intentando averiguar de dónde es ese acento.

Se me tensa todo el cuerpo. Me he esforzado muchísimo por adoptar un acento neutro, que sea difícil de ubicar. El mío auténtico solo se me suele escapar en momentos de emociones intensas.

Cuando hago amago de contestar, Ben levanta la mano:

–¡No, no me lo digas! Déjame adivinarlo.

Niamh gruñe a modo de protesta.

–Lo siento, Amy; es el talento oculto de Ben. Es hijo de militares, por lo que, de niño, vivió por todo Reino Unido. Es experto en adivinar de dónde es cada acento. –Le da una palmadita cariñosa a su marido en el antebrazo–. O eso cree él, al menos.

–Pues venga, colega –dice Marcus–, a ver qué tal se te da.

Ben entorna los ojos.

–Antes estaba casi convencido de que era de Midlands Occidentales, pero ahora creo que es de más al norte…, aunque no tanto como Sheffield o Mánchester.

Niamh suspira.

–Venga, dilo ya, cariño.

–No consigo distinguir el pueblo o la ciudad en particular, así que voy a decir un condado. –Hace una pausa lo bastante larga como para que Marcus haga un redoble de tambor en la mesa con las palmas de las manos–. Derbyshire. –Ben me mira expectante–. ¿He acertado?

Lo cierto es que sí. Bakewell, para ser precisos.

Es una ciudad comercial muy bonita, al borde del Peak District. Un lugar encantador en el que criarse, aunque la afluencia de turistas durante el verano solía ponerme de los nervios.

Cojo la servilleta y me limpio las comisuras de los labios.

–Tendrías que haberle hecho caso a tu primera corazonada –le digo con calma–. Warwick.

—Mierda —murmura Ben mientras los demás se burlan de él sin maldad.

Me inclino hacia Maria, que está sentada a mi lado.

—¿Dónde está el baño? —le susurro.

—Nada más salir al pasillo. Reconvertimos el armario que había debajo de las escaleras.

—Vuelvo en un momentito —digo mientras separo la silla de la mesa.

Una vez en el cuarto de baño, cierro la puerta con pestillo. Lo cierto es que no necesito hacer pis; solo era una excusa para ponerle punto final a una conversación incómoda. Ahora que estoy aquí, me tomo unos segundos para aclararme la mente y buscar posibles cabos sueltos. Sé que no corro ningún peligro auténtico de que me descubran, pero, aun así, no puedo bajar la guardia. Estoy desesperada por que esta gente me acepte, lo cual significa que nunca jamás pueden averiguar la verdad.

Tras repasar todas las posibilidades y quedar satisfecha, me miro en el espejo para ver si el maquillaje sigue intacto. He usado una nueva técnica que he aprendido gracias a un tutorial de YouTube. En teoría, hace que a las personas como yo, con los párpados caídos, se nos vean los ojos más grandes y luminosos, y la verdad es que es sorprendentemente efectivo. Humedezco un trozo de papel y me froto una pequeña mancha de rímel que tengo debajo del ojo derecho. Ojalá me hubiera traído el pintalabios que tengo en el bolso, porque me hace bastante falta repasarme los labios. Lo mismo me pongo un poco con sutileza cuando vuelva a sentarme a la mesa.

Cuando abro la puerta, estoy a punto de chocarme con Maria, que está esperando fuera.

—Todo tuyo —le digo.

—Ah, no, no tengo que ir al baño; solo quería hablar contigo un momentito en privado. —Baja la voz y me dice—: Es sobre el cumpleaños de Amy. He estado ayudando a Eleanor a crear la lista de invitados, y me ha dicho que vas a venir.

—Sí, me hace mucha ilusión —le contesto susurrando—. Casi me da un infarto cuando Izzy ha amenazado con cancelar la comida con Eleanor.

—Sí, he visto la cara que ponías en ese momento, así que he preferido venir a calmarte. —Desvía la mirada hacia la cocina, como si estuviera preocupada de que nos puedan oír—. Por mucho que adoremos a Izzy, nunca se sabe por dónde va a salir. Por eso Eleanor le propuso que invitara a alguna amiga a la comida, porque estaba segura de que me elegiría a mí.

—Y tu misión es asegurarte de que acuda —le digo mientras comienzo a entenderlo todo.

Maria asiente.

—Le he prometido a Eleanor que voy a llevar a Izzy a su casa a la hora acordada sí o sí, incluso aunque tenga que arrastrarla del pelo.

Justo en ese momento oímos que se abre la puerta de la cocina. Me giro y veo a Izzy acercándose a nosotras. A juzgar por el modo en que camina, apoyándose en las paredes para no perder el equilibrio, diría que está bastante borracha.

—¿Qué hacéis ahí, cuchicheando? —nos dice con una sonrisa.

—Solo he venido a ver cómo estaba Amy —le dice Maria, sin dudar—. Podemos ser un poco escandalosos cuando nos juntamos todos. Quería asegurarme de que no la estuviéramos agobiando.

—Pues claro que no, ¿verdad, Ames?

Izzy me coge del brazo y apoya la cabeza en mi hombro. Siento el calor que irradia su cara, atraviesa la tela fina del top que llevo y me abrasa la piel.

—No. Me lo estoy pasando de maravilla. Sois todos la mar de interesantes.

—Pero es una pena que no puedas beber. Claro que siempre podrías quedarte en mi casa… Mañana no tengo ningún plan. Podríamos dar una vuelta por Greenwich Market por la mañana y luego quizá ir a comer.

No hay nada que me apetezca más que decir que sí, pero ya tengo otro compromiso, uno al que accedí hace semanas.

—Gracias, Izzy, pero no puedo. Le he prometido a Janet que la ayudaría a creosotar la valla mañana.

Izzy levanta la cabeza con brusquedad.

—¿Quién es Janet?

—Mi vecina de arriba. Seguro que alguna vez te he hablado de ella.

–Puede, pero tengo memoria de pez. ¿No puedes librarte de ella?

–Qué va –respondo con un mohín–. La valla de la casa es una responsabilidad compartida. Le hace falta una buena dosis de cariño, y ninguna de las dos quiere posponerlo más.

El rostro de Izzy delata una ligera irritación.

–Como quieras –dice de mala manera y al momento se suelta de mi brazo, se gira hacia Maria y le dice con efusividad–: Tenías razón sobre Rafe. Es guapísimo. Ojalá me pida el número de teléfono antes de que me vaya.

Siento un leve dolor en la boca del estómago, como cuando te quedas sin aliento después de que te hayan dado un puñetazo, antes de que comience a doler de verdad.

–Seguro que sí –responde Maria–. Y, si no, ya haré yo que Marcus le dé un empujoncito.

Izzy sonríe de oreja a oreja.

–Gracias, amor. Eres la mejor amiga que se puede tener.

A Maria se le ilumina el rostro, como le ocurre a todo el mundo cuando Izzy esparce un poco de su polvo de hadas.

–No hay nada que agradecer; mereces conocer a alguien que valga la pena después de todo lo que has pasado. –Maria nos sonríe a las dos–. No sé vosotras, pero yo me muero por probar el postre. ¿Volvemos con los demás?

Cuando volvemos a la cocina, Maria saca un *roulade* hecho por ella misma y un sorbete comprado en el súper. Mientras volvemos a sentarnos todos, desvío la atención de mí pidiéndole a Ben que nos cuente más sobre su infancia ambulante. De tanto en tanto miro de reojo a Izzy. Cada vez parece tener la silla más cerca de la de Rafe. Para cuando nos estamos tomando el café, ya está casi sentada encima de su regazo.

Después, nos ofrecen varios licores que parecen caros y que saben bien de verdad, no como los *souvenirs* de unas vacaciones en el extranjero de hace siglos, con la botella toda pegajosa, que están abandonados en el fondo del armario de mi cocina. Puesto que tengo que conducir, me abstengo de beber, pero Izzy se toma dos de un sorbo, uno tras otro, como si fueran chupitos de tequila.

Conforme el alcohol empieza a hacer efecto, el ambiente de la mesa se va volviendo más y más distendido. Ben nos deleita con otro de sus talentos de su repertorio aparentemente inagotable: la capacidad de nombrar todos los estados de Estados Unidos en orden alfabético. Al hacerlo, se gana un aplauso más generoso del que merece y, cuando Izzy propone una segunda ronda de Verdad o Reto, lo tomo como un buen momento para marcharme. Es un juego muy infantil y, para alguien como yo, implica muchos riesgos.

—Ha sido una velada maravillosa, chicos —les digo mientras cojo el bolso del suelo—. Pero creo que me tengo que ir ya.

Izzy suelta una breve carcajada hostil y fuera de tono.

—Ah, sí, se me olvidaba que Amy necesita echarse un sueñito reparador, que mañana tiene una cita muy excitante con una lata de creosota.

Marcus me mira perplejo.

—¿Qué?

—Nada, que tengo que pintar una valla —le explico.

Dios, debo de sonar tan aburrida…

Mientras me despido de todos, Izzy casi ni me mira. Está demasiado ocupada sirviéndose otro trago de licor. Me planteo preguntarle si quiere que quedemos entre semana, pero decido no hacerlo por si parezco demasiado dependiente.

—¿Quieres que te acompañe al coche? —se ofrece Rafe.

Al oír eso, Izzy alza la vista de su bebida con la frente arrugada.

—Eres muy amable, Rafe, pero no te preocupes; por aquí las calles están muy bien iluminadas —le digo, aunque no tengo ni la más remota idea de si es verdad.

Cuando Maria me acompaña a la puerta principal, abro el bolso y le entrego un montón de tarjetas de visita.

—Para Niamh —le digo mientras se las pongo en la mano—. Y por si a alguien más le interesa.

Me da un abrazo breve y me dice que nos veremos pronto. Sé que es una de esas frases genéricas que la gente suelta aunque quizá no lo piense, pero yo sí que espero verla pronto y que, con el tiempo, Maria, Marcus, Niamh, Ben y Rafe se conviertan también en buenos amigos míos, como Izzy.

Estoy a punto de llegar al coche cuando me doy cuenta de que se me ha olvidado una cosa: la bufanda. Es una bufanda muy bonita y ligera que llevaba atada al cuello cuando llegué a casa de Maria. Cuando nos sentamos a comer, me la quité y la dejé colgada del respaldo de la silla. Suspiro y me giro para volver sobre mis pasos.

Cuando empiezo a divisar la casa de Maria, veo que la luz que hay sobre la puerta principal está encendida y que los tres hombres están sentados en el porche delantero. Están fumando puros y hablando en voz alta, como suele hacer la gente cuando está borracha.

—Qué chica más rarita, ¿eh? —El que está hablando es Rafe; reconozco su voz, con ese tono ronco característico. Me acerco un poco más, aguzando el oído—. ¿Cuánto tiempo hace que la conoce Maria?

Marcus deja escapar una nube de humo al aire.

—Se conocieron hace solo unas semanas; las dos forman parte del mismo grupo de senderismo. En realidad, es más bien amiga de Izzy; a Maria no le cayó demasiado bien la primera vez que se vieron. Le dio la sensación de que estaba un poco desesperada. La ha invitado esta noche solo porque Izzy se lo pidió.

Me pongo de lado para que el seto de laurel del vecino me oculte, aunque así tampoco puedo ver yo a los hombres.

—No sé qué verá Izzy en ella —dice una tercera voz: Ben, supongo—. Son muy diferentes.

—Bueno, pero ya conoces a Izzy. Le encantan los proyectos.

—¿Qué significa eso? —le pregunta Rafe.

«Eso, Marcus, ¿qué significa eso?».

—No me malinterpretéis. Izzy es una chica genial, pero le encanta rodearse de gente que la vea como el ombligo del mundo; gente impresionable que Izzy pueda transformar justo como ella quiera.

—Ni que fuera la reforma de la casa de Rafe —se burla Ben—. Una demolición parcial, una restauración, un retoquito final y ya está, reluciente, como nueva.

Su comentario provoca un estallido de carcajadas. Me giro y comienzo a alejarme de allí a toda prisa.Ojalá nunca hubiera vuelto a por la estúpida bufanda.

Capítulo 13

–No llego demasiado tarde, ¿no?

Claire y yo levantamos la mirada de la jardinera que estamos arrastrando de vuelta al interior de la tienda. Son las cinco y veinticinco y estamos a punto de cerrar la floristería. Acercándose por la acera, a unos pocos metros de distancia, tan guapa como siempre con un vestido con cuello *halter* hasta las rodillas y sandalias griegas con unas tiras que le suben por el tobillo, está Eleanor Elliott.

Dejo la jardinera y me enderezo, pensando en las pintas que debo tener con el pelo revuelto y el delantal mugriento. Aunque no he visto a Eleanor desde la primera vez que quedamos, hemos estado hablando por mensajes y correos todo este tiempo. El plan original ha sufrido varias modificaciones: Eleanor quiere más flores en cada una de las mesas, quiere cambiar el follaje del arco por más flores (aunque le aconsejé que lo dejara tal cual, pero está claro que es su fiesta) y el color de los ramilletes de hortensias ha pasado de azul a rosa y luego ha vuelto a azul.

Cuando los clientes cambian tanto de opinión, puede resultar frustrante, pero, teniendo en cuenta lo que me paga Eleanor por mis servicios, pienso adaptarme a todas sus necesidades sin rechistar. Además, para mí en esta fiesta hay mucho en juego, tanto en el ámbito personal como en el profesional.

–Hola, Eleanor. Qué alegría verte –le digo mientras me retiro el pelo de los ojos con el dorso de la mano–. ¿Has venido a comprar unas flores?

Se reajusta el bolso de cuero color caramelo que lleva colgado del hombro.

–No. Quería hablarte de los centros de mesa de la fiesta de Izzy.

–Ah. ¿Quieres volver a cambiar la cantidad?

–No, no es eso. –Sonríe con expresión de arrepentimiento y

pesar–. Es que he vuelto a echarles un ojo a los bocetos que me pasaste y de pronto caí en que es posible que tus diseños sean demasiado formales para este evento. Me preguntaba si podrías cambiarlos por algo un poco más bucólico.

Tengo que apretar los dedos para resistir la tentación de pegarle un puñetazo. No queda ni una semana para la fiesta; ya es demasiado tarde para pedir nada que no sean pequeños ajustes estéticos.

–Bucólico… –repito para ganar algo de tiempo mientras intento relajar la expresión de amargura.

–Sí. Se me había ocurrido una temática de arbustos campestres: margaritas, prímulas, campanillas y tal.

–Va a estar complicado encontrar campanillas en agosto –dice Claire por lo bajo.

–Lo siento, Eleanor, pero ya les he pedido las flores a los proveedores y me las entregarán de aquí a dos días. Incluso aunque hiciera otro pedido ahora, las nuevas flores no llegarían a tiempo.

La expresión de Eleanor delata que no se esperaba para nada una respuesta así.

–Ah, bueno, pues no te preocupes. Supongo que me tendré que conformar con las que ya has encargado.

Su comentario me atraviesa como el filo de una navaja. No quiero que mis clientes se «conformen» con mis creaciones. Quiero que se queden deslumbrados, cautivados, boquiabiertos.

–Si quieres, puedo hacer los centros de mesa un poco más ligeros, con un toque más relajado –le ofrezco–. Así podremos conseguir un estilo más parecido al que buscas.

–Haz lo que creas mejor –responde, cortante.

–¿Cómo va todo lo demás? ¿Conseguiste contratar a los camareros?

–Sí, gracias. Me puse en contacto con una de las agencias que me recomendaste.

Siento la presión de sus ojos mientras me dirige una mirada implacable y dura.

–James me ha dicho que vas a venir a la fiesta de Izzy.

Conforme pronuncia las palabras, el aire a nuestro alrededor parece enfriarse. A pesar de que James se había mostrado muy amable al invitarme de manear espontánea, yo ya sospechaba que tal vez a Eleanor no le hiciera tanta ilusión incluirme en su fiesta. La naturaleza y el tono de nuestras conversaciones siempre me dejan ver que, para ella, no soy más que parte del servicio.

—No te importa, ¿no? Si prefieres que no vaya…

—No, no, no pasa nada —responde, pero emplea una voz distante que da a entender que no lo dice en scrio. Para nada. De pronto entorna los ojos—. Pero menuda coincidencia, ¿no? Hace unas semanas, Izzy y tú no os conocíais de nada. Te contrato para encargarte de las flores de su cumpleaños y de repente sois amiguísimas.

Habla con un tono cortante que me pone un poco nerviosa. No puede saber cómo lo planeé todo para conocer a su hermana. Es imposible. Y, aunque tenga ciertas sospechas, ¿qué más da? Puede que la primera vez que viera a Izzy no fuese una coincidencia, pero ahora nuestra amistad es auténtica. Y eso nadie nos lo puede quitar.

Trato de soltar una carcajada, pero me sale más bien como una tos.

—Pues sí, qué pequeño es el mundo, ¿eh?

—Desde luego. —Se cruza de brazos y añade—: Bueno, ya no te entretengo más. Supongo que nos veremos el lunes, entonces.

—Sí, allí estaré a primera hora.

Pretendía añadir que confiara en mí con el tema de los centros de mesa, pero ya es demasiado tarde; ya se está alejando.

—Así que esa es la famosa señora Elliott —dice Claire mientras atravesamos la puerta cargando con la jardinera—. Es muy guapa, justo el tipo de mujer que me imaginaba como esposa de James. Normal que se pase siempre por aquí para comprarle flores.

Sus palabras me escuecen. Es cierto que Eleanor es guapa, y desde luego merece que la agasajen con ramos de rosas rosáceas y lirios de fuego a 8,50 libras el tallo (y ese es solo el precio al por mayor). Pero, por algún motivo, no puedo evitar pensar que, a pesar de sus evidentes encantos, James merece algo mejor.

—¿Qué tal se llevan las hermanas últimamente? —me pregunta Claire—. Puede resultar bastante incómodo si se pasan toda la fiesta mirándose mal.

—No estoy segura. No he visto a Izzy estos días.

–¿No? Pensaba que erais uña y carne.

Yo también lo pensaba, pero no la he visto desde la cena en casa de Maria, y de eso hace ya varias semanas. Hemos intercambiado algún que otro mensaje, pero, cuando le propuse quedar entre semana, Izzy me dijo que estaba demasiado ocupada preparándose para una entrevista de trabajo. Me quedé un poco chafada, pero me alegré por que tuviera una entrevista, y le deseé buena suerte. Izzy no me propuso quedar otro día, y tampoco quise insistir, teniendo en cuenta que vamos a vernos más pronto de lo que cree.

–He estado bastante ocupada últimamente –respondo–. Me siento mal por no haber podido sacar tiempo para ella, pero ya tendremos ocasión de ponernos al día en la fiesta.

–Claro, seguro que sí. ¿Y también va la otra amiga de Izzy, la que conociste en la excursión? ¿Cómo decías que se llamaba?

–Maria. Sí, va a la fiesta con su marido, Marcus.

Pensar en ellos me hace volver a aquella noche y recordar la palabra que Marcus empleó para describirme: «desesperada». Desde luego, no es una descripción muy halagadora. Aunque tiene razón. Sí que estoy desesperada.

Me he pasado demasiado tiempo con la nariz pegada contra el cristal de las vidas de los demás, esperando a que me dejaran entrar, a que me incluyeran. Pero ya es hora de salir de las sombras.

Capítulo 14

Cuando llego a El Santuario, es Katya la que me abre la puerta. Está vestida, pero aún tiene las puntas del pelo húmedas, como si acabara de salir de la ducha.

—Eleanor y James no se han levantado aún —es lo primero que me dice.

—Ah —respondo, un poco desanimada.

Mientras venía en coche hacia aquí, me había montado una fantasía tonta en la cabeza en la que me tomaba tranquilamente una taza de café con James antes de ponerme a trabajar. Un café que, sin duda, sería de tan buena calidad como el de una cafetería y se prepararía con una de esas máquinas cromadas y relucientes que cuestan un ojo de la cara. Los dos nos sentaríamos en los taburetes altos que tienen junto a la barra de granito de la cocina y mantendríamos una charla efusiva sobre el día tan maravilloso que nos espera, un día que seguro que permanecería en nuestros recuerdos compartidos durante años.

—No pasa nada —le digo a Katya—. Voy a ir descargando la furgoneta y a prepararlo todo en el jardín, si te parece bien.

—Como veas —responde, encogiéndose de hombros sin ganas—. Tienes la verja lateral abierta.

Vuelvo a la furgoneta, donde me espera Ewan. Montar un arco que ya se ha decorado previamente es una tarea compleja. Seguro que habría podido arreglármelas sola, pero será mucho más fácil entre dos. Claire era mi primera opción, pero, como era de esperar, Kyle y ella ya tenían planes. Por suerte, Ewan estaba disponible y se ha mostrado agradecido por poder ganarse un dinerillo extra.

—¿Vamos empezando? —me pregunta a través de la ventana de la furgoneta.

—Sí, vamos a sacar el arco primero y así dejamos los centros de mesa en la furgoneta, ahí van a estar más frescos. —Alzo la vista hacia el cielo, que incluso tan temprano ya es un manto de azul aciano; va a hacer un día precioso—. No queremos que se marchiten antes de que lleguen los invitados.

Vuelvo a la parte trasera de la furgoneta y abro por completo las puertas dobles.

—No debería llevarnos más de unas pocas horas —le digo a Ewan mientras empiezo a sacar con cuidado la primera parte del arco—. Seguro que tienes cosas mejores que hacer un lunes de puente.

—La verdad es que no —responde al tiempo que se remanga la camisa azul desgastada hasta los codos—. Soy tuyo todo el tiempo que me necesites.

El jardín de los Elliott está impecable, con un césped de un verde luminoso y los setos recortados a la perfección. Bajo el cenador, ya están dispuestas las mesas y las sillas, y a un lado hay un pequeño escenario elevado que supongo que será para el grupo de música. La empresa de cáterin llegará dentro de unas horas y, hasta entonces, Ewan y yo tenemos el jardín para nosotros.

Montar el arco acaba llevándonos más tiempo del que esperaba. Algunas de las flores se han ido desprendiendo por el camino, y otras se han dañado y tengo que sustituirlas. Aunque Ewan no tiene ni idea de diseño floral, me ayuda a quitarles las hojas a los tallos de más que he traído y a cortar trozos del alambre con el que vamos a sujetar cada uno en su sitio. Aparte de alguna que otra instrucción que le doy, no hablo demasiado. Cuando estoy centrada en algún montaje, prefiero trabajar en silencio; si no, es muy fácil perder la concentración y cometer errores. Ewan parece comprenderlo sin que tenga que decírselo, y solo habla en dos ocasiones: la primera, para señalar una salvia muy estropeada que se me ha pasado por alto; la segunda, cuando estamos a punto de terminar de montar el arco.

—Parece que alguien acaba de levantarse —comenta.

Giro la cabeza hacia la casa. Espero ver a James, pero es Eleanor la que atraviesa las puertas francesas, descalza. Se ajusta el cinturón de la bata que lleva, que le llega hasta las rodillas, y se pasa los dedos por el pelo desgreñado.

—Buenos días —nos dice mientras recorre el jardín—. Lo siento por no haber estado presente cuando habéis llegado. Anoche nos fuimos a la cama un poco tarde… Tuvimos una fiesta de despedida de uno de los empleados de James, que se ha jubilado.

Me froto las manos en el delantal y me acerco a saludarla.

—No te preocupes. He pensado que era mejor ir adelantando —respondo—. Mi ayudante y yo ya casi hemos acabado con el arco. Estará listo en diez minutos.

Eleanor echa un vistazo por encima de mi hombro.

—¿Te importa si le echo un ojo?

—Adelante.

La observo mientras se acerca al arco y lo rodea despacio, contemplándolo con atención, estudiándolo desde todos los ángulos. Parecía muy contenta con los bocetos que le envié, pero una siempre se pone un poco nerviosa cuando el cliente ve la instalación en persona por primera vez.

—Se me vienen a la mente tres palabras para describirlo —anuncia cuando ha terminado de inspeccionar el arco—: «Guau», «guau» y otra vez «guau».

Le sonrío.

—Me alegro de que haya cumplido tus expectativas.

—Para serte sincera, es aún más bonito de lo que imaginaba. —Alarga la mano para acariciar el amaranto color granate—. No le habrás dicho nada a Izzy, ¿no? Sobre la fiesta, digo… —añade, cambiando de pronto a un tono cortante y frío.

—No, para nada. Lo último que quiero es arruinarle la sorpresa.

—Bien, porque, si me entero de que se lo has dejado caer siquiera, me aseguraré de que no vuelvas a trabajar jamás en esta ciudad.

Las náuseas me suben desde el estómago hasta la garganta. Dudo mucho que los contactos de los Elliott se extiendan por todo Londres, pero si Eleanor decidiera hablar mal de mi negocio, desde luego podría suponer un buen golpe para la reputación de Flores de Mayo.

—No le he dicho ni una palabra, te lo prometo —le digo a toda prisa, sin aliento, casi a trompicones–. Nunca traicionaría la confianza de un cliente de ese modo. Jamás.

Se espera unos segundos antes de responder.

–¡Ay, Amy, menuda cara has puesto! –dice entre carcajadas–. No te preocupes, cariño, que solo te estoy tomando el pelo.

Me echo a reír yo también, aunque lo que quiero en realidad es abofetearla. Ese tipo de bromas nunca resultan graciosas cuando eres la dueña de un pequeño negocio que depende del boca a boca.

–Uf, menos mal. Me habías asustado.

Eleanor descubre una flor que se ha escapado y ha acabado en el suelo, y se agacha para recogerla.

–Supongo que debería ir a prepararme –dice mientras se coloca la flor en la oreja–. ¿Hay algo que me tengas que consultar antes de que me vaya?

–Solo una cosa. Voy a empezar a decorar el cenador en un momento. ¿Tienes pensado poner manteles en las mesas o las vas a dejar como están?

–Tengo unos manteles florales preciosos. Katya se pasó ayer toda la tarde planchándolos –contesta–. Ahora le digo que los ponga en las mesas, cuando acabe de darle el desayuno a Toby.

–No te preocupes, ya lo hacemos nosotros.

–Gracias. Voy a decirle que os los traiga.

Mientras se dirige hacia la casa de nuevo, miro a Ewan. Ojalá no hubiera presenciado lo incómoda que me ha hecho sentir la «bromita» de Eleanor. Busco las tijeras de podar en el bolsillo delantero del delantal.

–Ya acabo esto yo sola –le digo–. ¿Por qué no vas a sacar los centros de mesa de la furgoneta?

Una vez que el arco ha pasado mis estrictos controles de calidad, empiezo a recoger la broza. Estoy en plena tarea cuando James sale de la casa. Mientras recorre el jardín con sus andares atléticos, levanto una mano para saludarlo y con la otra me protejo los ojos del sol.

Lleva unos vaqueros y una camiseta de Pearl Jam, y tiene un montón de manteles bajo el brazo. Conforme se acerca, me llega el olor de su gel de ducha y, tras él, otro aroma más animal, el de su piel.

—Eleanor me ha dicho que estás haciendo maravillas —me dice con una mirada resplandeciente y juguetona. Se gira hacia mi creación—: Y he de decir que estoy de acuerdo. Ese arco es extraordinario.

—Me alegro mucho de que te guste —le contesto—. Ha sido un proyecto muy divertido.

Me tiende los manteles.

—Mi mujer me ha dicho que te dé esto.

—Ya los cojo yo, ¿vale? —dice Ewan, que acaba de terminar de descargar la furgoneta.

—¿Eres el nuevo aprendiz de Amy? —le pregunta James.

Ewan le ofrece una sonrisa torcida.

—Qué va, ni siquiera sé distinguir una begonia de un botón de oro.

—Ewan es nuestro repartidor —le explico—. Pero hoy me está echando una mano.

—Bueno, pues está claro que eres muy versátil —le dice James mientras le pasa los manteles—. Porque, a mi parecer, estáis haciendo un trabajo magnífico.

Ewan le dedica una media sonrisa tímida.

—¿Quieres que los coloque en las mesas, Amy? —me pregunta.

—Sí, por favor —le digo, feliz de tener una excusa para librarme de él—. En un minuto estoy contigo.

Ahora que James y yo estamos solos, podemos hablar más tranquilos, como siempre que viene a la tienda. Me pregunta cómo va la floristería y si sigo pensando en cambiar el Peugeot por un Volkswagen. Se me había olvidado que le había contado que estaba pensando en cambiar de coche. Me encanta eso de James; siempre se acuerda de todo lo que le cuento y siempre parece muy interesado en los detalles de mi vida, incluso los más pequeños. Me hace sentir apreciada, especial.

Mientras charlamos, me noto cada vez más animada, siento que me abro a él como una dalia se abriría a una abeja. Siempre soy así cuando estoy en compañía de alguien a quien admiro; con Izzy me pasa igual. Qué suerte tengo de tenerlos a los dos en mi vida; juntos, llenan un vacío en mi interior que ni siquiera sabía que existía. Pero, antes de lo que me gustaría, James me dice que se tiene que ir, que aún solo ha completado la mitad de las tareas de la lista que le ha asignado su mujer. Dado que Eleanor delega la gran mayoría de las responsabilidades del hogar en otras personas, me cuesta pensar en qué consistirán esas tareas.

James me da las gracias por mi trabajo y me toca la piel desnuda del brazo con las yemas de los dedos. Las mantiene sobre mi piel solo durante un instante, pero siento una corriente de electricidad que me recorre todo el cuerpo y que casi me hace lanzar chispas y crepitar.

Mientras James se dirige de nuevo hacia la casa, veo a Ewan por el rabillo del ojo. Está plantado bajo el cenador, sin hacer nada, tan solo observándonos, con un rostro frío, crítico. Parece una expresión de desaprobación, pero se desvanece tan rápido que no estoy segura.

Una vez que he colocado los centros de mesa, dirijo la atención a ramilletes de hortensias que he creado para los nichos de la pared del salón. Juntos, forman un conjunto muy llamativo y contrastan genial con el tono *beige* de las paredes. Estoy haciendo los últimos ajustes cuando llegan los de la empresa de cáterin y de repente la casa se llena de gente y de ruido. Eleanor va pasando del salón a la cocina con aspecto de estar estresada mientras trata de coordinar todas las actividades. Es hora de que Ewan y yo nos marchemos.

Aunque supondría dar un rodeo enorme, le ofrezco a Ewan acercarlo a casa, ya que es lo mínimo que puedo hacer. Me lo agradece, pero me pregunta si puedo dejarlo mejor en la estación, ya que, al parecer, va a visitar a un amigo al otro lado del río. Juraría que antes me ha dicho que no tenía ningún plan para el resto del día, pero tal vez lo haya entendido mal.

Después de llevar la furgoneta hasta la tienda, me subo en mi coche y voy a casa para prepararme para la fiesta. El Uber que he pedido va a llegar en media hora, con lo cual voy fatal de tiempo para ducharme, retocarme el maquillaje y ponerme el vestido maxi tan favorecedor que me compré en ASOS hace tres días.

Voy con tanta prisa que casi se me olvida el regalo de cumpleaños de Izzy, un chal de cachemira en un tono índigo delicado, y tengo que pedirle al conductor que me espere mientras vuelvo a casa a toda prisa para cogerlo. Lo que sí me he asegurado de llevar es un buen montón de tarjetas de visita. Voy a la fiesta de Izzy como amiga, ante todo, pero un poco de autopromoción nunca viene mal.

Para cuando llego a El Santuario, la mayoría de los invitados ya están allí. La emoción es palpable en el ambiente mientras nos escondemos todos juntos en el jardín. Como no conozco a nadie más de los presentes, me quedo en la periferia del grupo, un poco cohibida. Después de un minuto o dos, veo a Marcus y a Rafe. Hasta donde yo sé, Rafe e Izzy no se conocían antes de la fiesta de Maria. Su relación debe de haber avanzado a pasos agigantados si Maria ha convencido a Eleanor de que lo añadiera a la lista de invitados. Espero que Izzy sepa lo que está haciendo, ya que puede ser bastante impulsiva. Saludo a Marcus con la mano, pero no me ve, de modo que mantengo la mirada fija en las puertas francesas, ansiosa por ver a Izzy nada más entrar.

Cuando llega el momento, es justo tan emocionante como me lo había imaginado. En cuanto Izzy nos ve, se queda paralizada, en *shock*. La contemplo mientras las diferentes expresiones le recorren el rostro como nubes que pasan a toda velocidad: perplejidad, incredulidad, alegría. Incluso a mí me pilla por sorpresa la emotividad tan intensa. Volver a verla después de pasar dos semanas enteras separadas es como quitarme la ropa de invierno y dejar que me roce la luz del sol.

Encantados con la reacción de asombro de la invitada de honor, todo el mundo empieza a vitorear y a aplaudir. Algunos de los invitados se alejan del grupo para acercarse a Izzy y felicitarla en persona. Yo los sigo, pero se apiña tanta gente a su alrededor que Izzy no me ve. No pasa nada, me digo a mí misma, ya habrá tiempo para disfrutar de un momento en privado con ella.

Mientras una música de ambiente relajada comienza a sonar por los altavoces del jardín, los camareros, vestidos con uniformes blancos y negros elegantes, salen al exterior con bandejas de bebidas. Me apropio de una copa de *prosecco* y miro a mi alrededor en busca de Marcus y Rafe, pero no los veo por ninguna parte. Un hombre, que resulta ser el tío de Izzy, se acerca para presentarse.

Habla tan lento que resulta angustioso, como si estuviera leyendo un guion en un idioma diferente, uno cuyas frases tiene que traducir mentalmente antes de pronunciarlas. Espero que quiera compartir conmigo algunas anécdotas interesantes de la infancia de Izzy, pero al parecer durante la mayor parte de esa época estuvo viviendo en Sudáfrica. No encuentro la manera de escabullirme sin ofender al hombre, y me tiro tres cuartos de hora con él hasta que al fin logro zafarme.

Después de reponer la copa, veo a Maria; está hablando con una mujer alta que me resulta muy familiar. La observo durante varios minutos, intentando averiguar dónde la he podido ver antes. Y luego caigo en que es una de las mujeres que llevaban aquellos jerséis navideños en las fotos de Facebook de Izzy; una amiga suya de la universidad, si no me falla la memoria.

Decido acercarme y presentarme. Diría que Maria se alegra de verme, pero la amiga, que se presenta como Tess, parece ligeramente irritada ante mi intrusión. Las tres nos ponemos a charlar y Maria alaba el arco floral, pero tras solo diez minutos me veo obligada a dejarlas porque tengo la vejiga a punto de explotar.

Hay cola para entrar en el baño de la planta baja. Pienso en buscar otro servicio, pero no me parece de buena educación subir al piso de arriba sin pedir permiso. Para cuando vuelvo al jardín, Maria ha desaparecido y Tess está en compañía de otras mujeres y, a juzgar por sus risas estridentes, me resulta evidente que son muy amigas.

Conforme transcurre la tarde y el aire se va espesando con el calor acumulado del día, tengo varios encuentros agradables con el resto de invitados. No me cuesta demasiado sacar el tema de mi trabajo y mostrarles a los demás mis creaciones antes de entregarle con sutileza una tarjeta de visita a cualquiera que parezca mínimamente interesado.

Todavía no he podido hablar con Izzy. Cada vez que la veo, está enfrascada en una conversación con alguien. Me muero por saber su opinión sobre el arco y averiguar si ha tenido ya ocasión de abrir mi regalo de cumpleaños. Habría preferido dárselo yo misma, pero al llegar Katya me pidió que lo dejara en la mesa del salón, con el resto de los regalos. Me pregunto si seguirá molesta conmigo por no haberme quedado con ella después de la cena en casa de Maria. Espero que no; menuda decepción sería que nuestra amistad se fuera a pique ahora, después de todo lo que me he esforzado por forjarla. Me enfadaría muchísimo, la verdad.

En un momento inusual en el que me encuentro sola, me quedo a la sombra del cenador, observando a Izzy. Está en el otro extremo del jardín, charlando con un grupo de amigas. La veo bastante sonrojada, no sé si por el sol o por la cantidad de alcohol que ha tomado; desde luego, cada vez que la he visto estaba con una copa en la mano. A pesar de la distancia física que nos separa, estamos conectadas. Es como si un hilo fino uniera su ser al mío, un vínculo de seda de araña que, si quisiera, podría acortar milímetro a milímetro hasta quedarnos mejilla con mejilla.

Al cabo de unas horas, el grupo de música se sube al escenario. De pronto siento la necesidad de descansar las piernas, de modo que me dejo caer en una de las mantas de picnic a cuadros que hay extendidas por el jardín. El grupo resulta ser bastante bueno, con un repertorio amplio que va desde versiones de canciones de *soul* y *Motown* hasta temas más *grunge* y de *hard rock*.

La gente no tarda en ponerse a bailar. Yo no suelo hacerlo en público, pero, después de las cuatro copas y media de vino, me siento más atrevida, así que tras un rato me levanto y me uno al baile. Cuando el grupo comienza a tocar una canción de Nickelback que me encanta, levanto las manos al aire mientras me balanceo de un lado a otro con los ojos entornados, enfrascada por completo en la música. Diría que es una de las mejores fiestas en las que he estado. Ni siquiera recuerdo la última vez que me lo pasé tan bien.

Cuando se acaba el primer pase del grupo, tras la ronda de aplausos entusiastas, James se sube al escenario y anuncia que ya está lista la comida. A estas alturas ya tengo bastante hambre, de modo que me uno a la cola que se ha formado para llegar a una larga mesa de caballete en la que se ha dispuesto el abundante bufé. Detrás de ella hay un hombre vestido de cocinero con un pañuelo azul atado al cuello cortando lonchas gruesas de carne asada. Huele de maravilla.

Después de llenarme el plato hasta los topes, me desvío hacia las mesas de la zona del cenador. El sol sigue brillando con fuerza y necesito un poco de sombra. Mientras busco algún asiento libre, veo a uno de los invitados apartando sin cuidado los centros de mesa para hacer un hueco a su plato. Indignada e irritada, le doy un golpe al respaldo de la silla con la cadera a propósito cuando paso a su lado y al hombre se le derrama la bebida.

Justo en ese instante, avisto a Izzy. Está sentada en una mesa con Marcus, Rafe, Maria y unas cuantas personas más que aún no conozco. Comienzo a caminar hacia ellos, pero me detengo cuando me doy cuenta de que no queda ningún asiento libre en su mesa.

Veo por el rabillo del ojo al tío de Izzy levantar la mano y darle unas palmadas a la silla vacía que tiene al lado. Finjo no darme cuenta y me dirijo a toda prisa hacia una mesa que se encuentra al otro extremo del cenador. Ya hay dos mujeres sentadas allí, que resultan ser antiguas compañeras de trabajo de Izzy, de la inmobiliaria. Además, son bastante divertidas. Una de ellas me cuenta una historia graciosa sobre la vez que Izzy entró sin avisar en una vivienda para enseñársela a unos clientes y se encontró con el inquilino haciéndose un bocadillo de jamón en la cocina, completamente desnudo.

Estoy segura de que Izzy ni siquiera se inmutó; de hecho, seguro que hasta disfrutó de la experiencia. Si el hombre la hubiera atraído, y si no hubiera estado felizmente casada en esa época, me atrevería a decir que le habría tirado los tejos.

Me doy cuenta, un poco más tarde de lo que debería, de que estoy bastante borracha. El alcohol me ha calado hasta los huesos, me ha soltado la lengua y me ha relajado las extremidades. Me siento hiperconsciente de mi entorno: el ruido de un avión que nos sobrevuela, el olor de la lavanda, el cosquilleo que me provoca la hierba en los pies desnudos (antes me quité las sandalias con plataforma para bailar; tengo que intentar recordar dónde las he dejado). La verdad es que debería beber un poco de agua; si no, voy a tener un dolor de cabeza espantoso. Miro a mi alrededor en busca de alguno de los camareros con sus uniformes distintivos. Veo a una: una chica rubia con una coleta suelta que está retirando los platos de la mesa de al lado. Pero, cuando le hago una señal con la mano para que se acerque, no parece verme y se aleja. «Bueno, pues nada», pienso mientras me llevo la copa de vino a los labios. «Pues a seguir bebiendo pinot».

Cuando acabamos de comer, Eleanor recita un breve discurso en el que nos agradece a todos haber asistido y nos pide que alcemos las copas para brindar por su «preciosa e inigualable» hermana. Izzy parece conmovida, casi a punto de llorar. La miro mientras se levanta de su asiento y se acerca a Eleanor para abrazarla. La tensión entre ellas parece quedar en el olvido. Al menos, por ahora.

Capítulo 15

Para cuando comienza a caer el crepúsculo, un atardecer de verano lento y prolongado, cargado con el canto de los pájaros, la fiesta se ha reducido considerablemente. Sin embargo, no hay nada que indique que la celebración esté llegando a su fin. Conforme las paredes de piedra de la antigua iglesia comienzan a desaparecer entre las sombras, se activan un montón de luces led parpadeantes que rodean los árboles y cuelgan de las vigas el cenador y le otorgan al jardín un aspecto mágico.

Sigo sin haber conseguido hablar con Izzy a solas, pero, cuando miro a mi alrededor en su busca, no la veo por ninguna parte. Debe de haberse metido dentro, quizá para ir al baño. En un impulso, decido ir a buscarla.

Cuando entro a la casa, me encuentro con el salón vacío, en calma. Los últimos rayos de sol iluminan el rosetón y el cristal tintado proyecta un caleidoscopio de tonos rojos y azules por el salón. Me detengo durante un instante para disfrutar de la sensación de tener toda la casa para mí sola, aunque sé que Toby está dormido en el piso de arriba. He visto a Eleanor llevándoselo a la cama hace un rato. El pequeño mecía la cabeza como si le pesara, como una rosa en su tallo.

Mientras me dirijo hacia el baño de la planta baja, no puedo evitar admirar una vez más el modo en que James ha logrado mantener el carácter sagrado de este edificio tan especial y, a la vez, ha creado un hogar tan adecuado para una familia. Desde luego, es un hombre con un talento increíble. Espero que Eleanor sepa apreciarlo tanto como yo.

No hay nadie en el baño, por lo que vuelvo sobre mis pasos y voy a la cocina. También está vacía. Cojo una taza del escurridor, la lleno con agua del grifo y me la bebo con ansia. Al parecer, Izzy debe estar fuera, después de todo. A lo mejor Rafe y ella se han escapado para disfrutar de un momento a solas juntos. Después de beberme otra taza de agua, decido volver a la fiesta. No quiero perder más tiempo buscando a mi amiga. Será mejor que la deje divertirse.

Estoy a punto de llegar a las puertas que dan al jardín cuando lo oigo. Un golpe seco, muy fuerte y escalofriante, que parece venir de todos lados y de ningún lugar en particular. Me envuelve, rebota en el interior de mi cabeza e inunda el aire que me rodea. Incluso acalla a los pájaros.

Unos segundos más tarde, alguien empieza a gritar.

No estoy segura de lo que está ocurriendo, de modo que salgo al jardín. La primera persona que veo es la amiga de la universidad de Izzy, Tess. Está señalando la casa, hacia una zona poco iluminada del jardín que queda a tan solo unos metros de donde me encuentro. Sigo la dirección que indica su dedo tembloroso y diviso una figura oscura que yace en el suelo. Cuando se me acostumbra la vista a la luz tenue del exterior, me doy cuenta de que la figura es una persona, y está tumbada, inmóvil, con las extremidades extendidas de un modo extraño.

Varias personas comienzan a acercarse, mientras que otras, entre las que me incluyo, nos quedamos petrificadas. En el otro extremo del jardín, bajo el cenador, Maria se levanta como un resorte de su asiento y atraviesa todo el jardín corriendo. Al verla, vuelvo en mí y echo a correr yo también.

Cuando llego, Maria ya está de rodillas, junto a la víctima. Se ha metido en su papel de médica y está comprobando las constantes vitales de la persona. Alza la vista durante un breve instante y le pide a alguien que llame a una ambulancia. Me palpo los bolsillos del vestido; creo que tengo el móvil en uno de ellos, dado que antes lo he usado para hacer fotos. Pero están vacíos. Debo de haberme olvidado el teléfono en la mesa. Pero no pasa nada, porque Marcus ya está en ello.

–¿Quién es? –pregunta Katya.

Maria echa hacia atrás la cabeza de la víctima, le agarra la barbilla y se la baja para abrirle la boca.

–Izzy.

Me inunda una oleada de terror con tal fuerza que desentraña algo que había enterrado en mi interior, la semilla pequeña y dura de un recuerdo. Aprieto los puños, intentando con todas mis fuerzas volver a sepultarlo.

A mi alrededor, todo el mundo está estupefacto, chillando. Una mujer, que estoy bastante segura que es la madre de Izzy, se desploma.

–¡¿Se ha desmayado?! –pregunta alguien.

Una de las camareras señala hacia arriba, hacia el campanario que se alza sobre el cuerpo encogido de Izzy. El suelo de cristal del dormitorio principal está a oscuras, pero hay una luz encendida en la habitación del segundo piso que se encuentra justo debajo, y las dos ventanas abatibles están abiertas de par en par.

–Creo que se ha caído desde ahí.

Justo en ese instante aparece Eleanor por el pasaje que hay a un lado de la casa, el que conduce a la verja lateral.

–¿Qué ha pasado? –pregunta Eleanor.

–Izzy ha sufrido un accidente –le responde James, que está plantado a mi lado, aunque no me había dado cuenta de su presencia hasta ese instante.

Tiene las mejillas sonrojadas de un modo extraño, como si hubiera estado haciendo ejercicio.

–¡¿Qué?! –exclama Eleanor, que casi me tira al suelo al pasar a mi lado.

James la coge y la abraza con fuerza mientras le sujeta los brazos para pegárselos a los costados.

–No pasa nada –le asegura con firmeza–. Maria le está dando los primeros auxilios.

«Primeros auxilios», pienso. Estoy bastante segura de que todos los presentes tienen claro que ya es un poco tarde para eso.

Como para ilustrar las palabras de James, Maria empieza a practicarle un masaje cardíaco. La grieta que me recorre el corazón se vuelve más profunda, se abre y se convierte en una fisura sangrienta. La sensación es tan intensa que incluso me sorprendo cuando bajo la vista y veo la rebeca con los botones de nácar que me cubre el pecho.

Le lanzo una mirada furtiva a la madre de Izzy. Todavía no se ha levantado del suelo y la están consolando otras dos mujeres.

–¿Alguien más sabe practicar la reanimación cardiopulmonar? –dice Maria, que ya se ha quedado sin aliento de tanto esfuerzo–. Dependiendo de cuánto tarden los de emergencias en llegar, es posible que necesite que alguien me releve.

Al oír eso, Eleanor, que sigue entre los brazos de James, deja escapar un grito descarnado.

Comienzo a levantar la mano, despacio. Hace unos años, un hombre que iba a mi gimnasio sufrió un ataque cardíaco mientras estaba haciendo ejercicio y estuvo a punto de morir. Después de aquello, el gimnasio ofreció una serie de cursos «salvavidas». Me apunté a uno con la idea de que podría ser una buena manera de conocer a gente. Nunca pensé que tendría la oportunidad de poner en práctica las habilidades que aprendí y, ahora que lo pienso, no estoy muy segura de acordarme demasiado bien de ellas. Tengo la mano a la altura del hombro cuando el tío de Izzy dice:

–Sí, yo. Antes era voluntario en la organización St. John Ambulance.

Dejo caer el brazo.

–Bien, pues ven y quédate aquí conmigo –le pide Maria–. Necesito que estés preparado. –Mira a Marcus, que todavía está hablando con la operadora del servicio de emergencias–. Pregúntales dónde se encuentra el desfibrilador más cercano.

–Hay uno fuera de la biblioteca –apunta un hombre mayor que me parece que es el vecino de al lado de los Elliott–. Me ofrecería a ir a por él, pero no debería de conducir. He bebido demasiado.

Rafe da un paso al frente.

–Yo no he bebido nada; estoy sobrio. Puedo conducir si me guías.

–Corred todo lo que podáis –añade Maria con brusquedad–. La operadora de emergencias os facilitará el código de acceso.

Rafe asiente con una expresión de tensión tan pronunciada que parece que le van a estallar las venas de la frente.

Después de eso, todo ocurre muy deprisa. La ambulancia llega en cuestión de minutos, incluso antes de que los otros regresen con el desfibrilador. Mientras Maria se aparta para que los técnicos de emergencias sanitarias puedan trabajar, James nos pide a los demás, con toda la amabilidad posible, que nos marchemos. A pesar de que no hay nada que pueda hacer para ayudar, me resisto a irme, desesperada por saber cómo se desarrolla todo.

Conforme los demás invitados comienzan a dirigirse hacia las puertas francesas, yo me muevo en dirección contraria, hacia el cenador, para recuperar el móvil. Mientras vuelvo hacia la casa, vacilo al tiempo que observo con una fascinación macabra a los técnicos, que empiezan a pegar las almohadillas adhesivas de su propio desfibrilador en el pecho de Izzy. Cuando Eleanor me ve ahí parada, me lanza una mirada de desprecio y agita la mano para echarme. Está claro que mi presencia no es bienvenida.

Una vez que me encuentro en el exterior de la casa, llamo un Uber y camino hasta la carretera principal para esperarlo. Sigo ahí cuando la ambulancia pasa a mi lado con las luces azules intermitentes y la sirena lamentándose. Me quedo mirándola mientras se aleja y siento que comienza a evaporarse la realidad frágil y preciada que he habitado desde que conocí a Izzy.

Es entonces cuando empiezan a brotar las lágrimas. No puedo detenerlas. Salen sin parar, entre sollozos fuertes y horribles, tan intensos que me tiembla todo el cuerpo. Me llevo el dorso de la mano a la boca para reprimir la marea de emociones que me sacude.

Capítulo 16

Ahora

–Qué piso tan bonito tiene. La luz que entra es espectacular.

Dejo dos tazas de té sobre la mesita que nos separa. Tiene razón; mi casa es preciosa. Antes me encantaba llegar aquí después de un largo día de trabajo, pero ahora la siento diferente. Toda esa energía positiva tan maravillosa se ha esfumado y la ha sustituido una quietud inquietante. De vez en cuando me veo andando con cuidado sobre la tarima de pino natural, como si me preocupara molestar a la vecina de abajo, aunque sé que ahí no hay nadie. Pero ¿cómo podría explicarle todo eso a la persona que tengo delante?

Me obligo a esbozar una sonrisa, como si esa persona fuera una vieja amiga a la que no veo desde hace siglos y estuviera tratando de afrontarlo todo con buena cara.

–Gracias. Esta habitación da al sur, por eso recibe tantísima luz solar. Cuando me propuse comprarme una casa, me pareció uno de los grandes atractivos de esta. Eso y el tamaño de la cocina. Aunque también es verdad que tuve que reformarla entera antes de mudarme. El antiguo dueño era un hombre mayor, y estoy segura de que algunos de los electrodomésticos eran incluso más viejos que él.

Con ese comentario consigo hacerla reír un poco.

–¿Cuánto tiempo lleva viviendo aquí?

–Siete meses, más o menos. Me mudé después de que mi marido muriera. Sentí la necesidad de cambiar de aires.

–¿Demasiados recuerdos? –me pregunta con delicadeza.

Asiento ligeramente.

–Se podría decir, sí.

Se alisa el regazo de la falda. Es muy femenina: amable, con el pelo a la altura de los hombros y las uñas pintadas de un delicado tono rosa pastel. Nada que ver con lo que me esperaba.

–¿Y ya vivía Amy Mackenzie en el piso de la planta baja cuando se mudó? –me pregunta, con lo que entiendo que es hora de ir al grano.

–Exacto. Recuerdo que me puse muy contenta cuando el agente inmobiliario me dijo que había otra mujer soltera viviendo en el piso de abajo. Me llevaba muy bien con mis vecinos en mi antigua casa, y esperaba que nos hiciéramos amigas.

–¿Y fue así?

Intento recordar las dos únicas ocasiones en que Amy y yo interactuamos como tal. Unos días después de mudarme, llamé a su puerta y la invité a mi piso a tomar café. Sentí la conversación forzada, incluso para dos personas que se acaban de conocer, y había algo en ella que no me encajaba, algo que no lograba distinguir del todo. Después, dos meses más tarde, cuando ya empezaba a hacer más calor, me preguntó si me apetecía tomarme algo de beber con ella en el jardín. Me pareció que lo más justo era darle otra oportunidad, pero al final me arrepentí. Me bebí una copa de vino y luego, en cuanto me pareció apropiado marcharme, me escabullí y volví a mi apartamento. Me propuso volver a quedar dos o tres veces más, y en otra ocasión me preguntó si quería ir al cine. Pero, como siempre tenía alguna excusa preparada, al final acabó rindiéndose.

La inspectora Kilner me mira expectante, y le doy un sorbo al té para ganar algo de tiempo para formular una respuesta. Ya sé que la acusada no soy yo, pero, aun así, no quiero dar una mala imagen de mí misma.

–Se podría decir que nos llevábamos bien, pero yo no nos describiría como «amigas». Sí que intenté acercarme a ella cuando me mudé, pero no acabó bien la cosa.

–¿No? ¿Y por qué diría que no funcionó?

–Sencillamente no conectamos. No sé… Quizá fuera cosa de la diferencia de edad, aunque solo nos llevamos doce años. Para ser sincera, me pareció una persona complicada.

–¿En qué sentido? –insiste la inspectora.

Me froto la frente con la mano.

–Amy era muy reservada; no le gustaba hablar de sí misma. Le parecía bien que le preguntaras sobre cualquier asunto relacionado con su trabajo; era evidente que le apasionaba el diseño floral, pero cada vez que le preguntaba algo más personal, aunque fuera algo inocuo, se encerraba en sí misma. Al principio pensaba que se debía solo a que era tímida, pero ya no lo creo, porque era muy asertiva en otros aspectos. Incluso agresiva, en ocasiones.

Kilner coge la taza de té y le da un sorbo delicado.

—¿Podría darme algún ejemplo?

—Eh…, deme un segundo, por favor. —Este interrogatorio está resultando más complicado de lo que pensaba. Es como si estuviera haciendo un examen oral de francés y la profesora me estuviera insinuando con severidad que necesito ofrecer unas respuestas más detalladas si quiero aprobar. Por suerte, no tardo mucho en recordar un incidente que viene muy a cuento—. Una vez riñó a una repartidora cuando la pilló lanzando el paquete por encima de la valla, en lugar de entrar por la puerta y llamar al timbre. Daba la casualidad de que yo estaba por allí, en el pasillo, y lo presencié todo. Amy estaba furiosa. Hizo que la chica le dijera su nombre y le advirtió que pensaba informar a su jefe. La pobre repartidora estaba aterrada; casi parecía una adolescente. Se disculpó una y otra vez, pero ni así logró apaciguar a Amy. Seguía refunfuñando incluso cuando la chica ya había vuelto a su furgoneta. Cuando Amy entró de nuevo en el edificio, le pregunté qué había en el paquete, pensando que debía de ser algo muy valioso o, al menos, frágil. —Sacudo la cabeza con desagrado—. Pues resultó que no era más que un juego de toallas. ¿Le parece normal?

La inspectora Kilner parece un poco decepcionada. Supongo que estaba esperando algo más jugoso.

—¿Recuerda algo más? —me pregunta, esperanzada.

De pronto me acuerdo de algo que podría ser relevante.

—Una tarde, durante el puente de agosto, tuve un encuentro un poco extraño con ella. Aunque en esa ocasión, más que agresiva, diría que parecía histérica.

—Cuénteme —me pide en tono persuasivo.

—Había pasado el día con mi hermana y su familia en la costa y, cuando volví, alrededor de las siete y media, me percaté de que

Amy tenía todas las luces de su piso apagadas. Como es natural, di por hecho que no estaba en casa. Me había topado con ella en el pasillo antes, cuando ambas salíamos del edificio. Y me pareció que estaba distinta, de alguna manera.

–¿En qué sentido?

–Muy animada, casi hiperactiva. Antes, cuando la veía solía estar... –Reflexiono durante un instante; tampoco quiero ser injusta con Amy–. Tampoco arisca, exactamente, pero sí un poco sosa.

–¿Habló usted con ella?

–Solo intercambiamos unas palabras. Me dijo que iba a una fiesta de cumpleaños de una buena amiga suya. Le pregunté si la iban a celebrar desayunando; un comentario irónico por lo temprano que era. Se rio y me contó que la fiesta no empezaría hasta mucho más tarde, pero que le habían encargado ocuparse de las flores del evento y tenía que llegar pronto porque le iba a llevar un buen rato colocarlas.

–¿Dijo algo más sobre la fiesta?

–Creo que no. Se subió a su coche y se marchó.

Kilner asiente despacio, digiriendo toda la información.

–¿Y qué ocurrió cuando volvió usted a casa?

–No estoy segura del todo de la hora a la que volvió Amy, porque los dos apartamentos están bastante bien insonorizados, y además tenía la tele encendida, pero debía llevar ya en casa unas horas cuando oí un sonido espantoso que provenía de la parte de atrás del edificio. –De pronto me invade un frío repentino y me cierro bien la rebeca por el pecho–. Al principio creía que se trataba de unos zorros. Alguna vez hemos tenido problemas con ellos, porque se ponen a rebuscar en la basura y lo dejan todo hecho un desastre. Fui a mi dormitorio, porque la ventana da al jardín y al lateral del edificio, donde están los cubos de basura. Y entonces fue cuando la vi.

–¿A Amy?

–Sí. Estaba empezando a anochecer, pero la luz de seguridad del exterior se había encendido porque tiene un sensor, de modo que pude ver a Amy con bastante claridad. Estaba en mitad del césped, arrodillada, como si estuviera rezando, con la cabeza pegada al suelo. Puede hacer lo que le dé la gana en la intimidad de su jardín privado, por supuesto, pero es cierto que me pareció bastante raro. Pensé que tal vez fuera parte de una rutina de yoga, aunque nunca la había visto hacer nada parecido hasta ese momento. Justo cuando iba a echar las cortinas, Amy levantó la cabeza y dejó escapar un lamento agudo horroroso. El mismo sonido que había oído hacía un momento. Era escalofriante, de verdad. Ni siquiera sabía que un humano pudiera emitir un sonido así. Y duró un buen rato. Imagino que algunos de los vecinos debieron de oírlo también, porque sonaba tan alto que casi podría haber levantado a los muertos.

Tiemblo un poco para transmitir lo que me hizo sentir aquel sonido.

—Y, a esas alturas, ¿estaba usted preocupada por Amy?

—Claro, estaba muy preocupada. Tanto que sabía que no iba a conseguir relajarme hasta que comprobara que estaba bien.

Bajo la vista hacia el regazo. No es más que una mentirijilla; no tiene ninguna importancia, teniendo en cuenta el panorama general. Lo cierto es que pensé seriamente en dejar a Amy a su aire con cualquier crisis personal que estuviera sufriendo y volver a ver la tele. Incluso volví al salón justo con esa idea en mente. Pero, cuando me senté y me pasé unos minutos viendo la televisión, me lo pensé mejor. Me considero una mujer cristiana, y en ese momento me recordé a mí misma que ignorar a una persona en un momento de necesidad no es un comportamiento muy correcto.

—Pensé en abrir la ventana de mi dormitorio y llamarla —continúo—, pero parecía tan angustiada que me pareció mejor bajar al jardín directamente. Sabía que nunca cerraba la verja del lateral del jardín, lo cual nunca me ha parecido nada seguro. Para cuando llegué al jardín, Amy ya había dejado de soltar esos lamentos tan terribles y estaba tirada en el suelo, en posición fetal.

—¿Cómo reaccionó cuando la vio?

—No reaccionó. Al menos, al principio. La llamé por su nombre y le pregunté si iba todo bien, pero no me contestó. Se quedó ahí, con la mirada perdida.

—¿Y qué hizo usted entonces?

—Me agaché, le toqué el hombro y le dije: «Venga, Amy, vámonos para dentro», o algo por el estilo. Hacía frío fuera; lo sentía incluso a través del polar y los pantalones que llevaba, y Amy solo iba con un vestido de verano muy fino y una rebeca de mangas cortas.

—¿Reaccionó entonces?

—Y tanto que reaccionó. Me mostró los dientes, me los sacó como si fuera un animal, y me dijo, y cito textualmente: «No necesito tu ayuda; vete a la mierda, vieja entrometida». —Se me encogen los dedos de los pies al recordar su tono cortante, sus palabras afiladas atravesándome la piel como dardos envenenados—. No pensaba quedarme donde no se me quería, así que la obedecí y me volví a casa.

—¿Volvió a verla esa noche?

—No. Le eché un vistazo de nuevo al jardín cuando me fui a la cama, sobre las diez, pero no estaba por ninguna parte. Después de aquello, decidí mantenerme alejada de ella, ya que estaba claro que no era una persona muy equilibrada. Entonces, dos o tres días después, abrí la puerta de casa y me encontré un montón de flores sobre la alfombrilla. Por supuesto, supe al instante quién las había dejado allí. —Se me ablandan las comisuras de la boca conforme hablo. Era un ramo bastante pequeñito, pero preciosísimo, uno de los más bonitos que he recibido jamás. Tenía flores que no había visto nunca, y desprendían un aroma exquisito—. También me había dejado una tarjeta. —Me inclino hacia delante y abro un cajón de la mesita de centro. Solo me lleva unos segundos encontrar lo que estoy buscando—. Aquí está —le digo, alzando la tarjeta para que la inspectora pueda ver las palabras «Lo siento» en letras rosas impresas en el anverso.

—¿Escribió algo dentro?

Abro la tarjeta y leo en voz alta:

—«Por favor, perdóname por haber sido tan maleducada la otra noche. Acababa de vivir una experiencia de lo más traumática y no podía pensar con claridad». Ni siquiera se molestó en firmarla.

—¿Cómo se sintió cuando leyó la tarjeta?

Pongo los ojos en blanco mentalmente. Primero el examen oral de francés, y ahora me siento como si estuviera en terapia.

—Agradecí que se disculpara, porque así ya no tenía que seguir evitándola por miedo a otro enfrentamiento.

—Y, cuando volvió a ver a Amy, ¿hablaron del incidente?

—No. Le di las gracias por las flores y empezamos a hablar sobre las manchas de moho que habían aparecido sobre la barandilla del vestíbulo. Después de aquello, nuestra relación volvió a ser como siempre: cordial, pero manteniendo las distancias.

—Entonces, ¿no le preguntó usted nunca por la experiencia traumática de la que hablaba en la tarjeta?

—No pensaba que fuera asunto mío.

—Pero debió de sentir curiosidad, ¿no?

Me mira con unos ojos fríos y firmes, con la inexpresividad cautelosa de una jugadora de póker.

—Supongo que sí, pero si hubiera querido hablarme del tema supongo que lo habría hecho.

La inspectora Kilner se pasa el pelo por detrás de las orejas y dice:

—Vale, Janet. Me gustaría que volviésemos a hace tres días, al 22 de septiembre.

Una ráfaga de frío me atraviesa el pecho, aunque ya sabía que esto llegaría tarde o temprano. Había sido demasiado inocente y pensaba que iba a disfrutar de compartir mis recuerdos, de sentirme útil por contribuir a la investigación, de ayudar a llevar ante la justicia a la persona culpable… Pero, ahora que ha llegado el momento, resulta que lo único que quiero es que acabemos lo antes posible.

—Estoy segura de que ya está al tanto de lo que ocurrió ese día —añade.

Por supuesto. Lo he visto en las noticias, me he metido en los chats sobre crímenes y he buscado en Internet los detalles más explícitos (y después me odié por ello). Los periodistas me han dejado en el buzón peticiones de entrevistas, e incluso me han asaltado en la puerta de mi casa. Pero, a día de hoy, no he hablado públicamente del asunto. Lo cierto es que no me interesa tener mis quince minutos de fama.

—Gran parte de lo que se ha comentado en los medios es pura especulación, de modo que le agradecería que dejara todo eso de lado y se centrara en cualquier cosa que usted misma haya podido ver u oír.

–Entiendo.

–¿Vio usted a Amy en los días previos al 22 de septiembre? Estoy tratando de hacerme una idea de su estado de ánimo durante ese periodo de tiempo.

–La vi unos días antes, el martes. Acababa de recibir un pedido de Ocado y le había pedido al repartidor que me dejara las bolsas en el vestíbulo. Ya había hecho el primer viaje para llevarme algunas bolsas arriba y estaba bajando de nuevo para recoger el resto de la compra cuando vi a Amy salir de su piso. Tenía el pelo completamente revuelto y le vi rojeces en la piel. Tenía tan mal aspecto que pensaba que se debía estar poniendo mala o algo así.

–¿Habló usted con ella?

–La saludé y le pregunté adónde iba. Me dijo que salía a dar un paseo porque, si se quedaba en su piso un segundo más, iba a matar a alguien.

La inspectora Kilner se reclina en el sofá.

–¿Esas fueron sus palabras exactas?

–Sí. Aunque no pensé que lo dijera en serio. Di por hecho que no era más que una de esas frases dramáticas que tanto les gustan a los *millennials*. –Al recordarlo, visualizo la expresión tensa de Amy y sus ojos, con los parpados caídos, pestañeando como una loca. Tal vez, si la hubiera tratado con más delicadeza, si le hubiera preguntado si iba todo bien o incluso le hubiera preguntado si quería compañía para el paseo, a lo mejor habría podido evitar lo ocurrido–. No volví a verla hasta la mañana del día 22 –continúo–. Estaba fuera, sacando la basura, cuando salió corriendo de la casa. Pasó a mi lado a toda velocidad, sin decirme ni una palabra, y se subió en su coche deprisa. Tenía la cara encendida y parecía bastante inquieta.

–¿Pudo ver si llevaba algún objeto en las manos?

Dejo escapar un suspiro suave. Creo que sé a qué se refiere la inspectora Kilner. A un arma; quiere saber si Amy llevaba un arma.

–Creo que solo tenía el móvil, aunque la verdad es que llevaba una chaqueta, así que es posible que llevara algo en los bolsillos.

Se fue con el coche a toda pastilla, y esa fue la última vez que la vi. —Tiro de un hilo suelto del reposabrazos del sillón—. ¿Podría hacerle yo una pregunta a usted, inspectora Kilner? Es solo que hay algo que me gustaría saber.

—Adelante. Aunque le advierto que es posible que no pueda responder. Como podrá comprender, se trata de una investigación en curso y hay ciertos detalles que no puedo revelar.

—Por supuesto. —Me preparo para lo peor antes de pronunciar las palabras—. ¿Amy… está viva?

Capítulo 17

Dos semanas antes

Han pasado diez días desde la fiesta de cumpleaños de Izzy y sigo intentando encontrarle el sentido a todo lo que ha ocurrido. Estaba pasándomelo mejor que nunca y, de repente, de un momento a otro, me habían arrebatado toda mi vida. Sin ninguna clase de alerta de proximidad, sin avisos de peligro, sin darme tiempo para prepararme o para taparme los ojos. Cuando llegué a casa me encontraba muy alterada, y no solo estaba conmocionada, sino que también sentía algo que me quemaba con más intensidad. Un sentimiento horrible de vergüenza y de culpa.

Después de bajarme del Uber, no entré en mi casa. ¿Qué sentido tenía ir allí si no había nadie que me pudiera consolar? Fui al jardín, para estar rodeada de unas plantas que he cuidado con tanto cariño que las siento casi como si fueran mis amigas. Sentía como si varias partes de mí estuvieran revoloteando, y necesitaba reunirlas todas, juntarlas de nuevo y coserlas.

Me arrodillé en el césped y apoyé la cabeza contra el suelo a modo de oración inútil. Quería que mi cuerpo absorbiera la tierra, que la tierra me sustituyera, molécula a molécula. Y, si no me podía sustituir, quería desaparecer, disolverme y que el próximo chaparrón me arrastrara con él.

Como es natural, no ocurrió ninguna de esas cosas. Lo que sucedió fue que Janet, la vecina de arriba, salió a preguntarme (con toda la razón del mundo) qué coño hacía. Aunque me lo preguntó con bastante más amabilidad. Pero, como me pilló por sorpresa, fue ella la que acabó sufriendo las consecuencias de mis emociones. Es cierto que unos días más tarde me disculpé y le dejé unas flores, pero estoy bastante segura de que a partir de ahora va a intentar evitarme.

Era casi medianoche cuando al fin decidí volver a casa. Me di una ducha caliente y me metí en la cama. Me costó un siglo quedarme dormida y, cuando al fin lo conseguí, tuve un sueño agotador en el que estaba atrapada llevando a cabo una serie de tareas infinitas e ilógicas. En una de ellas, estaba perdida en un laberinto en el que las paredes estaban hechas de acero. Cada vez que encontraba la salida, se cerraba una persiana y me bloqueaba la vía de escape. Creo que mi subconsciente me estaba intentando decir algo, pero no tengo la capacidad mental necesaria para averiguar el qué.

Cuando me desperté, a la mañana siguiente, lo primero que hice fue enviarle un mensaje a Maria:

¿Alguna noticia de Izzy?

No soy estúpida; sabía que era una situación delicada (había visto con mis propios ojos el cráneo aplastado y el charco carmesí alrededor de su cabeza), pero aun así seguía manteniendo una pizca de esperanza.

Esa esperanza se desvaneció en cuanto me llegó la breve respuesta de Maria:

Lo siento, Amy, me temo que no ha sobrevivido.

A riesgo de sonar cruel, tal vez fuera lo mejor. Tal y como me había explicado Maria, incluso si sobrevivía, Izzy habría sufrido daños cerebrales graves y no sería capaz de comunicarse. ¿Y qué clase de vida habría sido esa para alguien como Izzy, alguien tan efervescente y con tanta energía?

Maria y yo hemos seguido en contacto, y le agradezco que me mantenga al tanto de las novedades. Ella fue la que me contó que la Policía estaba interrogando a todos los que habían estado en la casa esa noche. Me alegré de que me avisara, porque así, cuando se presentó un agente joven y muy amable en mi casa, ya tenía bien ensayada la historia que le iba a contar.

—¿Notó usted algún cambio en Izzy poco antes de que falleciera? —me preguntó.

—Antes de la fiesta, llevaba unas cuantas semanas sin verla —le conté—. La última vez que la vi fue en una cena en casa de una amiga.

—¿Y cómo la encontró esa noche? —insistió.

–Estaba como siempre. Graciosa, animada, sociable.

–¿No le pareció que estuviera abatida o de mal humor?

Evidentemente, era consciente de adónde quería llegar.

–Para nada. Se quejó un poco de su exmarido; por lo visto él se había negado a entregarle una obra de arte que, según Izzy, era suya, pero nunca describiría su comportamiento como «suicida». Ni siquiera diría que estuviera deprimida. –Pensé que sería prudente añadir un apunte–: Para ser sincera, no conocía a Izzy desde hacía mucho tiempo. No soy tan ingenua como para pensar que estaba al tanto de todos sus pensamientos más íntimos, y es bastante posible que hubiera asuntos que decidiera no compartir conmigo.

–¿Se le ocurre algún motivo por el que hubiera podido subir al campanario? –me preguntó un poco después.

En ese momento aumentó mi interés.

–De modo que es cierto… –le dije–. Sí que se cayó desde la ventana.

El agente asintió con la cabeza.

–Pero ¿cómo podéis estar seguros?

Necesitaba saber si era uno de esos casos en los que sencillamente se sopesan las probabilidades o si tenían pruebas auténticas.

–Los informes forenses no mienten –dijo por toda respuesta.

Me hizo alguna que otra pregunta más sobre el día de la fiesta, pero tampoco pude ofrecerle demasiada información relevante, salvo cuando le señalé que Izzy había ingerido una cantidad considerable de alcohol esa tarde, y que la última vez que recuerdo haberla visto estaba bastante inestable, incluso se tambaleaba.

Yo también le hice al agente unas cuantas preguntas formuladas con cautela, con la esperanza de poder hacerme una idea del rumbo que llevaba la investigación. Para mi frustración, no pensaba revelarme nada. Ni él, ni los Elliott.

En cuanto me enteré de que Izzy había muerto, les envié a James y a Eleanor una tarjeta para darles el pésame y un ramo precioso con distintos tipos de flores de colores apagados. Cuando no obtuve respuesta alguna (ni siquiera un simple «gracias»), le mandé un mensaje a Eleanor en el que le preguntaba si podía hacer algo para ayudar. Tampoco me contestó, lo cual supongo que es comprensible; la pobre mujer debe de estar destrozada.

Esperaba encontrar la oportunidad de hablar con James en persona cuando me pasara por su empresa para dejarles las flores, como siempre, pero por allí no había ni rastro de él. La recepcionista me contó que estaba de permiso por motivos familiares y que aún no había informado de cuándo regresaría a la oficina.

Yo también pensé en tomarme algunos días libres, pero me preocupaba que Claire y Ewan no pudieran apañárselas solos. Les conté lo sucedido y ambos se mostraron muy amables y comprensivos. Claire, en particular, se ha esforzado muchísimo, incluso se ofreció a trabajar en su día de fiesta y me dijo que, si necesitaba hablar con alguien, podía contar con ella. Aunque no creo que acepte su oferta; la muerte de Izzy es un asunto muy personal y no es algo sobre lo que quiera hablar con alguien que ni siquiera la conocía, pero, en cualquier caso, me pareció un gesto muy bonito por parte de Claire.

Por suerte, hoy la tienda ha estado tan ajetreada que ni siquiera he tenido tiempo de pararme a pensar en Izzy. Primero, necesitaba hacer un pedido de última hora, unos centros de mesa para un restaurante cuyo proveedor de flores habitual les había dejado tirados. Después, Claire ha tenido que irse a casa pronto porque no se encontraba bien, por lo que me he visto obligada a abandonar el papeleo con el que me estaba poniendo al día en el estudio y entonces he pasado a trabajar de cara al público. Normalmente me gusta ayudar a los clientes a elegir las flores, pero hoy me encontraba un poco apática y no tenía energía. Espero que Claire no me haya pasado lo que sea que tenga.

Cuando estoy cerrando la tienda, mientras llega a su fin lo que me parece un día muy largo, me suena el teléfono. Me lo saco del bolsillo del delantal y me encuentro con un mensaje de Maria. Me pregunta si estoy libre para tomar algo con ella esta noche. Me encantaría verla, pero estoy completamente destrozada. Cuando le pregunto si podríamos dejarlo para otro día, recibo su respuesta de inmediato:

Por favor, Amy, es importante.

Imagino que habrá alguna novedad relacionada con Izzy, de modo que acepto y quedamos en vernos en una hora en una vinoteca en Blackheath Village, no demasiado lejos de donde trabaja ella.

Cuando llego, veo que Maria ya está allí, sentada en una mesa en un rincón, con una copa de vino tinto medio vacía en la mesa, frente a ella. Se levanta para saludarme, pero cuando nos abrazamos la noto rígida, demasiado firme.

Me siento y le pregunto cómo está.

—Estoy… tirando. Más o menos —responde con la barbilla ligeramente fruncida—. La mayor parte del tiempo siento que hago las cosas por inercia.

—Ya, yo estoy igual —le contesto—. Sigue sin parecerme real. No dejo de mirar el móvil, como si esperara ver una llamada perdida de Izzy. Y lo peor es no saber qué ha ocurrido, cómo acabó cayéndose por la ventana. —Interrumpo la conversación cuando pasa una camarera por nuestro lado para pedirle un vaso de agua con gas—. Ojalá hubiera podido ser de más ayuda cuando la Policía vino a verme. Me rebané los sesos para pensar en algo que pudiera resultarles mínimamente relevante, pero la verdad es que no había mucho que pudiera contarles.

—Entonces, ¿no viste nada mientras estuviste dentro de la casa?

De pronto no oigo nada; todo se queda en silencio en mi cabeza.

—¿A qué te refieres?

—Marcus comentó que te vio saliendo de la casa justo después de que cayera Izzy.

—Eso es imposible. Quiero decir, sí, estaba en la casa justo antes de que sucediera porque había ido a por un vaso de agua, pero en el momento en que cayó de la ventana estaba fuera. Recuerdo el sonido espantoso de su cuerpo al aterrizar en el patio.

Justo cuando las palabras escapan de mis labios, comienzo a dudar de mí misma. Lo cierto es que tengo los minutos previos a la muerte de Izzy un poco confusos por la combinación del estrés postraumático y todo lo que había bebido hasta ese momento.

—Bueno, no importa —dice Maria, bastante impaciente—. La

cuestión es que quizá viste a Izzy mientras estuviste en el interior de la casa.

—No. Imagino que ya estaría en el campanario cuando entré.

Maria me lanza una mirada severa, la que imagino que reserva para los pacientes que no se han preocupado por tomarse la medicación.

—¿Viste a alguien más?

—No —contesto y me quedo en silencio durante unos instantes, intentando averiguar lo que está pensando—. ¿Me estás diciendo que no crees que la caída de Izzy fuera un accidente?

—No lo sé, pero desde luego es una posibilidad, y una que seguro que la Policía está investigando. O sea, ¿qué estaba haciendo Izzy en el campanario, para empezar? Ya sabes lo mucho que le gustaba ser el centro de atención. ¿Por qué iba a decidir escabullirse de pronto a una habitación de invitados que nunca se utilizaba sin decírselo a nadie?

—Tal vez se metiera ahí para cambiarse de ropa o para retocarse el maquillaje.

—Sí, claro, y luego abrió la ventana porque necesitaba un poco de aire fresco y sin querer se cayó, ¿no? —suelta con una voz desafiante.

—No nos olvidemos de que Izzy estaba bastante borracha esa noche.

—Ya, todos lo estábamos. —Suspira—. Ese es el problema, que no nos podemos fiar al cien por cien de la memoria de nadie que esté borracho.

La camarera llega con el agua que le he pedido y Maria se pide una segunda copa de vino. Ansiosa por saber más novedades del caso de Izzy, le doy un empujoncito sutil.

—¿Has hablado con Eleanor últimamente?

—Sí, estamos en contacto casi todos los días. Lo está llevando bastante bien…, teniendo en cuenta la situación.

—Me alegro de oír eso. —Espero unos segundos más, pero no parece que vaya a revelar más información—. ¿Sabes si hay novedades del forense?

—No han encontrado ninguna prueba que demuestre que Izzy se suicidase. Eso es lo único que sé.

–¿Y cómo influye eso en la investigación de la Policía?

Maria alza una ceja, como si mis preguntas le parecieran fuera de lugar. Aunque no entiendo el motivo; mi curiosidad es de lo más normal, teniendo en cuenta lo unida que estaba a Izzy.

–Supongo que estarán considerando otras teorías.

Maria frunce los labios, como si no quisiera profundizar más en el asunto. No sé qué es lo que quería hablar conmigo, pero está claro que no era sobre Izzy.

En un intento de redirigir la atención hacia un tema más animado, le pregunto por su hijo Jake, ya que sé que ha empezado el colegio hace poco.

La respuesta de Maria me suena forzada, extraña, y la conversación en general me resulta incómoda; parece que se nos atraganta como los frutos secos del cuenco que le han servido a Maria con el vino. Maria irradia nervios, como si fuera energía estática. Percibo su incomodidad, aunque no sé qué es lo que la provoca.

–¿Qué te pasa? –le pregunto al cabo de un rato–. Es decir, aparte de haber perdido a una de tus mejores amigas. Te noto un poco tensa.

Se muerde el labio y toma aire.

–La verdad es que hay un asunto que quería abordar contigo.

–Vale… –le digo despacio, percatándome de que habla de un modo más formal del habitual.

Aparta la copa de vino y apoya los antebrazos en la mesa con las manos juntas, como si estuviera rezando. Imagino que es la misma pose que utiliza cuando se prepara para contarle malas noticias a algún paciente.

–Fui a ver a Eleanor a su casa ayer. Quería hablar conmigo sobre el funeral de Izzy.

–¿Vas a ayudarlos a planificarlo?

–No, pero Eleanor quería que pronunciara uno de los panegíricos.

–Ah, qué bien. Entonces, ¿ya han fijado una fecha para el funeral?

–Sí –contesta, pero no me dice cuándo es; otra señal de alarma.

–Mientras estaba en su casa, Eleanor me dijo algo que me pareció preocupante. –Se succiona las mejillas y añade–: Mira, voy a ir al grano: cree que estás teniendo una aventura con James.

Me invade una incredulidad que se me atasca en el pecho, como algo que necesito expulsar con una tos.

—¿Qué? —balbuceo.

—Se ha enterado de que habéis quedado en secreto. Encontró un tique en el bolsillo de la chaqueta de James cuando iba a llevar el traje a la tintorería. Al parecer, invitó a comer a alguien en la cafetería que hay al lado de tu floristería, y Eleanor ha atado cabos.

—Pues se ha debido de hacer un lío intentando atarlos —respondo, indignada.

Maria frunce el ceño.

—Entonces, ¿no comiste ese día con James?

Se me encienden las mejillas, aunque sé que no he hecho nada malo.

—Sí, sí que comimos juntos, hace tres o cuatro semanas, pero te aseguro que no era ninguna cita secreta. James pasaba por allí por motivos de trabajo y entró a la floristería para hablar sobre las flores de la fiesta de cumpleaños de Izzy. Estuvimos juntos unos cuarenta y cinco minutos en total y ambos tuvimos la ropa puesta todo el tiempo.

A juzgar por la expresión de Maria, mi intento de bromear no ha tenido demasiado éxito.

—¿Y por qué no se lo comentó James a Eleanor?

—No tengo ni idea. ¿Acaso le informas tú a Marcus de cada vez que mantienes una conversación con alguien del sexo opuesto?

Percibo el calor feroz y violento de su mirada.

—Entonces, ¿lo niegas…? ¿Niegas que tenéis una aventura?

—¡Pues claro que lo niego, joder! —La pareja que tenemos en la mesa de al lado deja de hablar y se gira para mirarme fijamente. Bajo la voz y continúo—: Y estoy segura de que James también lo ha negado.

—Eleanor no se lo ha preguntado todavía.

—¿Por qué no? Si cree que tiene pruebas de que su marido le está poniendo los cuernos, lo más normal es que quiera plantarle cara, ¿no?

—Acababa de encontrar el tique cuando fui a verla. En cuanto llegué me di cuenta de que estaba inquieta, pero pensaba que era por lo de Izzy. Cuando fui a darle un abrazo, se derrumbó y me lo contó todo. –Se detiene para tomar un sorbo de vino–. He de admitir que me sorprendió un poco que quisiera confiar en mí para eso cuando casi ni nos conocemos. Supongo que, sencillamente, no podía seguir guardándoselo.

Me llevo la mano a la frente. No puedo creerme lo que estoy oyendo. Sé que Eleanor debe de estar fuera de sí por tener que soportar tanto sufrimiento, seguro que ni duerme bien ni puede pensar con claridad, pero esto… esto es un disparate total. Y cualquier persona cuerda pensaría lo mismo. Entonces, ¿por qué me está mirando Maria como si fuera un residuo que alguien se ha olvidado de limpiar?

–Venga ya, Maria, no pensarás en serio que me estoy acostando con James. –Abro los brazos de par en par–. O sea, mírame. ¿De verdad te parece que un hombre como él se podría interesar por alguien como yo?

Tras un buen rato de vacilación, Maria responde al fin:

–No. La verdad es que no.

Sus crueles palabras son como un aguijón que atraviesa la fina membrana de mi autoestima. Pero, aun así, le agradezco la sinceridad. Le ofrezco una sonrisa de alivio.

Maria no me la devuelve. Cambia de posición en la silla, incómoda.

La velada se ha ido al garete, como si se hubiera vertido petróleo en el agua limpia del río y se les hubiera pegado a las plumas de los patos hasta que se han acabado ahogando. Es una sensación que me resulta familiar, ya que tengo bastante experiencia en arruinarlo todo. Si alguna vez me encuentro de capa caída, mi mente aprovecha para arrastrarme al pasado, a los escombros de mi vida. Y entonces tengo que combatir con uñas y dientes, sacudirme y abrirme camino a través de los derrubios para subir de nuevo a la cima de la montaña, y, mientras tanto, si miro hacia abajo, la vista es terrorífica.

–Espero que le dijeras a Eleanor que sus sospechas no tenían ninguna clase de fundamento.

–Le dije que era bastante improbable, pero no parecía demasiado convencida.

–¿Te pidió ella que aclararas las cosas conmigo?

–No, ha sido decisión mía. Quería oír tu versión de la historia.

–Bueno, pues ya la has oído –digo, remilgada, y tomo un sorbo de agua, aunque ojalá fuera algo más fuerte–. Estaba pensando –agrego, desesperada por salvar al menos parte de la noche– que quizá podría ayudarte con el discurso. No conocía a Izzy tanto como tú, obviamente, pero tengo una o dos anécdotas que a lo mejor te gustaría añadir.

Emite un ruidito con la parte posterior de la garganta que no sé qué significa.

–No sé, Amy. No creo que a Eleanor le hiciera mucha gracia.

–Pues nada –contesto, y me arrepiento en cuanto oigo el tono cortante con el que pronuncio las palabras.

Nos quedamos mirándonos la una a la otra durante unos segundos, sin pronunciar palabra. Es como si algún eje hubiera cambiado entre nosotras, un mecanismo implacable que nos va alejando poco a poco.

Maria estira el brazo por encima de la mesa, pero lo detiene cuando está a punto de llegar a mi mano.

–Espero que te vaya bien, Amy –me dice, y lo tomo como una despedida. Percibo cierta ternura en su expresión, pero también dureza tras su mirada, algo metálico. Coge la copa y apura lo que le queda de vino–. La verdad es que debería irme ya; le prometí a los niños que estaría en casa a tiempo para leerles un cuento antes de irse a dormir.

Cuando llego a casa, me encuentro muy inquieta. Tengo un mal sabor de boca y siento un vacío enorme en el estómago. Me hago una tostada, le doy unos cuantos bocados y tiro el resto a la basura cuando me doy cuenta de que he perdido el apetito por completo. Me siento en el sofá y me quedo mirando la nada durante un buen rato mientras repaso mentalmente todo lo que me ha dicho Maria.

No consigo entender por qué está tan convencida Eleanor de que me estoy acostando con James. Un tique de dos bocadillos no es lo que se dice una prueba irrefutable. Sigo repasando el pasado, intentando recordar alguna ocasión en la que nos haya podido haber visto juntos, pensando en si tal vez mi comportamiento o mi lenguaje corporal han podido revelar la innegable atracción que siento por él. Recuerdo la conversación breve que mantuvimos en el jardín, la mañana de la fiesta, pero Eleanor estaba dentro, en la casa. Incluso aunque nos hubiera estado observando desde la ventana, no creo que hubiera visto nada que le pudiese haber molestado. Después, cuando el grupo de música estaba tocando el segundo pase, James se acercó y bailó conmigo, pero, a decir verdad, bailó con un montón de invitadas.

Tampoco voy a negar que, a lo largo de los años, haya tenido numerosas fantasías sexuales con James, y algunas de ellas bastante tórridas. Pero nunca he tenido ninguna aventura de verdad con él, ni con ningún otro hombre casado. Entiendo que Eleanor no me conoce demasiado, pero, aunque no confíe en mí, imagino que confiará en su propio marido. Aunque, por otro lado, si confiara en James, no sospecharía que le pone los cuernos.

Al final llega un punto en que mi cerebro ya se ha cansado de pensar en el asunto. Abro el portátil y voy de una página web a otra, tratando de distraerme con vídeos tontos de animales haciendo cosas graciosas o de gente que se cae de monopatines y, de paso, casi se castra a sí misma. Y entonces, casi sin darme cuenta de lo que estoy haciendo, entro en Facebook.

Le he echado un ojo a la página de Izzy varias veces desde que falleció, para leer los numerosos mensajes que le han dejado sus amigos, afligidos, alabándola, y he sentido cada una de sus palabras arañándome la piel, como mi propia manera de autoflagelación. Yo no he dejado ningún mensaje; no he sido capaz de encontrar las palabras adecuadas. Y ahora me parece que tal vez esté dando una imagen un tanto insensible. Creo que debería escribir algo, aunque me quede torpe o empalagoso.

Reflexiono durante unos instantes, con los dedos preparados sobre el teclado. Y entonces empiezo a escribir:

Las amigas de verdad nunca se marchan del todo. Su
espíritu sigue vivo en los recuerdos de sus seres queridos,

y yo me considero extremadamente afortunada por haber podido crear tantos recuerdos alegres con Izzy durante el breve tiempo que la conocí.

Satisfecha con lo que he escrito, dejo el portátil en el sofá, a mi lado, y busco el mando de la tele. Le echo un vistazo a la programación y acabo eligiendo un documental de naturaleza. Estoy completamente absorta observando un tigre siberiano abrirse paso a través de un bosque nevado cuando oigo un sonido que procede del portátil: una notificación de Facebook.

Miro la pantalla y me sorprendo al ver que alguien ha dejado ya un comentario en mi *post*. Mi primera reacción es de gratificación, ya que doy por hecho que será algún amigo de Izzy, conmovido por mis palabras. Pero entonces, cuando leo lo que han escrito, se me hiela la sangre.

> **Amy Mackenzie**, ya basta de fingir que te importaba mi hermana. ¿Cuándo vas a dejar de hacer el paripé y contar lo que ocurrió de verdad en la fiesta?

Las palabras de Eleanor me alcanzan como una ráfaga de balas: de una en una pero en una secuencia rápida, y cada una aumenta el dolor del impacto anterior. Cierro el portátil de un golpe, como si al apartar el comentario de mi vista pudiera hacerlo desaparecer.

Me levanto del sofá y empiezo a dar vueltas por el salón. Cada vez me noto más acalorada, no por el movimiento, sino por el terror que late en mi interior mientras asimilo lo que implican las palabras de Eleanor.

Primero me acusa de seducir a su marido y ahora, a no ser que lo haya interpretado todo mal, está dando a entender que sé más sobre la muerte de Izzy de lo que he contado.

Otra notificación. Alguien más ha dejado un comentario en el *post*. Miro el portátil. Una parte de mí no quiere leerlo, por si es Eleanor soltando aún más bilis, pero tampoco puedo ignorarlo sin más. Si la gente está hablando de mí, necesito saber qué es lo que están diciendo.

Vuelvo al sofá y abro el portátil. No es Eleanor; es Tess, la vieja amiga de la universidad de Izzy:

> Dios mío, ¿lo dices en serio, **Eleanor Elliott**? ¿De verdad crees que **Amy Mackenzie** ha tenido algo que ver con el accidente de Izzy?

Pues se ve que no soy yo la única que cree que Eleanor me está acusando. Todavía estoy asimilando el comentario de Tess cuando aparece la respuesta de Eleanor.

> No creo que este sea un foro apropiado expresar mis opiniones sobre el asunto. Pero solo diré que **Amy Mackenzie** no es quien la gente cree que es.

Me tropiezo al dar un paso atrás y me hago daño al golpearme el talón con la mesa de centro. Siento como si el suelo que piso se estuviera abriendo y revelando un hoyo inmenso que siempre ha estado ahí. Eleanor me la tiene jurada. Por si acaso no me había quedado claro después de haber quedado con Maria, ahora ya es innegable.

Me invade la rabia, me inunda hasta rebosar, y tengo ganas de descargarla.

De hacerle daño a alguien.

Capítulo 18

Ewan se acerca a la mesa de trabajo.

—Sé que no me lo has pedido, pero me apetecía hacerte uno de todos modos —me dice mientras deja una taza de té delante de mí.

—Gracias —murmuro y sigo revisando los registros de ventas que me he descargado hace un rato de la página web de Flores de Mayo.

—¿Cómo estás? —me pregunta Ewan conforme retira un taburete.

—Más o menos —contesto, demasiado enfrascada en mi tarea como para detenerme y pensarlo bien.

Ewan bebe un sorbo de té y me pregunta:

—¿Ya se sabe cuándo se va a celebrar el funeral?

En ese momento intuyo que, con la pregunta anterior, no estaba tan interesado por mi estado en general sino por cómo estoy afrontando la muerte de Izzy.

—Es el jueves que viene —le contesto, alzando la vista del portátil—. Vamos a encargarnos de las flores de la celebración que se organizará en su honor.

No me han invitado al funeral, lo cual me ha resultado bastante doloroso, pero ayer recibí una llamada de la asistente personal de James, Rachel, para preguntarme si Flores de Mayo podía ocuparse de las flores del encuentro tras el funeral. La proposición me dejó confundida al principio, ya que es evidente que los Elliott no me guardan ningún cariño (un hecho que, a mi entender, cualquier asistente personal que se precie sabría). Pero luego Rachel me comentó que acababa de empezar a trabajar allí como sustituta, mientras la asistente habitual de James asistía a un cursillo de formación. Se me aceleró el corazón al oír aquello. Era un golpe de suerte de lo más inesperado, y uno del que seguramente, con un poco de imaginación, podría beneficiarme.

—El señor y la señora Elliott están muy ocupados con el funeral, de modo que me han pedido que los ayude con los preparativos de la celebración —me explicó Rachel—. Sé que vosotros os encargáis de las flores del estudio, así que he pensado que estaríamos en buenas manos.

Y no le llevé la contraria.

Se va a celebrar en El Santuario. Según Rachel, será una reunión sencilla, con comida para picar y buen vino. Rachel también añadió, no muy discreta a mi parecer, que los Elliott eran conscientes de que algunas personas podrían considerar que celebrar este encuentro en la casa en la que Izzy había sufrido el accidente mortal no era de buen gusto. Sin embargo, su muerte había generado bastante publicidad no deseada (siendo realistas, es una noticia jugosa: «La preciosa cuñada de un arquitecto millonario fallece tras caer de un campanario») y, para evitar la intromisión de los medios de comunicación, la pareja había decidido que lo mejor era evitar los lugares públicos para la celebración. Y lo más probable es que tengan razón. Sé, por experiencia personal, que los periodistas son muy persistentes, sobre todo los de los medios más sensacionalistas.

—Y, en cuanto a las flores, no creo que quieran nada demasiado ostentoso ni llamativo —me dijo Rachel—. Con unos cuantos ramos sencillos bastará. Habría que enviarlos a la casa la mañana del funeral. ¿Podría ser?

Sin duda, una persona con más principios habría hecho como que no estaba disponible y habría recomendado unas cuantas floristerías como alternativa. Pero creo que huelga decir que yo no soy esa persona. En lugar de eso, le dije a Rachel que me encantaría ocuparme de las flores, e incluso propuse pasarme por Cole & Elliott con mi porfolio para que ella misma pudiera elegir los adornos más apropiados. Hemos acordado vernos hoy, más tarde, y, como James sigue de permiso, no hay ninguna probabilidad de que me encuentre con él.

Cojo la taza de té y doy un sorbo, pero está demasiado caliente, de modo que la dejo de nuevo en la mesa.

—¿Te puedo preguntar una cosa, Ewan? —le digo.

—Claro, jefa.

Vuelvo a mirar el portátil y me desplazo por la página hasta que localizo el registro de la venta que he subrayado antes.

—¿Recuerdas haber hecho esta entrega? —Giro la pantalla hacia Ewan—. El 28 de marzo. Un ramo, una Rapsodia en Rosa, entregado a la señorita Victoria Williams en Bermondsey. —Señalo la pantalla—. Esa es la dirección.

Lo que no le digo es que la persona que pidió el ramo a través de la web de Flores de Mayo fue James Elliott. Aunque James siempre elige las flores para su mujer en persona, ninguno de los demás beneficiarios de sus regalos florales ha recibido ese trato tan personal. La mayoría de las flores que compra a través de la web han sido regalos para familiares. Lo sé porque o bien llevan el apellido Elliott o los mensajes personalizados lo han dejado bien claro; siempre hay alguna referencia a su «querida abuela» o a su «tía favorita». Pero, alguna que otra vez, la relación de James con la persona a la que le vamos a entregar las flores no ha estado muy clara. Y esos son los pedidos que me interesan. El más reciente es el ramo para Victoria. La Rapsodia en Rosa es uno de los ramos más comprados en la floristería: una combinación de lo más romántica de rosas marrones, asclepias, limonium y *phlox*. Para mi decepción, el mensaje que acompañaba el ramo era completamente anodino: «Feliz cumpleaños, Vicki. Espero que pases un día tan maravilloso como tú. Con cariño, James».

Si Victoria fuera alguna familiar o una amiga de la familia, lo más normal habría sido que las flores fueran de parte de James y de Eleanor. Es posible que se trate de una conocida del trabajo, pero, si fuera así, ¿no le habría enviado James el ramo a su trabajo, en lugar de a su casa? Poco a poco me voy quedando sin opciones. Es un misterio pequeño pero intrigante, y la verdad es que espero que Ewan pueda ayudarme a resolverlo.

Después de leer la dirección, niega con la cabeza.

—Lo siento, he hecho un montón de entregas en Bermondsey estos últimos meses, y de este en particular no me acuerdo.

Dejo escapar un suspiro enorme, desalentada. Pero entonces me acuerdo de algo:

—Pero supongo que harías una foto, ¿no?

–Sí, como siempre.

Lo de las fotos es algo que implanté a principios del año pasado. Tuvimos algún que otro problema con el predecesor de Ewan, Davey; varios clientes se quejaban de que no les habían llegado las flores y pedían que les devolviéramos el dinero. Davey siempre insistía en que había entregado todos los pedidos tal y como debía, de modo que o los clientes mentían o Davey había roto una de mis reglas fundamentales: dejar los ramos en la puerta de los clientes, sin avisar, donde podría robarlos cualquiera.

Después de eso, le pedí que hiciera fotos cada vez que entregara un pedido. En la foto debían verse las flores delante de una puerta abierta, ya fuera la de la casa que aparecía en la dirección o, en caso de que hubieran salido, la del vecino. A partir de ahí no volvimos a recibir ninguna queja, y cuando Ewan comenzó a trabajar conmigo le pedí que siguiera haciendo las fotos.

–¿Sigues teniéndola?

–No estoy seguro. Es posible que la haya borrado. No suelo guardarme las fotos durante más de un par de meses; ocupan demasiado espacio.

–¿Te importaría comprobarlo, por favor?

Se saca el móvil del bolsillo de los vaqueros y se pasa unos minutos clicando y deslizando el dedo por la pantalla.

–¿Me puedes repetir la fecha? –me pregunta.

–El 28 de marzo.

–Sí, aquí está –me dice al fin mientras desliza el teléfono por encima de la mesa hacia mí.

Bajo la vista a la pantalla; la foto muestra una mujer joven, de veintipocos, con un camisón corto y botas de lana de estar por casa. Es delgada, atractiva y tiene una melena rubia sedosa.

–Ya me acuerdo de ella. Fue la primera clienta del día y tardó un siglo en abrir la puerta. Estoy bastante seguro de que la desperté.

Toco la pantalla del teléfono para aumentar la imagen.

–Ojalá tuviera yo esas pintas nada más levantarme por la mañana.

Ewan suelta una leve risita.

–Seguro que tú también estás estupenda.

Estudio la foto en busca de pistas. La mujer no parece avergonzarse para nada de que la fotografíen en camisón, agarrando un ramo de flores. Tras ella, se puede ver un suelo laminado que da a un salón ligeramente desordenado. A su derecha hay una consola, un mueble bastante básico, el típico que se puede comprar en Ikea, y sobre ella hay un póster de una película con un marco acrílico sencillo.

Le devuelvo el teléfono a Ewan.

—¿Me la podrías enviar?

Pulsa la pantalla y responde:

—Hecho. ¿Por qué te interesa tanto esta mujer?

—Es una historia muy larga... —Me giro de nuevo hacia el portátil—. Gracias por el té, Ewan, pero ya te dejo tranquilo para que vayas a hacer las entregas.

Mientras Ewan está ocupado cargando la camioneta, reviso el segundo pedido *online* de James que me ha llamado la atención. Lo hizo en mayo del año pasado, cuando todavía era Davey el que se encargaba de los repartos. Incluso aunque guardase todavía la foto, lo cual no es muy probable, no es que acabara todo demasiado bien entre nosotros, de modo que no tiene sentido intentar ponerme en contacto con él. En esa ocasión, la destinataria era una tal Milli Nye-Browne. El ramo, otra Rapsodia en Rosa, se había enviado a una zona residencial de Wandsworth e iba acompañado de un mensaje enigmático: «Porque sí... Besos, J».

Con un nombre tan inconfundible como ese, no me lleva demasiado tiempo encontrar el perfil de Instagram de Milli: una cuadrícula envidiable compuesta por fotos de sesiones de yoga en la naturaleza, planos inmaculados de maletas y un *bulldog* adoptado que mantiene unas golosinas para perros en equilibrio en el hocico. Milli es una chica alta, elegante y castaña, más o menos de la misma edad que Victoria.

Al parecer, mantiene una relación con un tal Guy, un tipo con un Mercedes descapotable y predilección por la ropa de punto de primera calidad. Sigo cotilleando en Instagram con la esperanza de ver alguna foto de James, pero no hay ninguna.

Vuelvo a Google para ver si puedo encontrar a Victoria en las redes sociales. Por desgracia, tiene un nombre demasiado común y como no tengo diez horas libres para pásarmelas repasando todas las posibilidades decido detener mi investigación, por ahora.

No tengo claro lo que pretendo lograr con todo esto. Lo único que sé es que no me puedo quedar de brazos cruzados mientras Eleanor lanza acusaciones descabelladas que podrían afectar gravemente a mi reputación profesional, además de la personal. Lo que más me duele de todo esto es el hecho de que, tres días y medio después de que escribiera esas calumnias despreciables en el *post*, sigo sin haber sabido nada de James. Tiene a Izzy añadida como amiga en Facebook, de modo que doy por hecho que ha leído los comentarios de su mujer. ¿Por qué no se ha puesto en contacto conmigo para tranquilizarme, para contarme que ya le ha dejado las cosas claras a Eleanor sobre la naturaleza exclusivamente platónica de nuestra relación? A no ser, claro, que Elea-nor y él estén compinchados para intentar difamarme. Es una idea perturbadora, pero sería idiota si no considerara esa posibilidad.

Desde luego, lo que tengo claro es que hay algo en toda esta situación que me resulta falso, como si estuviera planeado. Primero, Eleanor habla con Maria sobre sus temores de que James y yo estemos teniendo una aventura…, con Maria, una mujer a la que no habrá visto más de unas cinco o seis veces. Y luego se dedica a difundir sus sospechas por las redes sociales. Sé que no es la primera mujer que saca a la relucir sus problemas en Internet, pero, aun así, no me pega nada que una mujer de clase media-alta como ella saque sus trapos sucios en público de ese modo. Si de verdad cree que he tenido algo que ver con la muerte de Izzy, ¿por qué no ha ido directamente a la Policía o al abogado tan bien pagado que seguro que tiene contratado? Cuanto más lo pienso, más me parece que es todo un ardid.

Pero, ¿por qué iba a querer Eleanor ensuciar mi reputación? La explicación más probable es que están intentando desviar las sospechas, alejarlas de sí mismos. Lo que significa (y desde luego es un pensamiento espantoso) que uno de ellos es responsable de lo que le ha ocurrido a Izzy, o tal vez los dos. Pero, si eso resulta ser cierto, ¿cómo voy a poder demostrarlo yo?

Anoche, mientras estaba tumbada en la cama, me vino un recuerdo repentino de cuando cenamos en casa de Maria; en particular, de la conversación que mantuve con Rafe sobre la ciencia y sobre la resolución de problemas. En lugar de atormentarme con la gran pregunta importante (es decir, cómo llegó Izzy a caerse de la ventana del campanario), necesito empezar por el principio. Debo emplear los recursos que ya tengo a mi disposición. Ir construyendo el rompecabezas, empezando por los extremos, e ir avanzando metódicamente hacia el centro. Y entonces, con suerte, el gran misterio se revelará solo.

La primera tarea que me he encomendado es hallar toda la información posible sobre Eleanor y James. En Internet, para mi sorpresa, no hay casi nada: tan solo sus perfiles de redes sociales, el LinkedIn de James y unos cuantos artículos en revistas de arquitectura, ninguno de los cuales apunta a ninguna razón que pudieran tener para querer hacerle daño a Izzy. Por más que Eleanor rechazara algunas de las decisiones vitales de su hermana, resulta un móvil poco probable para cometer un asesinato; sobre todo teniendo en cuenta que, en la fiesta, parecían llevarse bastante bien. Por tanto, decido centrarme en James.

Durante las horas siguientes intento no pensar en los Elliott y libero espacio en mi mente para concentrarme en el ramo de novia que necesito terminar para la boda de mañana. El tiempo pasa volando, como siempre que estoy trabajando con las flores, y antes de que me dé cuenta ya es la hora de la cita con la asistente personal con James.

Cuando llego a Cole & Elliott, la recepcionista (esta vez, por suerte, se trata de la chica más simpática de las dos) me dice que Rachel está transcribiendo una reunión con uno de los nuevos arquitectos del estudio y estará conmigo en breve. Dejo el porfolio en una silla y me paseo por la zona de la recepción, que es bastante amplia, admirando las fotografías enmarcadas que cubren las paredes. Parece que la mayoría de ellas se tomaron en prestigiosas ceremonias de entrega de premios de la industria. Todo el mundo está vestido con ropa de gala y sonríe a la cámara, exaltados por el éxito tras conseguir un galardón más para su estudio. Una de las fotos en particular me llama la atención. James está subido al escenario con un premio de cristal grabado en las manos y rodeado de más de diez compañeros de trabajo. Entorno los ojos para leer el pie de foto: COLE & ELLIOTT. GANADORES DEL PREMIO DE LA REVISTA ABODE A LA MEJOR CASA SOSTENIBLE DEL AÑO (LONDRES Y EL SUDESTE DE INGLATERRA). Es un logro admirable; normal que James tenga esa expresión tan arrogante.

Desvío la atención a sus compañeros de trabajo. Veo a la mujer con la que acabo de hablar, a la que casi no reconozco con ese vestido tan largo que llega hasta el suelo. La otra recepcionista del estudio, la más antipática, también aparece en la foto. Está posando con la pierna derecha por delante y las manos en las caderas, como si fuera la protagonista de la noche. Me produce una satisfacción enorme, y admito que un poco ridícula, el hecho de que se le vea la parte inferior de la faja a través de la abertura del vestido que le sube por el muslo.

Al otro lado de James aparece Adam Cole con un esmoquin negro de estilo clásico (me alegra ver que se ha afeitado los pelos de la nariz para la ocasión). Está pegado a una chica joven y atractiva con un vestido asimétrico que se le ajusta al cuerpo a la perfección.

Frunzo un poco el ceño y abro la cremallera del bolso, saco el móvil, rebusco entre mis mensajes y al momento encuentro lo que estoy buscando. Mientras paso la mirada de la pantalla a la foto de la pared, no puedo evitar esbozar una sonrisilla.

Es ella. Victoria Williams. Es una de las empleadas de James. Resulta un poco raro que decidiera enviarle flores a su casa en lugar de a la oficina. ¿Habrá tenido que revisar su expediente personal para averiguar dónde vivía? Puesto que yo también tengo empleados a mi cargo, sé que existen normas muy estrictas que regulan el uso de la información personal de las personas, y estoy bastante segura de que mandarle a alguien flores por su cumpleaños no se consideraría una justificación razonable. Miro hacia atrás, a la recepcionista.

—Madre mía, sí que habéis ganado premios, ¿eh?

—Es impresionante, ¿verdad? —dice desde detrás del mostrador—.

En Cole & Elliott trabajan personas maravillosas con mucho talento. Es uno de los motivos por los que me gusta tanto trabajar aquí.

Recorro todas las fotos con la mirada de nuevo.

—Seguro que os lo pasáis genial en ese tipo de ceremonias, ¿no?

—Desde luego —responde mientras se acerca a mí—. Es la única oportunidad que tengo de vestirme con mis mejores galas últimamente. —Señala una de las fotos de la fila superior—. Mira, esa soy yo, la del vestido plateado. A mi marido casi le dio un infarto cuando averiguó lo que costaba.

—Pues diría que el precio estaba justificado, porque estás increíble —le digo con efusividad, dorándole la píldora—. Todas estáis guapísimas. —Señalo la foto en la que aparece Victoria—. Me encanta el vestido de esta chica. De hecho, llevo un tiempo buscando algo parecido. —Me llevo la mano a la cintura—. Para mí no, claro; parecería una salchicha embutida en ese vestido. Es para mi sobrina, un regalo de graduación. —Ladeo la cabeza hacia la derecha y añado—: Imagino que no estará ahora en el estudio esa chica, ¿no? Es que me vendría genial preguntarle dónde lo compró.

—Me temo que Victoria ya no trabaja aquí. Es una estudiante de arquitectura; hizo unas prácticas de tres meses con nosotros esta primavera. —La recepcionista sonríe—. A James se le da muy bien fomentar el talento de los nuevos arquitectos. Tenemos un programa de prácticas para el que solicitan plaza montones de estudiantes, muchos más de los que podemos aceptar. James está muy involucrado en el proceso de selección; siempre se empeña en entrevistar a los candidatos que han pasado la primera fase de selección personalmente.

—Ah, ¿sí?

Los engranajes de mi cerebro no dejan de girar, acercándome a la conclusión a la que no quiero llegar. Aunque, si lo pienso, era evidente desde el principio.

—¿No hizo Milli Nye-Browne unas prácticas aquí también? —digo con naturalidad.

La mujer me mira sorprendida.

—Vaya, pues sí. Milli fue una de las estudiantes que recibimos el año pasado. ¿De qué la conoces?

—No la conozco personalmente, pero su madre es una de mis clientas. Hace poco, cuando estábamos charlando en la floristería, mencionó por casualidad que Milli había estado de prácticas en Cole & Elliott.

La recepcionista frunce el ceño.

—Estoy bastante segura de que Milli dijo que su madre vivía en Francia.

—Sí, vivió allí un tiempo, pero ya ha vuelto a Reino Unido. —Me giro hacia la pared–. ¿Aparece Milli en alguna de estas fotos?

—Sí, debe de estar en alguna. Déjame ver… Ah, sí, aquí está.

Me señala una foto que no había tenido ocasión de estudiar aún. Aparecen seis personas en la imagen, y Adam está en el centro, sosteniendo un trofeo con forma de pirámide. A su derecha hay dos compañeros mayores y, a su izquierda, James y Milli, a quien reconozco por haberla visto en Instagram. A pesar de los tacones de aguja y del vestido sofisticado que lleva, que le deja los hombros descubiertos, parece muy joven. Demasiado joven.

Me percato de que, en esta foto, todo el mundo está mirando hacia delante. Todo el mundo, menos Milli. No está mirando a la cámara, ni siquiera a Adam. Está mirando a James, con un brillo eléctrico en la mirada, una admiración voraz. Tiene los labios pintados de rosa y entreabiertos, y se le ve el interior de la boca, oscuro y húmedo. No suelo ser una mujer de apuestas, pero me jugaría mucho dinero a que, en la época en que se tomó esta foto, Milli y James se estaban acostando juntos.

Giro la cabeza hacia la recepcionista, preguntándome si ella también verá lo que estoy viendo yo, pero su expresión no revela nada. Incluso aunque supiera que su jefe se ha estado poniendo las botas con un bufé de estudiantes de prácticas (chicas jóvenes, guapas e impresionables que serían una presa fácil para alguien tan encantador y con tantos contactos como James), estoy segura de que jamás diría nada al respecto. ¿Qué empleada fiel traicionaría así a su jefe?

Antes de que pueda asimilar del todo las implicaciones de mi descubrimiento, una mujer de mediana edad aparece de repente de uno de los despachos.

—Tú debes de ser Amy —me dice—. Soy Rachel. Siento haberte hecho esperar.

Acepto la mano que me ha tendido y contesto:

—No te disculpes. La verdad es que me has hecho un favor.

—Ah, ¿sí? —me pregunta, mirándome por encima de los cristales con forma de medialuna de las gafas que lleva.

—Sí, así he podido echarle un vistazo a esta colección de fotos tan bonita. —Le ofrezco una media sonrisa fría—. Y ha sido muy esclarecedor.

Me alegra ver que Rachel resulta ser muy decisiva a la hora seleccionar las flores. Tan solo media hora después ya estoy volviendo a la tienda en coche, dándole vueltas a todo lo que he averiguado. Aunque no hay pruebas sólidas del todo, las circunstanciales parecen indicar que James ha mantenido relaciones inapropiadas con, al menos, dos de sus estudiantes de prácticas. Y lo más probable es que haya ocurrido lo mismo con más de ellas.

Aunque no soy yo a la que le han sido infiel, estoy dolida y enfadada de todos modos. James ha traicionado a su mujer y se ha aprovechado de al menos dos chicas jóvenes. Incluso aunque Milli y Victoria le hubieran dado su consentimiento, eso no quita que James haya abusado de su posición de poder.

Y también está la cuestión del modo en que ha conseguido embaucarme, hacerme creer que era el hombre perfecto: respetuoso, amable y con principios, cuando en realidad no es nada de eso. ¡Y pensar que ha tenido el descaro de usar Flores de Mayo para sus sucios tejemanejes!

Es como mirar el agua calmada de un lago: primero se ve todo a la perfección, incluso hasta el fondo, pero entonces algo remueve el cieno y, de repente, el agua se vuelve oscura, pútrida.

Vuelvo a pensar en el rompecabezas que estoy tratando de componer. ¿Cómo encajan todas las piezas? Las aventuras de James, la muerte de Izzy, el intento torpe de Eleanor de implicarme... Para cuando aparco frente a la floristería, ya empieza a tomar forma una posible teoría. ¿Y si la tensión entre las dos hermanas no se debía solo a que Izzy bebiera demasiado o fuera muy egocéntrica, sino a algo más oscuro, más destructivo? ¿Y si Izzy y James tenían una aventura?

No me parece una locura, sobre todo teniendo en cuenta la facilidad para ligar de James y la tendencia de Izzy a coquetear con cualquiera que se le pusiera por delante. Y, ahora que lo pienso, ¿acaso no lo insinuó Eleanor la primera vez que nos vimos, cuando comentó que Izzy siempre sacaba lo mejor de sí misma cuando James estaba presente? Imagino que no lo sabía con seguridad (¿qué mujer le organiza una fiesta de cumpleaños a la amante de su marido?), pero quizá lo sospechara ligeramente. Y seguro que esas sospechas no tardaron en arraigarse y envolver sus entrañas como una hiedra venenosa. Y, aunque tal vez Eleanor pudiera tolerar las indiscreciones de su marido en el trabajo, puede que el hecho de que mantuviera una relación con su propia hermana hubiera requerido una intervención rápida y decisiva por su parte.

Puede que no fuese su intención matar a Izzy. Tal vez fuera un accidente, una pelea que se les acabó yendo de las manos. Quizá Eleanor viera algo en la fiesta, algo que no le hizo gracia. Puede que fuera algo inofensivo, una mirada demasiado íntima entre su marido y su hermana, o tal vez algo mucho más comprometedor. Y entonces se llevó a Izzy adentro y discutieron. El campanario era el lugar perfecto, ya que allí no las oiría Toby, que estaba durmiendo, ni ningún invitado que hubiera entrado en la casa. La conversación no tardó en volverse violenta. Eleanor, furiosa, empujó a Izzy, y entonces su hermana, borracha, se tropezó hacia detrás, cayó por la ventana abierta y aterrizó en las inclementes losas del patio.

Aunque algunos de mis recuerdos de aquella noche no están demasiado claros, lo que sé con seguridad es que Eleanor no estaba en el jardín, con el resto de invitados, cuando Izzy cayó. Recuerdo perfectamente verla saliendo del lateral de la casa, unos cuantos minutos después; el tiempo suficiente, desde luego, para que bajara las escaleras, saliera por la puerta principal y volviera a entrar en el jardín por la verja lateral. Parecía desconcertada, ansiosa por saber por qué estaban todos reunidos alrededor del patio, atónitos. ¿De verdad podía ser tan buena actriz? Después de haber visto cómo se ha comportado conmigo, de esa manera tan repugnante, ya no me sorprendería nada de esa mujer. Creo, desde hace mucho tiempo, que todos los humanos poseemos una violencia latente dentro, agazapada en los recovecos oscuros de nuestro interior, a la espera de algo que la saque a la luz. ¿Por qué iba Eleanor a ser distinta?

Me atrevería a conjeturar que, en algún momento (aunque aún no he averiguado cuándo ni cómo), James se enteró de que su mujer estaba involucrada en el «accidente» (voy a darle a Eleanor el beneficio de la duda por ahora) de Izzy. Carcomido por la culpa (o, al menos, debería estarlo) y desesperado por proteger a su mujer de una acusación de asesinato (lo cual indicaría que su relación con Izzy no era más que un escarceo, lo que me hace detestarlo más aún), la ayudó a idear una cortina de humo, una manera de desviar la atención de la auténtica culpable y redirigirla hacia una florista inocente que tuvo la mala suerte de haberse cruzado en su camino. Mientras más lo pienso, más sentido me parece que tiene todo.

Imagino que, cuando los Elliott se aseguren de que han construido un caso lo bastante sólido en mi contra, entregarán en bandeja de plata mi cabeza a las autoridades. Me gustaría creer que la Policía será lo bastante sensata como para no dejarse engañar por esa sarta de mentiras, pero, si no es así, estaré metida en un buen lío. Aunque tampoco sería la primera vez.

Tengo que ser previsora, adelantarme a ellos, encontrar las pruebas sólidas que necesito para respaldar mi propia teoría, pruebas que la Policía no pueda ignorar. Pero ¿cómo?

Me encierro en el estudio durante el resto de la tarde, dándole vueltas y más vueltas al problema, como si fuera un guijarro, examinando de cerca todas sus superficies, su grosor y su peso, hasta que al fin ideo un plan.

Capítulo 19

Ahora

Transcripción del interrogatorio entre el subinspector de policía Gareth Pearce y Peter Donaldson.

G. P.: ¿Podría decir en alto su nombre y su dirección para la grabación, por favor?

P. D.: Me llamo Peter Donaldson y vivo en Springfield House, Oakwood Road, West Dulwich.

G. P.: ¿Cuánto tiempo lleva viviendo allí?

P. D.: Casi hace seis años y medio.

G. P.: ¿Y quién más reside allí?

P. D.: Solo mi mujer. Tenemos dos hijas, pero ambas están estudiando en la universidad.

G. P.: Y sus vecinos, los que viven en El Santuario, James y Eleanor Elliott... ¿Sabe aproximadamente cuándo se mudaron allí?

P. D.: Debe de hacer ya... unos dos años y medio. Compraron la propiedad bastante antes de eso, pero hicieron unas reformas considerables antes de mudarse.

G. P.: ¿Son ustedes amigos suyos?

P. D.: Ah, sí, muy amigos. Mi mujer y yo conocemos muy bien a los Elliott. Hemos cenado en su casa, y ellos en la nuestra, en numerosas ocasiones. Y yo suelo jugar al golf con James, al menos una vez al mes.

G. P.: ¿Estaban usted y su mujer en casa durante la mañana del veintidós de septiembre, entre las ocho y las nueve y media?

P. D.: Mi mujer se fue a trabajar alrededor de las ocho menos cuarto, pero yo sí estaba en casa.

G. P.: ¿Vio a alguien entrar o salir de El Santuario durante ese periodo de tiempo?

P. D.: Sí, un poco después de las ocho. Estaba sacando al perro para que hiciera pis y vi que un coche estaba aparcando en la acera.

G. P.: ¿Podría describir el vehículo?

P. D.: Era un monovolumen gris oscuro, un Peugeot. Me temo que no apunté la matrícula. Una mujer salió del coche y empezó a recorrer la entrada a la casa de los Elliott. La reconocí de inmediato; nos habíamos visto unas cuantas semanas antes, en una fiesta de cumpleaños que habían organizado los Elliott para la hermana de Eleanor, Isabel. La fiesta en la que sufrió el…, eh…, accidente. Qué trágico. Mi mujer y yo nos sentimos fatal por James y Eleanor. ¿Ya se ha averiguado cómo sucedió?

G. P.: Me temo que eso no es algo que pueda comentar con usted en este momento.

P. D.: Claro, lo entiendo. Lo siento, no debería haber preguntado siquiera.

G. P.: ¿Sabe cómo se llama la mujer?

P. D.: Sí. Mi mujer y yo hablamos un poco con ella durante la fiesta, y le dio a mi mujer la tarjeta de su negocio. De hecho, la he traído hoy, por si quiere verla.

G. P.: Sí, por favor.

P. D.: Tome. Es Amy Mackenzie, de Flores de Mayo.

G. P.: Para que conste en la grabación, el señor Donaldson me está entregando una tarjeta de visita. ¿Qué impresión se llevó de la señorita Mackenzie cuando la conoció en la fiesta?

P. D.: Me pareció muy agradable. Mantuvimos una conversación muy interesante sobre plantas de interior y me dio algunos consejos útiles sobre mi aspidistra.

G. P.: ¿Habló usted con la señorita Mackenzie cuando volvió a verla, el día 22 de septiembre?

P. D.: No. Al principio pensaba saludarla, pero luego me lo pensé mejor.

G. P.: ¿Por qué motivo?

P. D.: Parecía bastante alterada y tenía un aspecto…, bueno, extraño.

G. P.: ¿En qué sentido?

P. D.: Muy desaliñada. Era evidente que no se había peinado esa mañana y tenía la ropa muy arrugada, casi como si hubiera dormido con esas mismas prendas puestas. Resultaba obvio, por su lenguaje corporal y por la expresión, que estaba irritada por alguna razón. Me quedé mirándola mientras se acercaba a la puerta principal de El Santuario y llamaba al timbre. Y luego se escondió.

G. P.: ¿Que se escondió?

P. D.: Eso es lo que me pareció a mí. Se alejó y se colocó tras una maceta. Creo que de laurel.

G. P.: ¿Y qué fue lo que ocurrió entonces?

P. D.: Katya, la *au pair* de los Elliott, abrió la puerta y Amy salió de su escondite. Las dos intercambiaron algunas palabras. No pude oír bien lo que decían, pero, por la expresión de Katya, me daba la sensación de que no le hacía mucha gracia que Amy estuviera allí. Después de unos instantes, Amy la empujó y se coló en la casa.

G. P.: Cuando dice usted que la empujó, ¿a qué se refiere? ¿Podría ser más específico? ¿Fue violenta?

P. D.: Yo no la describiría como «violenta», pero sí que hubo contacto físico entre ellas. Supongo que se podría decir que le dio un golpe con el hombro.

G. P.: ¿Y cómo reaccionó Katya?

P. D.: Parecía bastante sorprendida.

G. P.: ¿No diría que estaba asustada?

P. D.: Supongo que es posible que estuviera asustada. Era difícil saberlo desde donde me encontraba yo. Ahora pienso que debería haberla llamado y preguntarle si iba todo bien, pero, como Amy ya conocía a la familia, no me parecía que hubiera nada de qué preocuparse. Vi a Katya volver adentro y cerrar la puerta principal tras ella. Ese es otro de los motivos por los que no me inquieté demasiado. Si Katya hubiera temido por su seguridad física, dudo que se hubiera encerrado en el interior de la casa con esa mujer.

G. P.: ¿Y qué hizo usted entonces?

P. D.: Llamé a mi perro y volvimos a casa. La primera señal que vi de que algo iba mal en la casa de al lado fue cuando llegó la primera ambulancia.

Capítulo 20

Cuatro días antes

Es el día del funeral. Llevo despierta desde las cinco, no pensando en Izzy, sino en todo lo que necesito llevar a cabo hoy. A las siete y media ya estoy en el estudio, preparando las flores para la celebración. Antes estaba bastante segura de mí misma, pero ahora, mientras corto los tallos de fresia, con su fragante aroma, para que queden todos uniformes, empiezo a cuestionarme a mí misma. Hay demasiadas variables, demasiadas cosas sobre las que no tengo control. Estoy remando, alejándome de la orilla y adentrándome en un océano inmenso, y con cada hora que pasa la corriente se vuelve más fuerte. Ya no puedo volver; he ido demasiado lejos.

Aun así, estoy lo más preparada posible. Aproveché la reunión con la asistente personal de James para preguntarle sobre los preparativos del funeral y he logrado hacerme una idea bastante buena de la agenda de los Elliott para hoy.

Son las ocho y media pasadas cuando Claire asoma la cabeza por la puerta del estudio.

—¿Cómo estás? —me pregunta.

Para ser sincera, siento como si estuviera al borde del desastre. Ahora lo percibo, como una avalancha que se me viene encima.

—Más o menos —contesto—. Digamos que tengo ganas de que se acabe ya el día.

—No te culpo. Los funerales suelen ser bastante horribles incluso en el mejor de los casos, pero debe de ser aún peor cuando se trata de alguien tan joven como Izzy.

No le he dicho a Claire que iba a ir al funeral; tan solo he dejado que lo supusiera.

—Imagino que la familia no ha averiguado nada más sobre cómo ocurrió, ¿no? —me pregunta—. Me siento fatal por ellos. Deben de estar desesperados por poder pasar página.

Sacudo la cabeza.

–La Policía sigue investigando. Y, dado que no hay ningún testigo, supongo que es posible que nunca sepamos la verdad.

Mantengo la mirada hacia abajo, hacia el tulipán que estoy sujetando, una especie que se conoce como reina de la noche. Es un tulipán muy llamativo cuyos pétalos son de un tono granate tan intenso que casi parecen negros, dependiendo de la luz. Una elección apropiada para un encuentro tras un funeral.

Mientras dejo con cuidado la flor sobre la mesa, me invade un torrente de emociones que me pilla por sorpresa. Echo tanto de menos a Izzy que es como una herida; siento su forma, un dolor ardiente y angustioso que nace en la garganta y termina bajo el esternón.

–¿Seguro que te las arreglarás bien en la tienda tú sola? –le pregunto a Claire–. Diría que, como mucho, volveré a media tarde.

–Sí, claro. Y, por favor, si no te ves con fuerzas de volver a trabajar después del funeral, no vuelvas.

–Gracias, Claire –le digo. Me escuecen los ojos y parpadeo con fuerza para contener las lágrimas–. No sé qué haría sin ti.

Le dije a Rachel que yo misma llevaría los ramos a El Santuario en persona, y también me ofrecí a proporcionar los jarrones y colocar las flores *in situ*. Le dije que llegaría más o menos a las once de la mañana, puesto que sé que el coche fúnebre recogerá a los Elliott a las diez y media. Rachel me dijo que los del cáterin me abrirían la puerta de la casa, que me estarían esperando.

Dado que Ewan tiene la furgoneta, voy en mi propio coche y aparco calle abajo, no demasiado cerca de la casa. El vehículo de la empresa de cáterin está aparcado en la entrada de El Santuario y hay dos empleados sacando sendos palés de plástico con comida de su interior. La puerta principal de la casa está abierta, así que entro directamente y me dirijo hacia la cocina, donde me topo con más empleados enfrascados en su labor. No consigo distinguir quién es el encargado, pero me presento como la florista y todos sonríen y asienten. Mientras dejo las flores y voy a llenar los jarrones en el fregadero, nadie me mira raro. Justo como esperaba.

No me lleva mucho tiempo elegir las mejores zonas del salón en las que dejar los jarrones. Mientras voy instalando todas las flores, me pregunto si James y Eleanor podrán reconocer mis diseños. Pero seguro que estarán demasiado centrados en sus invitados como para reparar en eso; y, aunque no sea el caso, para entonces ya será demasiado tarde.

Los del cáterin siguen deambulando por toda la casa, acarreando cosas de la furgoneta a la cocina, de modo que finjo estar ocupada con las flores un poco más de tiempo del necesario. Cuando al fin estoy sola y nadie me está observando, empiezo a dirigirme hacia las escaleras del rincón del salón, tan sigilosa como una asesina.

La primera habitación en la que entro es claramente la de Toby, aunque, para ser el dormitorio de un niño de dos años, es de lo más sofisticado, con muebles a juego pintados de blanco y un mural con temática marina que cubre una de las paredes. Veo una camarita en la mesilla de noche, dirigida hacia la cama. Con cuidado, trato de mantenerme fuera de su campo de visión; los Elliott no pueden saber que he estado aquí. Por la posición de la cámara, no puedo registrar el armario ni la cómoda, pero no importa; no creo que los Elliott hayan guardado el tipo de material que me interesa en una habitación a la que puede acceder la *au pair* siempre que quiera.

Al lado del cuarto de Toby hay un baño y, junto a él, otro dormitorio. Está bastante desordenado; hay ropa tirada sobre todos y cada uno de los muebles. Sé que es el cuarto de Katya incluso antes de avistar la novela en un idioma extranjero y los cabellos largos y oscuros en el cepillo que hay sobre la mesilla de noche. Como estoy bastante segura de que aquí tampoco voy a encontrar nada, sigo recorriendo el pasillo y, después de dejar atrás una estantería empotrada, llego a la última habitación. Espero encontrar un despacho con un archivador indexado y un cajón cerrado cuya llave pueda hallar, muy oportunamente, en el portalápices, o quizá pegada con cinta adhesiva debajo del escritorio. Pero, para mi decepción, al abrir la puerta me topo con una habitación de invitados con un pequeño cuarto de baño privado. Está decorada con mucho estilo, en distintos tonos de gris y de lavanda, y con unos muebles sencillos: una cama doble, mesillas de noche a juego y lámparas. También hay un armario empotrado con puertas correderas. Una mitad del armario está vacía y la otra está llena de ropa de invierno. Otro callejón sin salida.

Mi siguiente parada es el campanario. O al menos lo sería si lograse encontrarlo. No veo otra escalera por ninguna parte, ninguna puerta que no haya abierto ya. Se me cae el alma a los pies al plantearme la posibilidad de que a las habitaciones del campanario no se acceda por el primer piso, como había dado por hecho, sino desde la planta baja. Si es así, ya puedo ir dándome por vencida. Es imposible que pueda ponerme a curiosear por la planta baja con todos los empleados del cáterin dando vueltas por ahí. Correría demasiado el riesgo de llamar la atención.

Reflexiono durante un momento y después vuelvo sobre mis pasos. Regreso a la estantería. En la mitad superior hay estantes llenos de libros antiguos, la clase de libros que puedes comprar al peso, mientras que la inferior consiste en varios tableros de madera, en uno de los cuales, más o menos a la altura de la cintura, hay un pomo. Está pintado del mismo tono celeste delicado que el revestimiento; seguro que por eso no me había fijado antes.

Agarro el pomo y tiro de él, con lo que consigo que la estantería entera se aleje de la pared y se abra con suavidad hacia un lado. Casi me entran ganas de chocarme los cinco a mí misma.

Delante de mí se alza una escalera en espiral. Es de hierro fundido, con una barandilla decorada con barrotes retorcidos y con peldaños y contrahuellas con un diseño intrincado, todo muy gótico. Cuando miro hacia arriba, cuento tres vueltas completas de la escalera. A saber cómo llevaron los Elliott los muebles hasta allí arriba. Supongo que se trata de la escalera original, porque, incluso para alguien con tantos contactos como James, debe de ser casi imposible encontrar otra que encaje en este espacio con tanta precisión. Dejo la estantería-puerta entornada, me agarro a la barandilla y empiezo a subir.

En lo alto del primer tramo de escalones llego a un pequeño rellano con una única puerta. En cuanto poso la mano sobre el pomo de bronce, me noto el corazón palpitándome en el pecho, como los latidos de un marcapasos invisible. Ahora que estoy aquí, no estoy segura de querer entrar. Después de todo, esta es la habitación de la que cayó Izzy antes de morir.

Echo los hombros hacia atrás y me digo a mí misma que no sea tonta. No creo en fantasmas; detrás de esa puerta no hay nada que pueda hacerme daño.

La habitación es pequeña, con paredes blancas y una cama doble con una colcha con bordado inglés. Eleanor la ha decorado con mucho estilo, con obras de arte abstracto coloridas, velas perfumadas y un sillón de Lloyd Loom con cojines de terciopelo. A pesar de todos los adornos tan bonitos, hay un silencio pesado muy peculiar en esta habitación, como si las paredes estuvieran aguantando la respiración.

Me acerco a las ventanas caminando con cautela, como si me diera miedo molestar a alguien. Son ventanas batientes, con un par de cristales con retícula en marcos de madera, cada uno de un metro veinte de altura, más o menos. Aunque no sea lo típico, no están empotradas, sino a ras de la pared. Entre que no hay alfeizar y que la posición de las ventanas es muy baja, sería muy fácil que alguien se cayera por ellas. Ni siquiera tendrían que estar abiertas del todo; lo único que tendrías que hacer es correr los pasadores que las mantienen aseguradas y esperar a que tu víctima desprevenida se coloque en posición. Es muy fácil.

Dado lo alta que está esta habitación, me sorprende que James no pensara en colocar algún tipo de retenedor para que las ventanas no se pudieran abrir tanto o, si eso no era posible con unas ventanas tan antiguas, quizá podría haber añadido una barandilla en el exterior. Está claro que, en este proyecto, se prioriza la estética, incluso por encima de la seguridad.

El rencor se me acumula en la garganta y me duele. No tendría por qué haber sido así. Izzy podría seguir viva si… Me muerdo el labio inferior casi con tanta fuerza como para hacerlo sangrar. ¿Qué sentido tiene pensar en lo que podría haber ocurrido? Lo hecho hecho está; no puedo cambiar el pasado. Aquí ya no hay nada más que ver, así que tras echarle un buen último vistazo a la habitación me dirijo a la puerta.

Es evidente que los escalones que conducen al último piso son un añadido moderno: una espiral de acero minimalista que da una vuelta y media y lleva al dormitorio principal. Es de un tamaño bastante modesto, pero lo que le falta en espacio lo compensa con esplendor. Tres de las cuatro paredes son de cristal; es una estructura atrevida que sobresale del lateral del campanario original, lo cual le ofrece una superficie un cincuenta por ciento mayor que la del dormitorio de debajo. Me encantaría tomarme mi tiempo para admirar las vistas infinitas, pero ya son las once y veinte y, según mis cálculos, la familia volverá del funeral alrededor de las doce.

Me tomo unos instantes para registrar el baño privado, que tiene la estética típica del baño de un hotel de lujo, con lavabos para él y para ella y una bañera de cobre. Está todo inmaculado; no hay manchas en el espejo ni pelos acumulados en el desagüe del lavabo. Abro el cajón de las medicinas para ver si tienen algún medicamento que necesite receta. Busco pastillas para dormir, diazepam, Prozac…, cualquier cosa que pueda indicar que aquí vive alguien con ansiedad o que pueda explicar el comportamiento imprevisible de Eleanor. Pero no encuentro nada, ni siquiera una aspirina.

Vuelvo al dormitorio y me acerco a una cómoda alta. Sobre ella hay un rúter de banda ancha; supongo que en una casa de este tamaño hace falta más de uno. Abro algunos de los cajones con cuidado de no revolver demasiado el contenido, pero lo único que encuentro es ropa interior doblada con precisión y pijamas. También rebusco en el interior de un par de armarios a juego, pero tampoco encuentro nada interesante en ellos. Me pongo a cuatro patas para mirar debajo de la cama, pero lo único que veo es un pendiente sin su pareja y un pañuelo de papel arrugado.

Siento que un velo áspero de cansancio me cubre los ojos y me los irrita. Llevo varios días sin dormir bien, desde que murió Izzy. Me siento en la cama, reacia a aceptar que mi misión de exploración ha sido una pérdida de tiempo. No estoy segura de qué esperaba encontrar. Tal vez un diario repleto de detalles escabrosos de las conquistas sexuales de James, o quizá unas fotos explícitas de Izzy con él. Algo que demostrara que Eleanor tenía un motivo de peso para querer hacerle daño a su hermana. Pero, ahora que lo pienso,

¿no sería más probable que James guardara cualquier cosa que lo incriminase en la oficina, en lugar de en su hogar?

Mientras me levanto de la cama, algo me llama la atención; la esquina de un dispositivo electrónico. Está en el suelo, entre la cama y la mesilla de noche, conectado con el cargador a un enchufe. Me agacho para recogerlo y veo que se trata de un iPad con una funda elegante de cuero que tiene grabadas las iniciales E. E. Le desconecto el cargador y me vuelvo a sentar en la cama con el iPad sobre las rodillas. Mientras pulso el botón de encendido, no tengo demasiada esperanza. Cuando la tablet vuelve a la vida, espero que me pida que introduzca la contraseña, pero no me lo pide; el bloqueo de pantalla está desactivado. Ni siquiera yo me creo la suerte que tengo.

Empezar por la carpeta de las fotos me parece lo más lógico. Voy desplazándome hacia abajo durante lo que me parece una eternidad hasta que una serie de fotografías de unas vacaciones me llama la atención: James en bañador, con una máscara de *snorkel*, metido hasta las rodillas en un océano turquesa; Eleanor en un yate, riéndose mientras el viento le revuelve el pelo por delante de la cara; ambos bebiendo cócteles al atardecer en una terraza repleta de plumbago… Cualquiera que vea estas fotos pensaría que tienen una vida perfecta, un matrimonio perfecto. Pero yo sé que no es cierto. Sé que, bajo esa superficie tan bien cuidada y equilibrada, hay un hormiguero oculto. Lo más probable es que lleve años allí, esperando a que alguien como yo lo desvele.

Mientras sigo repasando las fotos calentándome con su calor exótico, no paro de darle vueltas al sucio secretito de James. ¿Por qué tienen aventuras los hombres, sobre todo los hombres como James, con niños pequeños y esposas tan guapas e inteligentes? ¿Por aburrimiento? ¿Por alguna necesidad biológica? ¿Por inseguridad? ¿Por la sensación de aventura? ¿O, y algo me dice que es lo más probable en el caso de James, sencillamente porque pueden?

Menudo cabrón. Se merece lo peor.

De pronto el álbum de fotos familiar de los Elliott me repugna, y decido desviar la atención al correo electrónico de Eleanor. Parece que hace poco se ha propuesto hacer limpieza, porque solo hay mensajes de los últimos meses. Ojalá yo fuera tan disciplinada como ella. Tener la bandeja de entrada vacía es un objetivo que no creo que consiga jamás, al igual que perder los cinco kilos que me sobran o aprender a tocar el flautín. Estudio los nombres de los remitentes, con la esperanza de encontrar a Izzy entre ellos, pero no hay suerte. Lo único que hallo son mensajes de pésame (algunos muy elocuentes y otros empalagosos), un recordatorio del concesionario Audi de que Eleanor tiene que llevar el coche a una revisión, varias facturas de compras por Internet y un montón de basura de *marketing*, como es normal.

Salgo de la aplicación del correo y les echo un vistazo al resto de aplicaciones de la pantalla. Lo primero en lo que me fijo es en el nombre de un sistema de seguridad del hogar muy conocido. Al principio estoy un poco confundida, ya que no he visto ninguna cámara de seguridad en el exterior de El Santuario, tan solo una alarma antirrobos. Pero, cuando pulso en la *app*, no aparece el exterior de la propiedad, sino la habitación de Toby. No es más que el vigilabebé.

Vuelvo a mirar el reloj: las once y treinta y ocho. Tengo el tiempo justo para examinar el historial de búsqueda de Eleanor, lo cual debería proporcionarme información útil sobre sus inquietudes más recientes.

Veo foros sobre paternidad, un blog de diseño de interiores, algunas tiendas de moda de lujo, una página web con consejos para escribir un panegírico y varios inicios de sesión en Instagram (parece ser que Eleanor no está tan destrozada por la muerte de su hermana como para no encontrar tiempo para actualizar a sus seguidores). Sigo desplazándome hacia atrás y veo varias páginas web de empresas funerarias y una serie de búsquedas de Google horripilantes («lesiones en la cabeza tras una caída», «muerte cerebral», «qué hacer cuando alguien muere»). Cuando veo una búsqueda sobre donación de órganos para el Sistema Nacional de Salud, me emociono un poco. No se me había ocurrido pensar que es posible que algunos de los órganos de Izzy hayan servido para ayudar a alguien, que tal vez una parte de ella aún viva. No sé si se había registrado como donante de órganos (nunca llegamos a hablar de ese tema), pero diría que es lo que ella habría querido.

Sigo mirando el historial y dejo atrás la fecha de la muerte de Izzy por si acaso hay algo que pueda indicar que el ataque fue premeditado. Pero no veo ninguna señal de alarma, ninguna búsqueda de «cómo hacer que un asesinato parezca un accidente» ni ninguna confesión anónima en los foros de paternidad del estilo de: «Mi hermana se está acostando con mi marido y quiero matarla. Es normal, ¿no?».

Decepcionada, decido cerrar la aplicación, pero en ese momento me detengo con el dedo en el aire. He visto algo en el historial de búsqueda que había pasado por alto antes: el nombre de un periódico local, uno que conozco muy bien.

Una ráfaga de algo similar al pánico brota de mi cerebro y se extiende por mis extremidades con un cosquilleo. «Respira —me digo mientras me martillea el corazón a un ritmo salvaje en el pecho–. Puede que no tenga nada que ver contigo». Pero, incluso mientras me digo las palabras, sé que no es posible que sea una coincidencia.

Compruebo la fecha en que Eleanor abrió la página del artículo. El 6 de septiembre, ocho días después de la caída de Izzy y dos días antes de que Eleanor me acusara en Facebook. Parte de mí no quiere leerlo, pero la otra necesita saber más.

Mientras va cargando la página y leo el titular, el pasado se abalanza sobre mí, rugiendo como un dragón recién despertado de un sueño profundo que escupe fuego. El calor me debilita.

Derbyshire Tribune, **9 de abril de 2014**

UNA MADRE SE PRONUNCIA EN EL DÉCIMO ANIVERSARIO DE LA MUERTE DE SU HIJA

La hija de Louise Bellamy, Frances, murió ahogada a los quince años en un trágico accidente en la primavera de 2004, en Bakewell. Diez años más tarde, la madre sigue en busca de respuestas, tal y como ha revelado en una entrevista exclusiva con Tanya Savory para el *Tribune*.

«Puede que hayan pasado diez años desde la muerte de Frances, pero sigo sufriendo su pérdida –reveló–. Es como si ese día hubiera estallado una bomba y hubiera cambiado nuestras vidas para siempre. Y lo que más duele es que aún no sabemos exactamente cómo ocurrió».

A Louise le cuesta contener las lágrimas mientras comparte sus recuerdos de aquel trágico día de abril. «Alrededor de la hora de comer recibí un mensaje de Frances. Me decía que no iba a venir directa a casa después de clase, ya que su mejor amiga, Sophie, y ella iban a ir al centro a comprar un regalo para el cumpleaños de otra amiga. Le respondí para recordarle que volviera como muy tarde a las seis, ya que su abuela iba a venir a casa a cenar».

Al ver que Frances no volvía a casa a la hora acordada, Louise la llamó por teléfono, pero Frances no contestó. «Al principio no estaba demasiado preocupada –explicó–. Pensaba que tan solo habría perdido la noción del tiempo, que Sophie y ella seguirían de tiendas. No tenía el número de su amiga, de modo que esperé otra media hora y, entonces, como Frances seguía sin llegar, llamé a la madre de Sophie».

Para sorpresa de Louise, la madre de Sophie le contó que su hija llevaba ya varias horas en casa. «Cuando Sophie se puso al teléfono, me dijo que no había quedado con Frances esa tarde para ir de compras –dijo Louise–. Insistió en que no tenía ni idea de dónde estaba mi hija, aunque se suponía que las dos eran mejores amigas».

Cuando empezó a caer la noche, con las tiendas ya cerradas, Louise y su marido, Ian, llamaron a la Policía para denunciar la desaparición de su hija. Se llevó a cabo una búsqueda en la que montones de vecinos de Bakewell ayudaron a peinar las calles, los parques y los lugares más emblemáticos.

Cuando se encontró el móvil de Frances en un puente que atraviesa el río Wye, a poco menos de un kilómetro de su casa, aumentó la preocupación por la seguridad de la adolescente. La Policía redirigió la búsqueda hacia el río y, veinticuatro horas después, se recuperó del agua su cadáver, a un kilómetro y medio río abajo desde el puente.

«Nunca olvidaré el momento en que dos agentes llamaron a la puerta de casa para decirme que la habían encontrado –dijo Louise conmocionada–. No me podía creer que nunca fuera a poder abrazar a mi pequeña de nuevo, ni a decirle que la quería, y estaba desesperada por saber qué hacía Frances en el río. A esas alturas, la Policía aún no sabía nada, pero prometieron llevar a cabo una investigación exhaustiva».

La autopsia confirmó que Frances, que no sabía nadar, se había ahogado. No presentaba lesiones en el cuerpo y no había testigos que la hubieran visto caer al río, de modo que la Policía concluyó que su muerte había sido un trágico accidente. Esa primavera, el río había crecido más de lo normal tras varias semanas de lluvias torrenciales, y se cree que Frances estuvo caminando por el pretil del puente, perdió el equilibrio y se cayó.

«Para mí, no tenía ningún sentido. Y ahora tampoco lo tiene –dijo Louise–. A Frances le daba miedo el agua. Era imposible que hubiera intentado caminar por el pretil de ese puente. Sé que la Policía hizo todo lo que pudo, pero estoy convencida de que por entonces había gente en Bakewell que sabía más de lo que quería contar».

Una de las personas a las que se investigó en particular fue la mejor amiga de Frances, Sophie Douglas. Sophie, que también tenía quince años entonces, mantuvo que no había visto a Frances después de las clases ese día, y la Policía no encontró nunca ninguna prueba que demostrara lo contrario. No obstante, muchas personas de la zona pensaban que la adolescente estaba ocultando información crucial. Incluso ahora, diez años más tarde, los rumores persisten.

Louise Bellamy se niega a comentar su opinión al respecto:

«No voy a acusar a nadie, pero lo que sí diría es que, si hay alguien que sabe algo sobre la muerte de mi hija, por pequeño o insignificante que pueda parecer, no es demasiado tarde para hablar. Nunca conseguiré vivir en paz hasta que sepa exactamente cómo acabó Frances en ese río».

Cualquiera que posea información relacionada con la muerte

de Frances Bellamy debe contactar directamente con la Policía de Derbyshire.

El artículo va acompañado de dos fotografías. La primera la tomó el fotógrafo del periódico en el momento en que se llevó a cabo la entrevista, en 2014. En ella aparece Louise Bellamy y su marido, Ian, ambos con expresión rígida. Louise sostiene una foto enmarcada de Frances con su gato, que imagino que sería de poco antes de morir.

La segunda fotografía es de Sophie Douglas, tomada en 2004. Lleva un uniforme de estudiante y esboza una sonrisa cohibida. No es una chica muy llamativa; tiene la nariz ligeramente torcida y un pelo marrón anodino, pero tras esa mirada se oculta una energía salvaje.

Me he arreglado la nariz y ahora llevo el pelo un poco más oscuro, pero la verdad es que tampoco he cambiado tanto. Desde luego, si se colocara una foto reciente al lado de esta, se podría ver el parecido.

Ver mi antigua foto de adolescente me trae una oleada de recuerdos, y ninguno alegre. Las lágrimas derramándose en silencio por el rostro de mi padre, el asiento de vinilo agrietado en la parte trasera del coche de Policía, las rayas blancas del traje azul de mi abogado, mi voz entrecortada mientras me aferraba con obstinación a la historia que le había contado a la madre de Frances por teléfono.

Esas imágenes se desvanecen mientras las preguntas se abalanzan sobre mí desde todas las direcciones. ¿Cómo sabe Eleanor lo de Frances? Es cierto que tanto su muerte como la subsiguiente investigación policial aparecieron en varios periódicos nacionales, pero todo eso pasó hace ya mucho tiempo. Y, en cualquier caso, Eleanor no era más que una adolescente por entonces, así que dudo que les prestara demasiada atención a las noticias. ¿Cómo ha logrado detectar la conexión entre Sophie Douglas y yo, una conexión que nadie que haya conocido durante casi los últimos veinte años ha logrado establecer?

«Frances». La sibilancia de su nombre es como un susurro que me llama a través del desierto. Algo en mi interior, una parte importante de mí, está atascada, atrapada en el día en que murió, como el lazo de un jersey que se queda enredado en una zarza y siempre tira de mí hacia atrás. Hice todo lo que pude para olvidarme de lo que ocurrió. Me mudé al otro extremo del país, me cambié el nombre y me convertí en empresaria, en un miembro de la sociedad decente y respetuoso con la ley. Un camaleón de colores cambiantes oculto a plena vista. ¿Quién podría culparme? ¿Acaso no querríamos todos reescribir nuestro pasado si así pudiésemos cambiar el futuro?

Pero ahora todo eso se ha ido a la mierda. Todo lo que me rodea se está desmoronando. Me siento como si me estuviera colando a través de un agujero de la red de protección que con tanto esmero he construido a mi alrededor.

Una sensación conocida y escalofriante me invade: la necesidad de tumbarme y no volver a levantarme jamás. Pero no puedo hacerlo; los Elliott volverán en cualquier momento y aún no he hecho todo lo que he venido a hacer.

Devuelvo el iPad al lugar del que lo cogí, me acuerdo de conectarle de nuevo el cargador y me tomo un momento para alisar la funda del edredón. Después voy hacia el rúter y le doy la vuelta para que la contraseña del dorso quede a la vista, me saco el móvil del bolsillo de la chaqueta y, unos segundos después, ya estoy conectada al wifi de El Santuario y dirigiéndome hacia la puerta.

Conforme voy bajando las escaleras en espiral, noto que tengo la cabeza hecha un lío, pero trato de mantener los sentimientos a raya. Ahora mismo necesito tener la mente más despejada que nunca.

Después de cerrar la estantería de un empujón, vuelvo a sacar el teléfono. No me lleva mucho tiempo descargarme la aplicación de seguridad del hogar de los Elliott, pero, cuando intento conectar el móvil con la cámara del cuarto de Toby, descubro que hace falta introducir la contraseña de la cuenta de Eleanor. No obstante, no estoy dispuesta a rendirme tan pronto, de modo que clico en el enlace de «He olvidado mi contraseña» y la aplicación me ofrece la opción de contestar una pregunta de seguridad. Para mi sorpresa, resulta ser una pregunta cuya respuesta conozco: «¿A qué se dedica tu padre?».

Escribo la palabra «ortodoncista», con cuidado de no equivocarme en ninguna letra. No estoy segura de qué uso le voy a poder dar a la cámara de vigilancia de Toby, si es que puedo darle alguno, pero ahora mismo, cuando todo parece estar en mi contra, necesito hacer lo que sea para ganar algo de ventaja.

Una vez que se establece la conexión, oigo el ruido de una puerta al cerrarse, seguido del ligero rumor de varias voces. Doy por hecho que no son más que los del cáterin, de modo que no me preocupo demasiado. Si me ve alguien bajando las escaleras, puedo decirle que necesitaba ir al servicio y ya está. Pero entonces oigo algo que me revuelve el estómago: los llantos lastimeros de un niño pequeño. Lo cual solo puede significar una cosa: los Elliott ya han vuelto a casa.

Vuelvo a meterme el móvil en el bolsillo y voy de puntillas hacia lo alto de las escaleras. Ahora las voces suenan más fuerte, como si estuvieran justo debajo de mí.

—Voy a darle algo de comer a Toby, ¿vale? —dice alguien con un acento muy marcado.

—Sí, por favor, Katya —contesta Eleanor—. Pero no le des nada dulce. A lo mejor un poco de humus con picos de pan.

Decido arriesgarme y echar un vistazo rápido por encima de la barandilla. Veo a una mujer mayor que reconozco: la madre de Eleanor. Va vestida con ropa elegante, con un traje de chaqueta y pantalón azul marino y una blusa blanca con un lazo en el cuello.

—Voy a tener que refrescarme un poco antes de que lleguen los invitados —anuncia con una voz ronca, como si hubiera estado llorando.

—No pasa nada, mamá —le dice Eleanor—. ¿Por qué no usas el cuarto de baño de arriba?

Maldigo entre dientes; no he calculado bien los tiempos. Pensaba que estarían fuera de casa durante una hora y media, por lo menos.

La madre de Eleanor habla de nuevo:

—¿Tenéis alguna clase de pastilla antihistamínica? Tengo los ojos muy hinchados. Seguro que estoy hecha un espanto.

—Debería haber alguna en el cajón de las medicinas de arriba.

Ya voy yo a por ellas, pero dame un segundo, que tengo que ver cómo van los del cáterin.

Comienzo a subir de nuevo las escaleras. Incluso con el pretexto de haber venido a entregar las flores, me va a resultar muy difícil explicar mi presencia aquí. A Eleanor no voy a lograr convencerla si finjo que estaba buscando el servicio. Si me encuentra aquí arriba, lo único que voy a conseguir es darle más munición para usar contra mí. Y eso es lo que menos necesito ahora mismo.

Tan solo puedo hacer una cosa.

Esconderme.

Capítulo 21

Los muebles de tamaño infantil de la habitación de Toby no me ofrecen demasiados lugares donde ocultarme, de modo que decido meterme en la habitación de invitados. No puedo esconderme debajo de la cama, ya que es un canapé, por lo que solo me queda el armario. Elijo el lado que está repleto de ropa y separo dos abrigos de lana largos para hacerme hueco en el suelo. Después, vuelvo a juntar los abrigos por delante de mí y cierro la puerta del armario, pero dejo una rendija estrecha para no estar totalmente a oscuras. Se me está clavando la punta de una bota en la espalda y me está matando, y el olor a naftalina es nauseabundo. La situación es tan ridícula que casi resulta divertida. Si no estuviera tan asustadísima, puede que hubiera soltado una carcajada.

Apenas un minuto después, oigo pasos que suben los peldaños de piedra de las escaleras, seguidos de un leve sonido de succión de aire, como el de una puerta al abrirse. A través de la rendija veo, horrorizada, a la madre de Eleanor entrar en el cuarto. Se quita la chaqueta y la deja tendida sobre la cama antes de desaparecer de nuevo.

Pasan varios minutos y entonces oigo más pasos, seguidos de la voz de Eleanor.

–Aquí tienes, mamá. Son de las que solo hay que tomar una al día. Y no producen somnolencia. Te he traído un poco de agua también.

No oigo ninguna respuesta; tan solo a alguien moqueando.

–¿Estás bien, mamá?

–Acabo de enterrar a mi hija. Como comprenderás, no, no estoy nada bien.

–Lo siento. Ha sido una pregunta tonta.

Oigo un suspiro largo y lastimero.

–No, debería pedirte perdón yo. No tendría que haberte contestado tan mal. Seguro que tú estás igual de destrozada que yo.

–Sí…, el funeral ha sido duro. Menos mal que ya ha terminado.

–Ya. Ha habido un momento en que estaba tan mareada que pensaba que me iba a desmayar.

–Ay, mamá, pero ¿por qué no me has dicho nada?

–No podía. Era mientras estabas pronunciando el discurso. Que, por cierto, te ha quedado muy bien. Y a la otra chica también…, a la amiga de Izzy, la médica. ¿Cómo me dijiste que se llamaba?

–Maria.

–Va a venir ahora. Luego te la presento, si quieres.

–Me gustaría, sí.

Los muelles del colchón exhalan cuando alguien se sienta en la cama.

–Casi preferiría no tener que pasar por todo esto –dice la madre de Izzy–. La verdad es que no me apetece nada socializar.

–Ni a mí, pero es lo que habría querido Izzy. Ya sabes que le encantaban las fiestas. Pero, bueno, no hace falta que te quedes hasta el final. ¿Por qué no haces acto de presencia durante una media hora y luego te subes aquí? Podrías incluso echarte una siesta, si te apetece.

–Buena idea. Puede que lo haga.

Veo durante un instante a Eleanor a través de la rendija mientras se sienta con su madre en la cama.

–Y ya sabes que no tienes por qué volver a casa esta noche. Te puedes quedar aquí, con nosotros. Te puedo prestar un camisón, y tenemos cepillos de dientes de sobra.

–Gracias, cariño. Te agradezco la oferta, pero creo que prefiero ir a casa.

–Lo que decidas, mamá.

–¿Te parece que el forense ha hecho bien?

La pregunta es tan abrupta y viene tan poco a cuento que al principio creo que no he oído bien.

Eleanor parece igual de desconcertada. Deja escapar una risita incómoda.

–¿De qué estás hablando, mamá?

–Si crees que ha hecho bien en descartar el suicidio tan rápido… Sé que habló con algunos de los amigos de Izzy y tal, pero no puedo evitar pensar que se ha precipitado.

–Pero no pudo encontrar ninguna prueba que indicara que Izzy pensara hacerse daño. ¿Qué otra conclusión iba a sacar, entonces?

Incluso sin verla, apostaría a que la madre está frunciendo el ceño.

–Es solo que creo que debería haber investigado un poco más…, examinarlo todo más detalladamente.

–Entonces, ¿tú sí piensas que se suicidó?

–Las dos sabemos que Izzy podía ser un tanto volátil. Es bastante probable que algo, o incluso alguien, la llevara a su límite.

Eleanor toma aire con brusquedad.

–No tenía ni idea de que pensaras eso, mamá. Tendrías que habérmelo dicho antes.

–Me daba miedo. No quería que nadie me acusara de entrometerme en vuestro matrimonio.

–¿Qué tiene que ver mi matrimonio con todo esto?

La madre de Eleanor chasquea la lengua contra el cielo de la boca.

–Ay, Eleanor, no me digas que no lo sabías… O que ni siquiera lo sospechabas.

–¿Qué iba a sospechar? –le pregunta Eleanor con una voz estridente, a la defensiva.

Oigo pasos que se acercan. Las dos mujeres se quedan en silencio. La siguiente voz que oigo es la de James.

–Te he traído el bolso, Valerie. Pensaba que tal vez lo necesitarías.

–Ay, qué amable eres –le dice, aunque el tono que emplea indica que opina lo contrario.

–¿Dónde quieres que te lo deje?

–Donde quieras.

Se produce un silencio prolongado. Se podría cortar el aire de la habitación con un cuchillo.

–Lo siento, ¿he interrumpido algo? –pregunta James.

–No, para nada –contesta Eleanor–. Mi madre y yo estábamos…

–Solo le estaba diciendo a Eleanor que es posible que Izzy se suicidase.

–Pero el forense ha dicho que…

Ahora es a James a quien interrumpe la madre.

–El forense no estaba en la fiesta; no vio lo que ocurrió. Tan solo ha podido hacer conjeturas.

Valerie habla con un hilo de voz gélido y tenso, tan fino como la cuerda de un violín a punto de romperse.

–Con todos mis respetos, Valerie, tú tampoco viste lo que ocurrió. Ninguno de nosotros lo vio.

–No, pero sí que vi algo esa noche. No se lo he contado a nadie, pero ahora me parece que quizás debería haberlo hecho.

–¿De veras? –le dice James–. ¿Y nos lo podrías contar ahora?

–¿Podemos hablar de esto más tarde? –pregunta Eleanor en un tono suplicante–. Los invitados llegarán en cualquier momento.

–Si tu madre tiene algo que decir, creo que debería poder desahogarse.

–Pues muy bien –responde Valerie–. Os vi a Izzy y a ti bailando juntos en la fiesta. Una canción lenta –añade enfatizando la palabra «lenta».

–Bailé con mucha gente esa noche –contesta James–. Se llama ser un buen anfitrión.

–¿Y los buenos anfitriones siempre les manosean el culo a sus invitadas?

Me quedo tan sorprendida que echo el cuerpo hacia atrás por instinto y me doy un golpe en la cabeza con la hebilla de metal de un cinturón. Lo maldigo en silencio.

A través de la rendija veo a Eleanor llevarse una mano a la frente.

–Mamá, por favor…

–Pero es que lo vi, Eleanor. No paraba de toquetear a tu hermana, y, lo que es aún peor, Izzy parecía estar disfrutándolo.

De pronto James aparece por la rendija: está de espaldas al armario, tapándome a Eleanor. Está tan cerca que casi podría sacar la mano por la abertura y tocar la tela gris de sus pantalones.

–Si hubiera querido meterle mano a mi cuñada, ¿no crees que habría preferido hacerlo en privado, y no en mitad de una pista de baile repleta de gente?

–No estabais en la pista de baile. Estabais detrás del escenario, donde pensabais que nadie os podía ver.

James emite un ruidito desdeñoso con la parte posterior de la garganta.

—Me parece a mí que me debiste confundir con alguna otra persona. La verdad es que estabas bastante borracha esa noche, Valerie. Creo recordar que en un momento dado incluso te caíste en un parterre. ¿No tuvo que ayudarte uno de los camareros a levantarte?

Noto una maldad en su voz que no reconozco. Una oscuridad que se está expandiendo por debajo de la superficie. ¿Por qué no estará interviniendo Eleanor? Si yo estuviera en su posición, y alguien hubiera mencionado el comportamiento inapropiado de mi marido con mi hermana, estaría escandalizada.

A no ser que ya estuviera al tanto, claro.

—No le des la vuelta al asunto, James —contraataca Valerie—. Sí, había bebido un poco, pero tampoco es que me quedase ciega de repente. —Se detiene durante un momento y me la imagino sacando pecho, con los puños apretados, reuniendo el coraje necesario para continuar. Seguro que esto debe de ser duro para ella—. Te voy a hacer una pregunta y quiero que me respondas con sinceridad.

—Adelante.

James suena muy arrogante, lo cual me resulta un poco extraño. La mayoría de los hombres en su posición estarían cagándose de miedo, ya que está bastante claro a dónde quiere llegar su suegra con todo esto.

—¿Teníais Izzy y tú una aventura?

—No, para nada —niega James, y las palabras le salen con tanta facilidad como brota la sangre de una herida abierta—. Y Eleanor lo sabe, ¿no es cierto, cariño?

Su mujer no ofrece ninguna respuesta.

—¿Eleanor? —repite James; su nombre suena pesado en su boca, como una advertencia.

—Pues claro que no tenían ninguna aventura, mamá —le asegura tras dejar pasar demasiado tiempo; además, suena robótica, con un tono carente de emoción, con un vacío donde deberían estar los sentimientos.

Valerie chasquea la lengua, un sonido claramente despectivo.

—Bueno, pues si así queréis que sean las cosas, buena suerte para ambos. Pero te aviso, James, si averiguo que me estás mintiendo, llamaré a la Policía sin pensármelo dos veces. Si supieran que Izzy y tú os estabais acostando, toda la investigación daría un giro, ¿no te parece?

Tengo los puños de James a meros centímetros de la cara. Los miro mientras los aprieta y los afloja despacio.

—Sería una decisión muy poco inteligente por tu parte, Valerie —le dice James con delicadeza, pero pronuncia las palabras con la misma precisión que se emplearía para hacer un corte con un cuchillo en una muñeca, y Valerie también se percata.

—¿Me estás amenazando?

—No, mamá —dice Eleanor—. ¿Verdad que no, James? —añade con énfasis.

—Solo es un consejo amistoso, Valerie, nada más. Es solo que no quiero que le hagas perder el tiempo a la Policía. Ni a ti misma.

El timbre suena en la planta de abajo.

—Serán los invitados —dice Eleanor.

—Será mejor que vayamos a abrirles la puerta, ¿no? —añade James.

—Ve bajando tú. Yo voy en un segundo.

—De acuerdo —le suelta de mala manera—, pero no tardes mucho.

James desaparece de mi vista y ahora vuelvo a ver a Eleanor. Sigue sentada en el borde de la cama. Intento aguzar la vista entre los abrigos para escudriñar su expresión. Se frota la boca con el dorso de la mano, como si se le hubiera quedado un sabor desagradable en los labios.

—Lo siento, mamá. Ahora mismo James no está en su mejor momento. Está sometido a mucho estrés.

Algo no va bien. El comportamiento de Eleanor no es normal. Ahora que se han quedado solas, ¿por qué no le está haciendo más preguntas a su madre sobre lo que vio en la fiesta? ¿O por qué no le pregunta, al menos, por qué ha tardado tanto en contárselo?

—¿Acaso no lo estamos todos? —contesta Valerie—. Tu marido es un mentiroso, Eleanor. No sé por qué no eres capaz de admitirlo.

Vuelve a sonar el timbre.

—Será mejor que baje. No es de buena educación no estar presente para saludar a los invitados. Ya hablaremos sobre esto más tarde, mamá. Tú y yo solas, ¿vale?

–Supongo que no tengo otra opción.

Eleanor se levanta y la oigo marcharse de la habitación. Tras un rato, Valerie se mete en el baño del dormitorio y oigo el sonido del extractor cuando enciende la luz. No pasa demasiado tiempo ahí dentro; cuando sale, vuelve a la cama y recoge su chaqueta. Y de repente se está acercando hacia la puerta del armario, pero, por suerte, abre la del otro lado. La puerta se desliza sobre el riel hacia mí a toda velocidad, y retiro la cabeza justo a tiempo. Un milisegundo más y habría acabado decapitada. Eso habría obligado a los Elliott a ofrecer unas explicaciones un tanto embarazosas.

Con el corazón a mil por hora, veo a Valerie meter la mano en el armario para coger una percha. Un par de segundos después la devuelve a la barra de metal con la chaqueta colgada. Cierra la puerta corredera y, al momento, oigo el estruendo de sus tacones dirigiéndose a la escalera.

Permanezco en el armario durante otros quince minutos, reacia a abandonar mi escondrijo hasta que la celebración esté en pleno apogeo. Ese será el momento en el que tendré más posibilidades de escabullirme sin que nadie me vea.

Mientras espero, contando las veces que llaman al timbre, algo sustituye el aliento de mis pulmones, algo más denso, más pesado. Estoy tan confundida que no sé qué pensar ni qué sentir. Si la madre de Eleanor está diciendo la verdad sobre lo que vio en la fiesta (y no se me ocurre ninguna razón por la que se inventaría algo así), es una prueba muy potente de que James e Izzy tenían, tal y como yo sospechaba, una aventura.

La repulsión se me acumula en la garganta. James no es la persona que creía que era, e Izzy tampoco. Soy consciente de que me han traicionado, y ese hecho se expande por todo mi interior, como el álcali escapándose de una pila. Noto que se propaga por mi torrente sanguíneo.

Apuesto a que Valerie siente la misma repugnancia. Los alegatos de inocencia de James no parecen haberla convencido lo más mínimo. Parece ser que piensa que la aventura de James con Izzy pudo haber impulsado a su hija a suicidarse, pero yo no lo veo tan probable. Los dos amantes parecían estar de lo más felices cuando Valerie los pilló liándose en la fiesta. ¿Por qué iba a tirarse Izzy por una ventana tan solo un rato después? Incluso aunque hubieran discutido después de que Valerie los viera, no tendría sentido que Izzy se suicidara tras una pequeña riña, y sobre todo en su propia fiesta de cumpleaños. No, no fue eso lo que ocurrió. Estoy segura.

Antes de venir aquí hoy, casi me había convencido a mí misma de que Eleanor era responsable de la muerte de Izzy, pero ahora tengo delante una hipótesis alternativa. ¿Y si la cosa iba en serio, al menos para uno de ellos? ¿Es posible que Izzy, embriagada por el alcohol y envalentonada por esa altanería innata que siempre me ha parecido muy poco atractiva, le diera un ultimátum esa noche? Tal vez le dijera que o dejaba a su mujer por ella o le revelaría a todo el mundo su relación. Imagino que, para James, que ya le había sido infiel a Eleanor con al menos dos de sus alumnas en prácticas, la aventura no suponía más que un poco de diversión. En cuyo caso, ¿no le habría dado la amenaza de Izzy un motivo bastante sólido para querer silenciarla? Para siempre.

No obstante, Eleanor tampoco quedaría libre de sospecha. Ella también está implicada en todo esto; está metida hasta ese cuello tan bonito que tiene.

Casi no se ha inmutado ante la revelación de Valerie, lo que me hace pensar que ya estaba al tanto de la aventura. Sospecho que también sabe que James mató a su hermana y, por alguna razón que desconozco (tal vez porque no quiere que encierren de por vida al padre de su hijo), lo está protegiendo. Pero, para lograrlo, necesita desviar la atención de la Policía. Y ahí es donde entro yo.

Lo cierto es que hay que reconocerle el mérito: está claro que Eleanor se lo ha currado. No tengo ni idea de cómo ha conseguido averiguar que Sophie Douglas y yo somos la misma persona, pero al parecer, tras descubrirlo, debió de verme como el chivo expiatorio ideal. Después de todo, yo ya he estado relacionada en el pasado con un «accidente» desafortunado relacionado con una amiga cercana. Y, aunque la Policía no tenía pruebas suficientes como para acusarme de nada relacionado con la muerte de Frances, es posible que esta vez no tenga tanta suerte. Tengo que apañármelas para salir de este agujero en el que me han metido sea como sea. Pero, primero, tengo que escapar de esta casa sin que nadie me reconozca y, para eso, necesito un disfraz.

Cuando salgo del armario, llevo puesta una gorra de aviador de hombre de cuero. Con las orejeras bajadas, me cubre media cara. No es una prenda muy normal para asistir a algo así, pero es lo mejor que encuentro entre las opciones limitadas que tengo.

Con los nervios a flor de piel, salgo cojeando al rellano y me apoyo en la barandilla. Abajo, el salón está repleto de gente; debe de haber al menos cincuenta personas, aunque hay un ambiente bastante apagado. Avisto a Eleanor en el otro extremo de la sala. Tiene a Toby colgado de la cadera y le está acariciando el pelo con cariño mientras charla con Valerie y Maria. No veo por ninguna parte al marido de Maria, Marcus; a lo mejor no ha venido. James está plantado junto a las puertas francesas, bebiendo vino tinto mientras habla con un hombre con pelo corto blanco y la tez rubicunda.

Bajo las escaleras tan deprisa como puedo, con la barbilla pegada al pecho. Mientras comienzo a abrirme paso entre los invitados, no miro ni a la izquierda ni a la derecha. He recorrido ya la mitad de la sala cuando una camarera con una bandeja me asalta para ofrecerme una copa de vino. La verdad es que me vendría de maravilla un trago ahora mismo, pero niego con la cabeza ligeramente y sigo caminando. Cuando llego al recibidor, cometo el error de levantar la cabeza, dando por hecho que estoy fuera de peligro. Es en ese momento cuando la puerta del cuarto de baño se abre y sale una mujer. Un escalofrío me recorre la columna vertebral en cuanto veo que se trata de Katya. Cuando nos miramos a los ojos, se le arruga la frente. Es como si supiera que le resulto familiar, pero no pudiera ubicarme del todo. O a lo mejor es solo que le ha sorprendido ver el tocado tan inusual que llevo. Parece que está a punto de decir algo, de modo que se lo impido pasando a toda prisa a su lado y metiéndome en el lavabo mientras murmuro una disculpa.

Cuando abro la puerta unos minutos más tarde, Katya ya se ha ido. Salgo por la puerta principal y recorro la calle deprisa hacia el coche; solo me detengo para tirar el gorro de aviador en el cubo de basura de uno de los vecinos.

En cuanto me monto en el asiento del conductor, se me destensan al fin los hombros. Ha sido una mañana agotadora y me muero de ganas de regresar a la tranquilidad y el silencio de mi estudio. Leer el artículo del periódico me ha perturbado más de lo que me gustaría admitir.

A pesar de que mi parte racional siempre ha sabido que Frances, mi vieja amiga de la adolescencia, estaba muerta, he sentido su presencia en numerosas ocasiones a lo largo de los años. Frances es el vello que se me eriza en la nuca, el borde oscuro de una sombra, la sensación de asfixia que me persigue como una mala hierba que todo lo ahoga todo a su paso.

Capítulo 22

Me despierto con un pitido en los oídos y un nudo de inquietud en el pecho. Cuando abro los ojos, una imagen del día de ayer en casa de los Elliott aparece ante mí como un pequeño holograma absurdo. Después llega otra imagen y otra, en una sucesión rápida, cada una superpuesta a la anterior. Mientras me aprieto con las yemas de los dedos las zonas de la sien donde siento presión, me embarga un presentimiento extraño, un temblor caliente y cinético que irradia de mi plexo solar.

No suele costarme mucho levantarme por las mañanas, pero hoy tengo que hacer un esfuerzo descomunal. Me pongo la bata y voy hacia la cocina con la esperanza de sentirme mejor después de tomarme unas tostadas y un café caliente. Al comprobar que no es así, le envío un mensaje a Claire para decirle que creo que me estoy poniendo mala y no voy a poder ir a la tienda hasta la hora de la comida, si es que puedo ir siquiera. Mi asistente, tan solícita como siempre, me envía una receta de un zumo que me asegura que es una maravilla para fortalecer el sistema inmunitario. Solo con ver la lista de ingredientes ya se me revuelve el estómago. Pero, en cualquier caso, me alegra saber que se preocupa por mí. Cuando todo esto acabe, lo mismo le pregunto a Claire si quiere salir a tomar algo alguna tarde, después del trabajo. Hasta ahora siempre he evitado socializar con mis empleados, pero tampoco es que ande especialmente sobrada de amigos, sobre todo ahora que Izzy ya no está y que Maria ha dejado de responder a mis mensajes.

Me preparo una segunda taza de café, me la llevo al salón y me quedo un rato viendo las noticias matutinas. Siento el cuerpo entero incómodo. La ropa me aprieta demasiado; los órganos internos parecen estar rozándose unos con otros, como si les molestara compartir el mismo espacio. Oigo a Janet pasando la aspiradora en el piso de arriba. Normalmente no me molesta oírla, pero hoy me pone de los nervios. Casi tengo ganas de coger una escoba y golpearla contra el techo, pero nuestra relación ya es lo bastante frágil después de ese encuentro tan desafortunado en el jardín; no me puedo permitir alejarla más aún.

A media mañana ya he decidido que, después de todo, sí voy a ir a trabajar. Me sigo encontrando mal, pero no tanto como para no resultar útil.

Me estoy arreglando el pelo en el espejo que hay sobre la chimenea cuando suena el telefonillo. Me acerco a la puerta y lo descuelgo.

—Puedes dejarlo en los escalones, gracias —digo, dando por hecho que es el repartidor, que ha venido a dejarme el corrector antirrojeces que pedí en Amazon hace tres días.

Dejo el auricular en su soporte y vuelven a llamar.

—¿Sí? —digo sin intentar siquiera ocultar mi impaciencia.

—Policía. ¿Puede dejarnos pasar, por favor?

Mientras pulso el botón para abrir la puerta del edificio, una sensación confusa e indescriptible me invade la cabeza. La impresión de que debería haberlo previsto. De que debería estar más preparada de lo que estoy.

Para cuando abro la puerta de mi piso, hay dos agentes vestidos de civiles, un hombre y una mujer, en el rellano.

—¿Amy Mackenzie? —dice el hombre mientras me enseña su identificación.

—Sí, soy yo.

—¿Sería posible que nos acompañara a la comisaría, señorita Mackenzie? Estamos investigando un delito grave y creemos que podría ayudarnos.

—Ah… ¿Qué delito?

La agente me fulmina con la mirada y siento como si estuviera a punto de desmoronarme en mil pedazos. Me digo a mí misma que, si puedo mantener todos y cada uno de los músculos en tensión y no mostrar ninguna debilidad, todo estará bien.

—Le podremos contar más sobre el asunto cuando estemos en la comisaría —responde la mujer—. No creo que tardemos demasiado. Podemos traerla de nuevo a casa después.

Pienso en decirles que tengo que ocuparme de un asunto urgente y proponerles ir yo misma en mi coche a la comisaría más tarde, pero ¿para qué? Tan solo serviría para retrasar lo inevitable. Reúno todo el valor que me queda en mi interior y me obligo a sonreír.

—Claro, sin problema. Voy a por el bolso.

Transcripción del interrogatorio entre la inspectora Kate Kilner y Amy Mackenzie.

K. K.: Le agradecemos que haya accedido a venir a hablar con nosotros hoy, Amy. La estoy llamando Amy, pero ese no es su auténtico nombre, ¿no es cierto?

A. M.: La verdad es que sí lo es. Me lo cambié legalmente hace dieciocho años.

K. K.: Perdone, no me he expresado bien. Lo que debería haber dicho es que no es el nombre que aparece en su partida de nacimiento.

A. M.: Así es. Mi antiguo nombre era Sophie Douglas.

K. K.: ¿Y dónde se crio usted?

A. M.: En Bakewell, en Derbyshire.

K. K.: ¿Tiene hermanos o hermanas?

A. M.: No, soy hija única.

K. K.: La mayoría de la gente no suele cambiarse el nombre así como así. ¿Qué la llevó a tomar una decisión tan drástica?

A. M.: Si me ha buscado en la base de datos de la Policía, y estoy bastante segura de que lo ha hecho, es probable que ya sepa la respuesta a esa pregunta.

K. K.: Es posible, pero, de todos modos, me gustaría escuchar su versión.

A. M.: De acuerdo. Cuando tenía quince años, mi mejor amiga, Frances, se ahogó en el río Wye. La Policía cree que se cayó de un puente, pero nadie sabe a ciencia cierta cómo acabó en el agua.

K. K.: Me acuerdo de cuando ocurrió aquello. Si no recuerdo mal, el incidente recibió una amplia cobertura mediática.

A. M.: Sí, toda la localidad estuvo asediada por los periodistas durante semanas y semanas. Iban llamando a la puerta de todo el que conociera a Frances. Algunos eran bastante agresivos; no aceptaban un «no» por respuesta. Lo siento…, ¿le estoy dando demasiada información?

K. K.: No, lo está haciendo genial.

A. M.: La Policía me llevó a la comisaría para interrogarme, sobre todo porque, el día en que murió, Frances le había dicho a su madre que íbamos a ir juntas de compras después de clases. No sé por qué le dijo eso. Frances y yo no habíamos quedado; ni siquiera lo habíamos hablado. A la Policía le llevó un tiempo comprobarlo todo, pero al final lograron asegurarse de que les estaba diciendo la verdad.

K. K.: De modo que quedó absuelta.

A. M.: Sí. Estoy segura de que está todo registrado en la base de datos. Pero, vamos, que eso no hizo que la gente dejara de especular. Incluso después de que el forense dictaminase que se había tratado de un accidente, aún había gente que pensaba que yo había tenido algo que ver con la muerte de Frances. Empezó a correr un rumor de que nos habíamos peleado porque a las dos nos gustaba el mismo chico y yo la había tirado del puente, consciente de que no sabía nadar.

K. K.: ¿Y cómo la hizo sentir aquello?

A. M.: Me provocaba náuseas. La gente escribía cosas espantosas sobre mí en las redes sociales. Cada día que tenía que ir a clases era una pesadilla. Los niños me insultaban y susurraban «asesina» cada vez que pasaban a mi lado por el pasillo. También recibí maltrato físico; perdí la cuenta de las veces que me empujaron o me pusieron la zancadilla en el patio. Nadie hizo nada para protegerme. Creo que algunos de los profesores incluso también creían los rumores y pensaban que estaba recibiendo mi merecido. Y no fui solo yo; mis padres también sufrieron mucho. Alguien le envió a mi madre una carta anónima en la que decían que debería haberme abortado. A mi padre le untaron heces de perro por los tiradores de las puertas del coche más de una vez. Varios amigos que conocían desde hacía años empezaron a ignorarlos y algunos comerciantes de la zona se negaban a dejarlos entrar en las tiendas. Pudieron aguantarlo durante un tiempo, sobre todo porque no querían que esas personas pensaran que habían ganado, pero al final se volvió insoportable.

Cuando yo tenía diecisiete años, nos mudamos a Essex. Un año después, justo antes de irme a Londres para estudiar en la universidad, me cambié el nombre.

K. K.: ¿Porque no quería que el resto de alumnos la relacionaran con la trágica muerte de Frances Bellamy?

A. M.: Porque no quería seguir siendo Sophie Douglas. Quería ser otra persona. Empezar de cero. Como una serpiente al mudar la piel.

K. K.: No la culpo. Parece que su familia y usted lo pasaron fatal.

A. M.: Así es. Y nos costó mucho superarlo. Creo que todavía, a día de hoy, me afecta.

K. K.: ¿En qué sentido?

A. M.: No se me da muy bien hacer amigos. Creo que es porque me pasé tanto tiempo evitando a la gente que acabé olvidando cómo se hacía. Y luego, cuando ya me sentí preparada para volver a socializar, me mostraba demasiado efusiva, casi como si estuviera intentando compensar el tiempo perdido. Incluso a día de hoy a veces puedo dar la impresión de ser demasiado intensa. Y a la gente que no me conoce demasiado bien puede resultarle un poco chocante.

K. K.: Hace poco falleció otra amiga suya, Isabel Harkness, ¿no es cierto?

A. M.: Sí. Fue un accidente horrible.

K. K.: ¿Eso es lo que cree que ocurrió? ¿Cree que fue un accidente?

A. M.: No lo sé. Seguro que usted lo sabe mejor que yo. ¿Por eso me han traído a la comisaría, para hablar de Izzy? Porque, en ese caso, ya me tomó declaración uno de sus compañeros. No creo que pueda añadir nada más.

K. K.: ¿Por qué no deja que lo juzgue por mí misma? ¿Podría decirme dónde estuvo ayer por la noche, entre las ocho y media y las diez?

A. M.: Pensaba que quería hablar sobre Izzy.

K. K.: Por favor, conteste la pregunta.

A. M.: Volví a casa del trabajo a las seis y media pasadas y pasé el resto de la tarde en casa.

K. K.: ¿Había alguien más en su hogar con usted que pueda corroborarlo?

A. M.: No. Vivo sola.

K. K.: ¿Salió usted de su casa en algún momento, aunque solo fuera durante un rato?

A. M.: No.

K. K.: Entonces, ¿no estuvo por la zona de West Dulwich ni cerca de allí?

A. M.: No, pero por la mañana sí que estuve allí. Tengo una floristería, por si acaso aún no lo sabe. Y tuve que entregar unas flores en una casa de Oakwood Road.

K. K.: ¿Me podría decir la dirección exacta?

A. M.: El Santuario.

K. K.: ¿La casa de James y Eleanor Elliott?

A. M.: Exacto. Ayer fue el funeral de Izzy, y yo me encargué de las flores de la celebración que se organizó más tarde.

K. K.: ¿A qué hora llegó a la propiedad?

A. M.: Alrededor de las once. Cuando llegué, la familia ya se había marchado al funeral, así que me abrieron la puerta los de la empresa de cáterin.

K. K.: Entonces, ¿llegó a entrar en la casa?

A. M.: Sí, el cliente quería que le colocara las flores *in situ*.

K. K.: Y con «el cliente» se refiere a los Elliott.

A. M.: Sí, bueno, indirectamente. James le había pedido a su asistente, Rachel Trevelyan, que organizara el evento. Y ella fue la que me contrató.

K. K.: Entiendo. Pero lo más probable es que los Elliott supieran que estaría usted en su casa ese día.

A. M.: No estoy segura. Tendrían que consultarlo con Rachel.

K. K.: Lo haremos, no se preocupe. Mientras estuvo en El Santuario, ¿vio usted a James Elliott?

A. M.: No, los Elliott no habían vuelto aún del funeral cuando me marché.

K. K.: ¿Y a qué hora se marchó?

A. M.: Diría que sobre las doce menos cuarto, pero quizá fuera más tarde. No le estaba prestando atención a la hora, para serle sincera.

K. K.: ¿Y adónde fue entonces?

A. M.: Volví a la floristería, en Forest Hill.

K. K.: ¿No acudió al evento?

A. M.: No.

K. K.: ¿Por qué no? Pensaba que Izzy y usted eran amigas.

A. M.: Porque no estaba invitada.

K. K.: ¿Y por qué cree que no la invitaron?

A. M.: Rachel me comentó que a los Elliott les preocupaba que los medios de comunicación se entrometieran. Di por hecho que habían querido reducir el número de invitados para poder mantener mejor el control de la situación.

K. K.: Entonces, ¿no había tenido ningún tipo de disputa con la familia?

A. M.: No.

K. K.: El motivo por el que se lo pregunto es porque James Elliott sufrió una agresión muy grave anoche en una planta de reciclaje, cerca de su domicilio.

A. M.: ¡Dios mío! ¿Está bien?

K. K.: Lo cierto es que no. Le apuñalaron en el cuello. Unos milímetros más hacia la izquierda y le habrían cortado la yugular. El señor Elliott tiene mucha suerte de estar vivo. Ahora mismo se encuentra en el hospital, herido de gravedad, pero estable. ¿Se encuentra bien, Amy? Está bastante pálida.

A. M.: Sí, sí, es solo que estoy un poco conmocionada. ¿Tienen idea de quién le ha atacado?

K. K.: Ahora mismo estamos valorando varias líneas de investigación. James y usted estaban bastante unidos, ¿no es así?

A. M.: Supongo que sí.

K. K.: ¿Y su relación era solo de amistad?

A. M.: Sí. ¿Por qué? ¿Acaso ha sugerido alguien lo contrario?

K. K.: Le recuerdo, señorita Mackenzie, que mi trabajo consiste en hacer las preguntas y el suyo en responderlas.

A. M.: Lo siento.

K. K.: ¿Le habría gustado que su relación con James Elliott se hubiera vuelto más íntima?

A. M.: Para nada. No voy a negar que James me parezca atractivo, pero jamás me habría insinuado, ni le habría seguido el juego si lo hubiera intentado él. No me interesan los hombres casados.

K. K.: ¿Tiene usted unas tijeras de podar?

A. M.: ¿Qué?

K. K.: Es una pregunta muy sencilla. ¿Quiere que se la repita?

A. M.: No.

K. K.: ¿Que no quiere que se la repita o que no tiene usted ningunas tijeras de podar?

A. M.: Lo primero. Soy florista; pues claro que tengo tijeras de podar. Tengo varias, de hecho. Son un instrumento fundamental para mi oficio.

K. K.: Me refiero a una clase específica de tijeras de podar; de las que están hechas de acero al carbono, con dos hojas rectas que terminan en puntas afiladas. Se asemejan más a unas tijeras normales que a unas de jardín, que suelen tener hojas curvadas. ¿Le suena esa clase de tijeras?

A. M.: Sí, claro. Es el tipo de tijeras que suele usarse para cortar flores, y son muy precisas.

K. K.: ¿Posee usted unas de ese tipo?

A. M.: ¿Usted qué cree? Lo siento, ya lo sé…, sé que usted es quien hace las preguntas. Sí, tengo unas tijeras de ese tipo.

K. K.: Se lo pregunto, Amy, porque se usaron unas tijeras de podar de esa clase, justo como las que ha descrito, para apuñalar a James Elliott.

A. M.: Debe de estar de broma.

K. K.: Por desgracia, no. Una de las características más destacables de esta agresión es que el señor Elliott no presenta ninguna lesión que indique que se defendiese. Lo cual puede significar dos cosas: o lo atacaron por sorpresa o conocía a su agresor y se sentía lo bastante cómodo en su presencia como para permitir que se acercara lo suficiente para apuñalarlo.

A. M.: Ah…

K. K.: ¿Eso es lo único que va a decir?

A. M.: Creo que no quiero contestar más preguntas hasta que haya hablado con un abogado.

K. K.: Muy bien. En ese caso, doy por finalizado este interrogatorio. Son las dos y treinta y cinco.

Capítulo 23

Para cuando una agente de Policía con expresión impasible me lleva de vuelta a casa, estoy absolutamente destrozada. Es la una de la mañana, pero estoy demasiado alterada como para irme a dormir. Cuando hemos reanudado el interrogatorio, ha sido bajo juramento; la inspectora Kilner no ha intentado siquiera ocultar que está convencida de que yo soy la persona que agredió a James anoche. Ha llevado a cabo todo el interrogatorio con un aire pasivo-agresivo controlado, intentando darme en mis puntos débiles, pero sin caer tan bajo como para mostrar su ira.

He contestado todas sus preguntas con un «sin comentarios», tal y como me había recomendado el abogado de oficio que me han asignado. Dadas las circunstancias, creo que ha sido lo más adecuado. Una vez que empezara a hablar, habría sido el comienzo de una revelación funesta, como una puntada suelta que arruina todo el diseño de un tejido. A pesar del estrés al que estaba sometida, me he sabido defender bastante bien. El hecho de que no fuera mi primer interrogatorio policial me ha ayudado, claro. No he estado asustada ni a punto de llorar. He mantenido la barbilla bien alta y la voz estable, decidida a no mostrar ningún signo de debilidad.

Al final han tenido que dejarme marchar, puesto que no tenían las pruebas suficientes (de hecho, no tenían ninguna prueba) para acusarme. Al parecer todo se basa en las tijeras de podar y en el hecho de no tener ninguna coartada verificable. Es decir, que han construido un caso muy poco sólido basado en pruebas circunstanciales. Lo único que tengo que hacer es controlar los nervios y ceñirme a la historia que les he contado. Al igual que la última vez.

Antes de irme, les he permitido que me tomaran una muestra de ADN del interior de la mejilla. Podría haberme negado, pero ¿qué imagen habría dado? No creo que tenga nada de qué preocuparme; me sorprendería mucho que encontraran mi ADN en esas tijeras. Muchísimo.

Dado que dormir no es una opción, me hago una manzanilla y me llevo la taza al salón, sin molestarme en encender la luz siquiera. A pesar de la fachada de arrojo que he mantenido en la comisaría, me siento como alguien que está intentando reunir sus propias piezas para juntarlas de nuevo y no está segura de cómo encajan todas. Me quedo sentada a oscuras, intentando calmar la respiración mientras me van los pensamientos de un lado a otro en círculos enormes y dispersos.

Una vez que me he terminado la infusión, coloco un cojín en un extremo del sofá y me tumbo. Cuando cierro los ojos, veo a Izzy con total claridad, como si la tuviera grabada en la retina, como las sombras negras que vagan por mi campo de visión desde que tengo memoria. Albergaba muchas esperanzas en nuestra relación; es una pena que las cosas no hayan salido tal y como había planeado.

Al cabo de un rato la imagen se difumina y una nueva cara sustituye la de Izzy. Al principio no estoy segura de quién es, pero conforme se va enfocando me doy cuenta de que se trata de Frances. Veo su tez pálida, las pecas esparcidas por el puente de la nariz, el tono miel de sus ojos... Pero la imagen es imprecisa y cambiante, como si la estuviera viendo bajo el agua.

Es posible que sea solo que estoy agotada, pero me encuentro muy rara. Dentro de mí está ocurriendo algo extraño: una ventisca de emociones, de sentimientos entrecruzados que van de un lado a otro, diferentes partes de mi vida que chocan y se funden de un modo que hace que me dé vueltas la cabeza.

Cuando vuelvo en mí, la luz tenue del sol está entrando por la ventana y me obliga a abrir los párpados. Aturdida y desorientada, me levanto del sofá y al momento me mareo y lo veo todo pixelado. Voy dando tumbos hacia la cocina, donde la pantalla digital del horno me dice que son las siete y tres minutos, más tarde de lo que pensaba. Será mejor que le mande un mensaje a Claire. Después de no haber aparecido por la tienda ayer, seguro que espera que la ponga al día. La verdad es que no me apetece nada ir a trabajar, pero a Claire le costará llevarlo todo para adelante sola dos días seguidos; además, necesito algo que me ayude a distraerme.

Cojo el teléfono de la repisa de la chimenea. Llevo sin mirar las notificaciones desde ayer a la hora de comer. No tengo llamadas perdidas ni WhatsApps de amigos. Tan solo una notificación del gimnasio. Creo que nunca me he sentido tan sola, y lo dice alguien que disfruta de su propia compañía. El placer que me suelen dar la soledad y la independencia se ha evaporado, ha desaparecido como si nunca hubiera sido más que una frágil ilusión.

Me llevo el móvil a la cocina y desde allí le envío un mensaje a Claire para decirle que en menos de una hora estaré en la floristería. Mientras lleno el hervidor de agua y lo enciendo, vuelvo a pensar en Eleanor. Me la imagino sola en esa cama tan inmensa, sollozando levemente pero, aun así, guapísima. Con los ojos como dos estanques brumosos y las preciosas mejillas cubiertas de lágrimas: el sufrimiento en una caja acolchada y forrada de terciopelo. Lo que daría por poder ver lo que está ocurriendo en esa casa ahora mismo… Y tal vez pueda.

Vuelvo a coger el teléfono y busco la aplicación de seguridad del hogar que me descargué cuando estuve en El Santuario ayer. Al abrirla, me encuentro con la transmisión en directo del dormitorio de Toby. La cámara está dirigida justo hacia la cama y el pequeño está profundamente dormido. Tiene el pelo revuelto y las mejillas un poco sonrojadas. El dispositivo también transmite el audio, así que oigo el sonido de su respiración, pequeños resoplidos tiernos que me tocan la fibra sensible. Mientras lo observo ahí tumbado, tan pequeñito y vulnerable, de pronto pienso en que, si hubieran matado a James, Toby sería lo único que tendría Eleanor. Y su madre, claro, pero seamos realistas: su madre no va a estar con ella para siempre.

Debajo de la imagen hay cuatro flechas de dirección, dispuestas como las de una brújula. Cuando clico en la flecha superior, la lente de la cámara se inclina hacia arriba y me deja mirando la pared que hay sobre la cama de Toby. Después de pulsar en la flecha inferior para volver a bajar la lente, mantengo el dedo sobre la flecha derecha y la cámara me obedece y recorre toda la habitación. Deja atrás el armario, un pequeño baúl de juguetes y toda la pared del mural submarino. Cuando llega a la puerta, levanto el dedo de la pantalla y la cámara se detiene. Esperaba que la puerta estuviera abierta y me ofreciese unas vistas prometedoras del rellano y de cualquiera que pasara por allí, pero desgraciadamente está cerrada. Bueno, no pasa nada, no queda mucho para que Toby tenga que levantarse. Ya le echaré un vistazo a la cámara después de ducharme. Quizá pueda pillar a Eleanor entonces.

Pulso la flecha izquierda y espero a que la cámara vaya volviendo a su posición original. Cuando está a punto de llegar, veo algo muy extraño, algo que me hace erguirme de golpe: un objeto que ya había visto antes, pero en el que no había reparado del todo cuando la cámara estaba moviéndose por la habitación la primera vez.

Al principio creo que es cosa de mi mente agotada, que ve cosas donde no las hay. Como si mi cerebro fuese una aguja que, al intentar reproducir un vinilo rayado, salta y llega a conclusiones equivocadas. Solo para asegurarme, aumento la imagen deslizando dos dedos sobre la pantalla. Un torrente de bilis me sube por la garganta y, de pronto, me cuesta respirar. Siento como si tuviera una mano alrededor del cuello, apretándome con fuerza la garganta y constriñéndome las vías respiratorias.

No estaba inventándome nada; esto es real. Es peor de lo que me podría haber imaginado. Es algo tan oscuro y monstruoso que a mi cerebro le cuesta procesarlo. Sé que no estaba allí ayer por la mañana, cuando estuve en la habitación de Toby; no me cabe duda de que me habría dado cuenta.

Con los dedos temblorosos, entro en la configuración de la aplicación en busca de la grabación de las veinticuatro horas anteriores. Pero, cuando la encuentro, la cámara estaba dirigida durante todo el tiempo, para mi frustración, hacia la cama de Toby. El objeto que me preocupa está en el otro lado del dormitorio, completamente fuera del campo de visión de la cámara. Mientras reviso toda la grabación, veo a Katya entrar en el plano alrededor de las ocho y media para acostar a Toby, pero, aparte de eso, no veo ningún otro indicio de movimiento en la habitación. Aparto la silla de la mesa y escribo a toda prisa otro mensaje para Claire.

Lo siento, cambio de planes. Se me había olvidado que
tengo una cita urgente en West Dulwich. En cuanto pueda
voy a la tienda.

En esta parte de Londres, la hora punta empieza demasiado temprano. Casi no llevo ni cinco minutos en la carretera cuando me encuentro en pleno atasco, con el tráfico moviéndose a uno por hora en la South Circular. A pesar de que solo he dormido unas pocas horas, me siento hiperalerta. La ansiedad me recorre la carne y los huesos, palpitante, y traza rutas por mi cuero cabelludo. Estoy atrapada en algo que no entiendo. Lo siento como un tren de mercancías desbocado y no sé si puedo hacer algo para detenerlo, aparte de plantarme en las vías y agitar los brazos. Y, aun así, es muy posible que sencillamente me atropelle y pase de largo.

Cuando llego a Oakwood Road son las ocho pasadas. A pesar del sol brillante de septiembre, un manto gris parece cernirse sobre El Santuario. El rosetón parece más apagado y el campanario más inhóspito. Incluso las dos gárgolas que flanquean el pórtico de la entrada parecen más desdeñosas de lo habitual.

Aunque todavía están echadas todas las cortinas de la fachada delantera de la casa, la ventana del cuarto de baño de abajo está abierta unos centímetros, lo cual me indica que al menos hay una persona despierta. Llamo al timbre y mantengo el dedo presionado durante unos segundos; después, me escondo tras un laurel para que no me puedan ver por la mirilla. Si Eleanor sabe que soy yo la que llama, es probable que no me abra la puerta.

Al cabo de un momento, aparece Katya. Al no ver a nadie fuera, sale de la casa y mira a su alrededor. En cuanto salgo de mi escondite, se me queda mirando, irritada.

–Ah, eres tú –me dice con sequedad–. ¿Qué estás haciendo aquí?

–Tengo que hablar con Eleanor.

–Sigue en la cama, y no quiero levantarla porque se ha pasado casi toda la noche despierta.

–¿En el hospital?

Katya frunce el ceño.

–¿Sabes lo que le ha ocurrido a James?

–Sí, pobre, qué horror… ¿no? ¿Sabes cómo está?

Me mira con expresión testaruda y responde:

–Eso se lo vas a tener que preguntar a la señora Elliott.

–Y eso voy a hacer, pero primero me tienes que dejar pasar. Por favor, Katya, es muy importante.

–Lo siento, no puedo. No quiero meterme en líos. Vas a tener que volver más tarde.

Katya se da la vuelta, distraída durante un momento; a su espalda, en algún lugar del interior de la casa, se oye la risa de un niño. Me inunda una oleada de alivio. Después de todo, no he llegado demasiado tarde.

Aprovecho la oportunidad para pasar corriendo junto a la *au pair* y entrar en la casa.

–¡Oye! ¿A dónde vas? –me grita Katya, pero la ignoro y atravieso deprisa el comedor.

Dejo atrás a Toby, que está en el suelo, jugando con un trenecito de plástico, y me dirijo hacia las escaleras. Oigo la puerta principal cerrarse de golpe y los pasos de Katya persiguiéndome.

Cuando llego al rellano voy hacia la puerta de la estantería, pero, antes de que pueda alcanzarla, se abre de pronto. Me detengo en seco, con el corazón martilleándome en la garganta, desbocado. Aún no sé cómo voy a manejar la situación.

Al momento aparece Eleanor. Lleva un pijama de seda color crema y unos calcetines antideslizantes gruesos. Tiene el aspecto que siento que debo tener yo: los ojos rojos y el rostro lívido, como si la acechara una pesadilla.

–Pero ¿qué coño haces aquí? –me pregunta en cuanto me ve plantada delante de ella–. ¿Cómo has entrado?

–He intentado detenerla, pero se ha colado –interviene Katya cuando aparece en lo alto de la escalera, sin aliento.

Eleanor me dirige una mirada de odio absoluto.

–Sí que tienes que tener cara para presentarte aquí. Si no te largas de mi casa ahora mismo, voy a llamar a la Policía. No me puedo creer que todavía no hayan ido a por ti. Cuando te detengan, espero que te encierren y se deshagan de la llave, para que no puedas volver a hacerle daño a nadie de mi familia nunca más.

Me empieza a arder el cuello; unas llamaradas onduladas de vergüenza se me extienden por el rostro.

–Por favor, Eleanor, solo te pido que me escuches. Dame cinco minutos; no te pido más.

Toby, que se ha quedado abandonado en el salón, empieza a berrear. Katya suspira y vuelve a bajar las escaleras para ir a atenderlo.

Eleanor da un paso hacia mí. Mis entrañas se derrumban bajo la intensidad de su mirada.

–No me interesa nada lo que tengas que decirme. Eres una psicópata, ni más ni menos. Mientes y manipulas a todo el mundo de tu alrededor.

Se me tensa la mandíbula.

–Ya sé lo que parece, pero tienes que creerme cuando te digo que no tengo nada que ver con lo que le pasó a James anoche.

–Ya, claro, igual que tampoco tuviste nada que ver con el accidente de Izzy, ¿no? –pronuncia las palabras como si fueran los disparos rápidos y entrecortados de un pelotón de fusilamiento.

–Izzy era mi amiga –respondo con la voz quebrada–. Nunca le habría hecho daño de ningún modo.

Eleanor cierra los ojos durante un momento, como si no pudiera soportar verme.

–Puede que ese papel de chica inocente te funcionase hace veinte años, cuando la Policía estaba investigando la muerte de Frances Bellamy, pero a mí no me vas a engañar. Fuiste tú quien mató a esa chica tirándola del puente, ¿no es cierto, Amy? ¿O debería decir Sophie?

Puesto que vi el artículo del periódico en el iPad de Eleanor, ya me esperaba esa línea de ataque.

–No, no es cierto. Si estás al tanto del caso de Frances, entonces también sabrás que fui declarada inocente. No tuve nada que ver con su muerte.

Eleanor se comporta como si no me hubiera escuchado.

–¿Es porque James estaba empezando a sospechar de ti? ¿Por eso has intentado matarlo a él también? –La furia de su voz posee la potencia de un terremoto; su vigor hace que me tiemblen las extremidades–. Esta vez no te vas a ir de rositas; la Policía va a por ti. Ojalá hubiera acudido a ellos antes; a lo mejor así mi marido no estaría ahora mismo en la cama de un hospital, sin poder hablar y medicado hasta las cejas.

Me empieza a palpitar la cabeza; noto unos latidos sordos en la base del cráneo. Estoy a punto de darme la vuelta y salir de esta casa, pero sé que no puedo. Si no sigo adelante con todo esto, sé que me veré atrapada en uno de esos ciclos infinitos de arrepentimiento que tan familiares me resultan a estas alturas. He de encontrar la manera de tomar el control de la situación, y pronto.

—Es muy irónico, Eleanor, que me estés culpando a mí de lo que le ha ocurrido a tu familia, porque, hasta hace una hora, estaba convencida de que eras tú la que había atacado a Izzy y a James.

Su rostro se tiñe del tipo de terror que no se puede fingir; lo cual me confirma, por si aún lo necesitaba, que mi instinto no iba nada mal encaminado.

—Seamos realistas, tienes muchos más motivos que yo —añado, aprovechándome de que se ha quedado tan atónita que no puede ni hablar—. Que te traicionen dos de las personas que más quieres en este mundo... es algo difícil de digerir, ¿no?

Eleanor se tensa; es evidente que he metido el dedo en la llaga.

—James e Izzy tenían una aventura, ¿no es cierto? —agrego—. ¿Le has hablado a la Policía de eso? Supongo que no... Después de todo, algo así te convertiría en la principal sospechosa, ¿no te parece?

—Lo que estás insinuando es indignante —contraataca Eleanor, pero habla con una voz carente de convicción.

—No te preocupes, Eleanor, ya sé que no has sido tú. ¿Y sabes cómo lo sé?

—No, pero imagino que estás a punto de contármelo.

—Me da la impresión de que quieres muchísimo a tu hijo. Aunque es posible que se te hayan pasado por la cabeza algunas ideas oscuras sobre la egoísta de tu hermana y el adúltero de tu marido, no creo que pudieras hacerle daño a Toby jamás.

—Pues claro que no le haría daño —gruñe Eleanor.

—Por desgracia, hay una persona que no tendría esos mismos reparos.

A juzgar por la expresión de espanto de su rostro, diría que mis palabras han surtido efecto.

—¿Qué estás intentando decir? —me pregunta despacio.

—Dame los cinco minutos que te pido y te contaré todo lo que sé. ¿Trato hecho?

Eleanor suspira, una exhalación larga y pesada, mientras hunde los hombros. Pasa a mi lado y se asoma a la barandilla que da al salón.

—¿Katya? ¿Te importa llevarte a Toby fuera un rato? Podéis ir a tomar chocolate caliente a la cafetería del parque, si quieres.

La voz de la *au pair* se eleva desde el piso de abajo:

—Pensaba que habías dicho que Toby no podía tomar bebidas azucaradas.

—Por esta vez, podemos hacer una excepción.

—¿Seguro que vas a estar bien?

Katya no añade las palabras «con ella», pero está claro que eso es a lo que se refiere.

—Sí, pero ¿me puedes traer el móvil antes de irte, por favor? Está sobre el escritorio.

Eleanor vuelve a mirarme, endereza la columna y alza los hombros.

—Si haces cualquier cosa que me dé algún motivo para preocuparme lo más mínimo, llamo a la policía al instante. ¿Te queda claro?

Asiento ligeramente.

En cuanto Eleanor tiene el móvil en la mano, empiezo a caminar hacia el dormitorio de Toby.

—Ven conmigo; hay algo que tengo que enseñarte.

Capítulo 24

Voy directa hacia el baúl de los juguetes. Es un mueble robusto, de algo más de medio metro de altura y pintado de un tono de amarillo muy bonito. Sobre él hay un objeto que no parece pegar nada en la habitación de un niño: un jarrón de cristal antiguo. Está lleno de flores recién cortadas; es un diseño floral un tanto *amateur*, pero muy colorido, el tipo de objeto que le resultaría atractivo a un niño pequeño al instante. Cuando me doy la vuelta, espero ver a Eleanor justo detrás de mí, pero se ha quedado en la puerta; es evidente que le asusta compartir el espacio conmigo.

–¿Ves estas flores? –le digo, señalándolas–. Son venenosas. Todas y cada una de ellas.

Eleanor se queda mirándome, claramente confundida.

–¿De qué estás hablando?

Saco un tallo del jarrón.

–Adelfa. Una planta preciosa, conocida por sus flores en forma de estrella. Pero resulta que también es muy tóxica, tanto que tan solo comer miel hecha de su polen bastaría para provocarle un dolor de barriga espantoso a un adulto. –Me detengo para conferirle un efecto dramático a mi discurso antes de añadir–: Y una única hoja es suficiente para matar a un niño.

Parto el tallo de la adelfa e intento volver a meterla en el jarrón, pero no entra bien, se me escapa de las manos y cae sobre la moqueta de color *beige*.

Selecciono otra muestra; esta vez no escojo una flor, sino un tallo cargado de bayas de un rojo intenso.

–Déjame presentarte la nueza negra. Tiene un nombre muy bonito y, madre mía, menuda pinta tan deliciosa tienen esas bayas, ¿no te parece?

Eleanor traga saliva y se lleva una mano al cuello.

–Pero yo no te recomendaría probarlas. Tienen una sustancia química llamada saponina que hace espuma al contacto con el agua. Irrita las membranas del tracto digestivo. Desde luego, no es algo que te recomiende llevarte a la boca.

Eleanor intenta decir algo, pero lo único que sale de sus labios es un graznido. Con una sonrisa amarga, cambio el tallo por otro más alargado, con unas flores tubulares muy características.

–Supongo que estas las reconoces, ¿no, Eleanor?

Da unos pasos hacia el interior de la habitación.

–Es una dedalera, ¿no?

–Exacto. O *digitalis purpurea*, si prefieres el nombre científico completo. A pesar de que es una planta que se encuentra en los jardines de muchos hogares, todas sus partes son venenosas para los humanos. Contiene un compuesto químico que interfiere con el ritmo natural del corazón; de hecho, es el ingrediente activo de un tipo de medicamento que se usa para tratar la insuficiencia cardíaca congestiva. Sin embargo, para una persona sana, no es nada recomendable.

Después de dejar la dedalera en el jarrón, señalo con una floritura similar a la de un mago el último tallo: una planta deslumbrante con unas flores azules oscuras cuya textura recuerda a la del cuero.

–En cuanto a esta preciosidad… Yo de ti no la tocaría, a no ser que llevara guantes.

–¿Por qué no?

Noto lo conmocionada que está Eleanor, y no disfruto de ver cómo se le hunden los músculos de la cara y la sombra mortecina que se le extiende por el rostro.

–Se trata del *aconitum napellus*, también conocido como acónito. Su veneno se absorbe a través de la piel, normalmente cuando hay una herida abierta. Si ingieres una dosis lo bastante grande, puedes acabar sufriendo una parálisis del sistema respiratorio. –Me cruzo de brazos sobre el pecho–. En otras palabras: es mortal.

Eleanor deja escapar un gemido gutural y se desploma contra el mural. No me puedo ni imaginar cómo debe sentirse al saber que en cualquier momento su querido hijo podría haber cogido una de estas flores o bayas venenosas y habérselas metido en la boca con ansia.

—Creo que podemos dar por hecho que Toby no ha entrado en contacto con ninguna de estas plantas, ya que hace un momento, cuando lo he visto, tenía buen aspecto. Pero no te equivoques; la persona que ha colocado este jarrón aquí pretendía dañarlo.

Los ojos de Eleanor irradian puro dolor.

—Pero ¿qué clase de persona podría hacer algo así?

—La misma persona que empujó a Izzy para que se cayera por la ventana y apuñaló a James. Hay alguien que se la tiene jurada a tu familia, Eleanor, y, dado que al parecer tienen acceso a tu casa, debe de ser alguien cercano. De modo que necesito que pienses detenidamente… ¿Cuándo apareció este jarrón en la habitación de Toby?

Eleanor se cruza de brazos.

—Tuvo que ser ayer, en algún momento. Fue el funeral de Izzy y celebramos aquí un encuentro, en casa. Entré en la habitación de Toby para coger algo de ropa, prendas que ya le quedan pequeñas, para dárselas a una de las invitadas que acaba de tener un bebé. Y estoy segura de que todavía no estaba aquí ese jarrón.

—¿A qué hora entraste?

—A la una… a la una y media. Es la primera vez que vuelvo a entrar desde entonces. Katya acostó a Toby anoche, mientras yo estaba en el hospital con James, y ha sido ella quien lo ha levantado esta mañana.

—¿A cuántos invitados recibisteis?

Sé que estoy acribillándola a preguntas, pero tenemos que llegar al fondo del asunto antes de que alguien más salga herido.

Eleanor me mira con unos ojos rebosantes de pánico.

—Unos cincuenta, más o menos.

—Y cualquiera de ellos podría haberse colado en el dormitorio de Toby sin que lo viera nadie…

Eleanor asiente con la cabeza, pero de repente la contrae, como si le hubiera dado un mordisco a algo que está podrido.

—Espera un momento. ¿Y cómo se yo que no has puesto las flores ahí tú misma?

–Si hubiera sido yo, ¿por qué iba a venir hasta tu casa para advertírtelo?

–A lo mejor las has colocado ahí precisamente por eso, para que pudieras venir corriendo a hacer como que eres una heroína –me espeta con una voz cada vez más aguda–. ¿Cómo has entrado en casa? ¿Robaste un juego de llaves durante la fiesta de Izzy? Justo el otro día Katya dijo que no encontraba las llaves de repuesto que siempre tenemos colgadas en la puerta de atrás.

Extiendo una mano hacia ella.

–No, Eleanor, no estás entendiendo nada. Yo no tengo ninguna llave.

–¡No me toques! –exclama mientras retrocede con repulsión–. Tienes que haber sido tú. ¿Cómo ibas a saber si no que estaban ahí las flores?

–Ah, es verdad, no te lo he explicado. –Señalo con el pulgar la mesita de noche–. Tengo el móvil conectado a la cámara de Toby. He revisado la grabación esta mañana, nada más despertarme, y ahí ha sido cuando he visto las flores.

–Debes creer que soy estúpida –dice con un resoplido–. Para sincronizar el teléfono con la cámara tendrías que estar conectada a nuestro wifi.

–Ya lo sé, y es que me conecté.

–¿Cuándo?

–Ayer por la mañana, cuando traje las flores para la celebración.

Eleanor arruga la cara, confundida una vez más.

–¿La asistente de James te pidió a ti que te encargaras de las flores?

Asiento.

–Imagino que nadie le contó que era *persona non grata*.

El rostro de Eleanor es una máscara de rigidez y rectitud.

–¿Y qué hay de la contraseña para entrar en la aplicación de la cámara?

–Hice como que había olvidado la contraseña y, en su lugar, tuve que responder a una pregunta de seguridad.

–¿Qué pregunta de seguridad? –dice Eleanor, incrédula.

–Ortodoncista –le digo para ayudarla a recordar–. Una vez, charlando con Izzy, salió el tema de la profesión de vuestro padre.

Eleanor no parece convencida del todo aún, así que saco el móvil y abro la aplicación.

–Mira –le digo, mostrándole la transmisión en directo.

–¿Y se supone que esto tiene que dejarme más tranquila? –me espeta–. Perdóname si no me arrodillo ante ti en señal de agradecimiento, pero lo que has hecho es una invasión de la intimidad muy grave, si es que no es directamente ilegal, claro. Además, nada de esto demuestra tu inocencia.

Hurgo entre mis recuerdos, frenética, en busca de alguna solución milagrosa que me pueda salvar, alguna prueba convincente que demuestre que es imposible que haya sido yo quien ha tirado a Izzy del campanario y atacado a James anoche. Por desgracia, no se me ocurre nada.

–¿Podemos hablar de esto más tarde? Acabo de salvarle la vida a tu hijo, ¿no?

–Sí, pero…

Levanto la mano para detenerla.

–Mira, Eleanor, entiendo que te cueste confiar en mí, de verdad que lo entiendo, pero no tenemos mucho tiempo. –Oigo lo fea que suena la desesperación en mi voz–. La persona que ha dejado esta trampa en el dormitorio de tu hijo, sea quien sea, podría atacar de nuevo, y quién sabe qué miembro de tu familia va a ser su próxima víctima. Ahora mismo, tenemos que unir fuerzas y pensar juntas para averiguar quién ha tenido los medios, el móvil y la posibilidad de dejar estas flores aquí. Es lo único que podemos hacer ahora para acabar con ese monstruo.

Eleanor abre la boca como para protestar, pero luego la cierra y se encoge de hombros, como si se hubiera rendido.

–Está bien –accede mientras el veneno se le acumula en los ojos–. Pero te lo advierto una vez más: a la mínima duda llamaré a la policía.

Alza el teléfono como para ilustrar sus palabras.

–Entendido.

–Deberíamos empezar revisando la grabación de la cámara de ayer –dice Eleanor, que, ahora que hemos acordado un alto el fuego por frágil que sea, quiere ir directa al grano–. Siempre dejamos la cámara dirigida hacia la cama de Toby, pero es posible que la persona que ha dejado el jarrón entrase en su campo de visión sin darse cuenta.

—Ya lo he comprobado; no se ve nada. —Me doy golpecitos en la barbilla con el teléfono—. ¿Se te ocurre alguien que pueda guardarle rencor a tu familia por algún motivo?

—No me viene nadie a la cabeza.

—¿Y qué hay de James? ¿Tiene él algún enemigo? ¿A lo mejor un socio disgustado?

—A lo largo de los años ha tenido que lidiar con bastantes clientes complicados, pero a James se le da muy bien trabajar con la gente. Se desvive por asegurarse de que los clientes se queden satisfechos, incluso aunque tenga que hacer alguna concesión para conseguirlo. Y con sus empleados, igual; no creo que te vayas a encontrar a nadie en Cole & Elliott que tenga nada malo que decir de él.

—¿Y en cuanto a su vida personal?

Eleanor frunce el ceño y se frota la sien.

—A la mayoría de nuestros amigos los conocemos desde antes de estar casados. Que yo sepa, James nunca se ha peleado con ninguno de ellos.

Me quedo mirando el suelo y froto la gruesa moqueta con la punta del zapato mientras intento encontrar la mejor manera de formular la siguiente pregunta.

—¿Y qué hay de, eh…, sus relaciones íntimas? ¿Había otras chicas además de Izzy? —Cuando levanto la vista, veo que el rostro de Eleanor ha adoptado una expresión que podría derretir el tungsteno—. Porque sí que estaban teniendo una aventura, ¿no? —añado al ver que no responde, y Eleanor ensancha las fosas nasales de un modo casi imperceptible—. Sé que es un tema complicado, pero, si quieres que te ayude, necesito que seas totalmente franca conmigo.

Toma aliento antes de responder:

—Sí, tenían una aventura, pero no lo descubrí hasta después de que muriera Izzy.

—¿Cómo?

Entrelaza los dedos de las manos por detrás del cuello y acuna la cabeza en las manos.

–James se quedó absolutamente destrozado por la muerte de Izzy. Siempre se habían llevado bien, así que era normal que lo estuviera pasando mal, pero me parecía que su sufrimiento era exagerado; no tenía sentido, sobre todo porque James suele ser muy estoico. Cinco o seis días después, me lo encontré sollozando en el cobertizo del jardín. Aunque cueste creerlo, era la segunda vez que lo veía llorar en toda mi vida. La primera fue cuando nació Toby. Así que tuve un presentimiento… –Eleanor deja caer los brazos en los costados–. Y le pregunté sin rodeos si Izzy y él se habían estado acostando. James me miró con las mejillas cubiertas de lágrimas y me dijo que sí. Al parecer llevaban liados tres meses; es decir, más o menos el tiempo durante el que mi relación con Izzy había ido empeorando. –Con una mueca desdeñosa, añade–: Curioso, ¿verdad?

–¿Te dijo James cómo empezó todo?

–Se ofreció a contármelo, pero yo no quise saberlo. Me pareció mejor ahorrarme los detalles escabrosos.

–¿Sabe la Policía que mantenían una relación?

–No, James me suplicó que no se lo contara. Me dijo que, si lo averiguaban, eso lo convertiría en el principal sospecho de la muerte de Izzy.

–¿Y cómo podías estar segura de que no había sido él?

–Porque, justo antes de que Izzy cayera, James estaba conmigo, ayudándome a meter unas cuantas botellas vacías en el contenedor de reciclaje que hay en el lateral de la casa. Acababa de ir a recoger otra caja de botellas vacías de los del cáterin cuando oí a alguien gritar. Lo perdí de vista durante menos de un minuto; no le habría dado tiempo de subir al campanario y volver a bajar.

Asiento despacio, asimilando la información.

–¿Crees que Izzy y él iban en serio?

Eleanor mantiene la mirada fija, pero le tiemblan ligeramente los labios, lo cual revela que la procesión va por dentro.

–Si me estás preguntando si James se estaba planteando dejarme por ella, supongo que no sé la respuesta. Pero lo que sí sé es que no era la primera aventura de James, y es probable que no sea la última. En cuanto a Izzy, no tengo ni idea de cuáles eran sus intenciones. Siempre tuvo una personalidad muy compleja; dejé de intentar comprender sus razones para hacer cualquier cosa hace ya mucho tiempo. ¿A ti te hablaba de sus asuntos más íntimos?

—Si te refieres a si me contó lo de James, no.

—Entonces, ¿cómo sabías que estaban liados?

—No estaba segura, al menos hasta hace un momento, cuando me lo has confirmado.

—Pero ¿lo sospechabas?

Me paso el dedo índice por los labios repetidas veces. Una cosa es confesar lo de la cámara del dormitorio de Toby, pero admitir que me he escondido en el armario de Eleanor es demasiado humillante.

—Los vi juntos en la fiesta. Digamos que se los veía un poco más coquetos que a la mayoría de los parientes políticos.

—No eres la única que se dio cuenta. Mi madre también los vio. —Esboza una sonrisa tensa—. He de decir que no es típico de James; suele ser mucho más discreto. Supongo que ambos bebieron demasiado esa noche.

—Lo dices con tanta naturalidad… ¿No te molesta que te sea infiel?

Se lleva la mano al cuello en un gesto defensivo.

—Pues claro que me molesta, pero he aprendido a verlo como un mal necesario. A James la vida familiar le resulta aburrida, limitante. Necesita su rato para divertirse; si no, se pone de mal humor y se vuelve irritable.

—Haces que parezca un niño de cinco años.

Eleanor se encoge de hombros y contesta:

—¿Acaso no son todos los hombres unos niños grandes en el fondo?

—Pero que se acostase con su cuñada… —insisto—. Es una putada bastante gorda por parte de ambos hacia ti.

—Sí, supongo que sí. Izzy siempre fue muy dependiente y egoísta, siempre quería ser el centro de atención, desde que era pequeña. Pero jamás pensé que sería capaz de hacer algo así. Si siguiera viva, no sé si habría sido capaz de perdonarla.

—¿Has podido perdonar a James?

—¿Qué otra opción tenía? Es el padre de mi hijo. —Se enjuga una lágrima del rabillo del ojo—. En fin, no deberíamos desviarnos del tema. Me has preguntado por las demás aventuras de James. ¿Crees que alguna de esas chicas ha podido estar detrás de todos estos ataques hacia mi familia?

—Es posible.

—Supongo que tiene sentido. Si esa chica, sea quien sea, acudió a la fiesta de Izzy y vio a James con ella, es posible que le diera un ataque de celos y tirase a mi hermana por la ventana.

—Y, al ver que ni siquiera así conseguía que James volviera corriendo a sus brazos, decidió castigarlo a él también.

Eleanor desvía la mirada hacia las flores.

—Pero ¿y qué pasa con Toby? Él no tiene nada que ver con todo esto.

—A lo mejor lo hizo para hacerte sufrir a ti. Al fin y al cabo, eres la mujer de James.

Ambas nos miramos a los ojos.

—¿Sabes? Durante un tiempo pensé que tú misma te estabas acostando con James. Cuando Izzy murió perdí un poco la cabeza, y luego, en el bolsillo de su chaqueta, encontré un tique de un almuerzo que tuvo en la cafetería que hay al lado de tu floristería. Incluso después de que Maria me intentara convencer de que no eras su tipo, seguía viendo algo extraño en ti.

—Ah. ¿Y por qué?

—No sé, es que transmites una sensación un poco rara. Maria pensaba lo mismo.

Siento una punzada de dolor.

—Ah, ¿sí?

—Me dijo que tenías fijación con Izzy… Creo que la palabra que empleó fue «obsesionada». Incluso las dos llegamos a pensar que tal vez sintieras algo por ella.

Frunzo los labios y bajo la mirada al suelo.

—Lo siento —añade Eleanor—. Es que como me has dicho que debía ser totalmente franca…

Tiene razón.

—Vi lo que escribiste en el perfil de Facebook de Izzy, dando a entender que yo tuve algo que ver con su muerte. Parecías muy convencida.

–Lo estaba. Acababa de descubrir que tu mejor amiga se había ahogado en unas circunstancias misteriosas cuando ambas erais adolescentes. Es evidente que existían similitudes entre ese caso y lo que le había ocurrido a Izzy, y me resultaba extraño que ahora tuvieras un nombre distinto. Me llevó a preguntarme si...

Se detiene y se muerde el interior del carrillo.

Yo misma digo lo que Eleanor parece reacia a decir:

–¿Si había tirado a mi amiga de un puente y luego me había deshecho de Izzy de la misma manera?

Eleanor asiente.

–Fue una tontería por mi parte desahogarme por redes sociales, y siento que tuvieras que leerlo. Si te consuela, he hecho que borren la cuenta de Izzy para que nadie más pueda verlo.

–¿Fue entonces cuando decidiste compartir tus sospechas sobre mí con la Policía?

–No. Primero quería estar segura del todo. Ni siquiera le mencioné el artículo del periódico a James. Pero entonces lo agredieron y sabía que tenía que hacer algo. Le enseñé el artículo a la Policía y me dijeron que empezarían una investigación sobre ti a fondo.

«Tiene sentido», me digo a mí misma. Entre Eleanor mencionándome como sospechosa y el tipo de arma que usaron para agredir a James, la inspectora Kilner debió de pensar que tenía el caso resuelto. Seguro que se tiró de los pelos al ver que debía dejarme marchar.

Mientras Eleanor me hablaba, había algo que me irritaba, como si sintiera un picor entre los omóplatos y no lograra alcanzar la zona.

–Entonces, ¿cómo lograste atar cabos y averiguar que Sophie Douglas era yo? Ha pasado tanto tiempo que la mayoría de la gente ya ni siquiera recuerda el caso de Frances Bellamy.

–Recibí un soplo.

Siento un cosquilleo en la parte baja de la columna vertebral.

–¡¿Un qué?!

–Alguien me envió un mensaje privado por Instagram unos días después de que Izzy muriera.

–¿Una amiga tuya?

Eleanor niega con la cabeza.

–Alguien que no conocía de nada. Tenía un nombre de usuario muy raro, formado solo por números y signos de puntuación. No me dijo su nombre. Ni siquiera sé si era un hombre o una mujer.

–¿Y qué decía el mensaje?

–Que debía tener mucho cuidado con quién dejaba que se acercase a mi familia. También me envió un enlace de una página web, un artículo de periódico antiguo, escrito en el décimo aniversario de la muerte de Frances. La persona decía que debía prestarle mucha atención a una de las fotos del artículo, una en la que aparecía una chica con un uniforme de estudiante. «Puede que parezca inofensiva, pero recuerda que todas las rosas tienen espinas», escribió.

Dejo escapar una risilla sarcástica. Como pista críptica, es bastante buena.

–Cuando vi la foto de Sophie Douglas, supe al instante que eras tú.

–¿Le respondiste a esa persona misteriosa?

–Lo intenté unos días después, pero para entonces ya había borrado la cuenta de Instagram.

Me invade un malestar, una carga pesada que pende de un cordel que se va deshilachando. Hay algo muy siniestro en todo esto, algo que no consigo entender del todo. Quienquiera que le enviase ese mensaje privado a Eleanor quería que la Policía y ella creyesen que yo soy la asesina de Izzy. Al igual que querían que creyesen que soy responsable de la agresión a James y del intento de envenenar al pequeño Toby. No hay mucha gente que pueda presumir de mis conocimientos enciclopédicos sobre las plantas, pero toda la información necesaria para crear ese ramo letal se encuentra disponible en Internet, y ese tipo de tijeras de podar profesionales se puede comprar sin problemas por eBay.

De pronto llego a una conclusión tan terrorífica que mi cerebro no tiene manera de procesarla de inmediato y siento que estoy a punto de derrumbarme.

Esa persona no está intentando acabar con los Elliott, sino conmigo.

Eleanor se pasa una mano por la frente como una heroína victoriana a punto de desmayarse.

–No sé cómo estarás tú, Amy, pero a mí me da vueltas la cabeza.

Te agradezco que hayas pensado en venir hasta aquí hoy, pero no vamos a resolver esto solas jamás. ¿Por qué no vamos las dos a la comisaría ahora mismo y le contamos a la Policía todo lo que sabemos? Con suerte ellos sí que podrán averiguar quién está detrás de todo esto antes de que salga herido alguien más.

–Buena idea, pero será mejor que llames a Katya y le digas a dónde vamos. Si vuelve y ve que no estamos aquí ninguna de las dos, pensará que te he hecho algo.

Eleanor ladea la cabeza hacia la puerta, como aguzando el oído.

–En realidad, me parece que han vuelto ya. Creo que he oído a alguien moviéndose en el piso de abajo hace un momento.

–¿En serio? Pero si se han ido hace solo unos diez minutos. No creo que les haya dado tiempo ni a llegar al parque y a volver, y mucho menos a tomarse un chocolate caliente.

Pero entonces yo también oigo algo.

Un ligero crujido de la tarima.

Pero no proviene del piso de abajo, sino del otro lado de la puerta del dormitorio.

–¿Katya? –la llamo–. ¿Eres tú?

Al no obtener respuesta alguna, me recorre un escalofrío de alarma. Eleanor también lo siente; se lo noto en la mirada.

Me dirijo hacia la puerta, pero tras dar un único paso se abre de repente. En cuanto veo a la persona que tengo delante, se me relajan los hombros de inmediato.

–¡Claire! –digo, esbozando una sonrisa–. ¿Qué haces aquí?

Eleanor frunce el ceño.

–¿Te ha abierto la puerta Katya?

Mi ayudante no responde ninguna de las preguntas; tan solo nos contempla con una mirada vacía, indiferente, como la de un animal. Y entonces veo que lleva mis guantes de jardinería favoritos; los reconocería en cualquier lugar. Son de una tela muy bonita con dibujos de abejas, y tienen un alto valor sentimental ya que fueron un regalo de cumpleaños de mi ex.

Lo que ocurre a continuación es tan repentino y sorprendente que ni siquiera me da tiempo a asimilarlo en el momento. Claire, que todavía no ha pronunciado palabra, se abalanza sobre Eleanor y la inmoviliza contra el mural. Veo un destello plateado y, para mi espanto, me doy cuenta de que tiene un cuchillo en la mano. Antes de que pueda detenerla, le clava el cuchillo a Eleanor en el costado. Con un grito ronco, Eleanor se desliza por la pared hasta el suelo mientras se agarra el costado con la mano. Entonces, Claire le extrae el cuchillo y vuelve a levantarlo en el aire.

Siento como si estuviera en uno de esos sueños retorcidos que solo se tienen tras haber pasado la noche bebiendo alcohol. Te despiertas de madrugada, totalmente desorientada, con la boca seca y el corazón martilleándote en el pecho. Y luego te invade esa maravillosa sensación de alivio cuando te das cuenta de que no es real. De que no hay ningún ogro persiguiéndote por el bosque. De que no estás desnuda en mitad de una calle abarrotada en el Soho. De que una de tus empleadas no está asesinando a una mujer delante de tus narices. Pero esto no es ningún sueño. Esto está ocurriendo de verdad.

–Pero ¡¿qué haces, Claire?! –exclamo–. ¡Aléjate de ella!

El cuchillo aterriza en el bíceps derecho de Eleanor cuando levanta el brazo para protegerse del ataque.

Me lanzo hacia Claire y la agarro de la cintura en un intento torpe de hacer un placaje de *rugby*. Claire deja escapar un gruñido grave y empieza a agitarse entre mis brazos. A pesar de ser muy delgada, tiene una fuerza increíble. Al momento siento un dolor agudo en el pecho. El *shock* me deja sin fuerzas y Claire se zafa de mis brazos.

Durante un momento nos quedamos ahí plantadas, respirando con dificultad las dos. Claire me mira con un brillo malvado en los ojos y una expresión oscura de victoria. Me llevo una mano al esternón y, cuando la separo y bajo la mirada, veo que tengo los dedos ensangrentados.

Miro a Eleanor, que yace en el suelo con los ojos abiertos y el pijama, de color crema, manchado de carmesí. Podría intentar salir corriendo, pero Eleanor está bloqueando la puerta y no se puede abrir del todo. Aun así, la rendija debería ser lo bastante grande como para que pudiera pasar. Tal vez pueda ir corriendo a la casa del vecino y pedir ayuda para las dos.

No he atravesado ni la mitad del dormitorio cuando Claire me alcanza; me coge del pelo, me arrastra hacia atrás y me empuja contra la cómoda. El golpe hace que las fotos enmarcadas y un juego de bloques de madera salgan volando y aterricen en el suelo. En cuanto Claire alza el cuchillo para apuñalarme una vez más, le doy una patada en la espinilla lo más fuerte que puedo. Claire se cae al suelo de espaldas con un gran estrépito, pero de algún modo consigue aferrarse al cuchillo. Mientras se pone en pie retrocedo hacia la ventana.

El fuego que siento en el pecho se va volviendo más intenso. A mi cerebro también le resulta cada vez más difícil funcionar. Soy como un módem de los noventa, zumbando desesperadamente, gritando por el dolor mientras trato de establecer la conexión. No comprendo por qué Claire está haciendo todo esto. ¿Qué le he hecho yo?

Me agarro al alféizar de la ventana para apoyarme. Siento los brazos pesados y fríos, y un cosquilleo me recorre las yemas de los dedos. Dejo escapar el aliento en soplidos superficiales. Intento hablar con la esperanza de poder razonar con ella, pero lo único que escapa de mi boca es un silbido agudo, como el sonido de un globo al desinflarse. Me empiezan a fallar las piernas y me agarro a la cortina para no perder el equilibrio; sin embargo, ni siquiera así logro evitar desplomarme. Suena un chasquido cuando uno de los ganchos de la cortina se rompe y me llueven trozos de plástico roto.

Mientras estoy tendida sobre el costado, completamente indefensa, Claire se acerca a mí. La veo estudiándome con la mirada, como si estuviera intentando determinar si represento o no una amenaza. Cada vez me cuesta más respirar, pero logro pronunciar dos únicas palabras:

—¿Por qué?

Claire esboza una sonrisa que se asemeja a un puño apretado.

—Justicia. Por Rosie. Imagino que te acordarás de ella, ¿no?

Siento una sacudida brusca en algún lugar de mi interior. ¿Cómo iba a olvidarla? El recuerdo es como una soga alrededor del cuello; a veces me aprieta tanto que casi me asfixia. Hay recuerdos que no podemos dejar atrás jamás. Y este es uno de ellos. Siempre he sabido que algún día me alcanzaría. Pero no imaginaba que sería de este modo.

La cuestión es que Frances no fue la primera de mis amigas en morir. Antes de Frances, murió Rosie.

−¿D-d-d-e qué la c-c-conoces…?

Siento cada una de las palabras como si estuviera expectorando un trozo grande y dentado de metal.

−¿Que de qué la conozco? −Claire se pone de rodillas a mi lado y estira los labios hasta revelar los incisivos−. ¿Todavía no lo has averiguado? Rosie era mi hermana.

El miedo brota de algún lugar de mis entrañas, se extiende por mis pulmones, por el corazón, me sube por la garganta y se hace trizas al salir a través de mis dientes. Ahora lo veo. Ahora todo empieza a cobrar forma. Está empezando a aparecer la imagen completa, justo como decía Rafe.

−Lo s-s-siento −digo respirando con dificultad; a mis pulmones les cuesta acoger el aire.

−¿Mataste a mi hermana y eso es lo único que tienes que alegar en tu defensa? −Sacude la cabeza, agotada, como una jueza que evalúa una interpretación mediocre: un uno de cinco, por el esfuerzo−. Vete al infierno, Sophie −añade mientras me clava el cuchillo en el cuerpo una segunda vez.

Debo de haberme desmayado durante un momento, porque, cuando recobro la consciencia, Claire está cogiendo una almohada tamaño infantil de la cama. Miro a Eleanor, que yace delante de la puerta. Sé que sigue viva porque veo el ascenso y el descenso de su pecho. Horrorizada, observo a Claire mientras se sienta sobre ella y le coloca la almohada sobre la cabeza. Sé que va a asfixiar a Eleanor si no hago algo para detenerla, pero las extremidades me pesan como si fueran de plomo y me cuesta horrores respirar. Me siento rara, como si no estuviera anclada al suelo, como si no estuviera en El Santuario siquiera, sino a la deriva en un océano enorme que me va alejando más y más de la orilla.

Conforme unas sombras oscuras se van reuniendo en los bordes de mi campo de visión, se me cae la cabeza hacia un lado. Siento un ligero cosquilleo en un lado de la cara y me percato de que se trata del tallo de adelfa que se me cayó a la moqueta hace un rato. Al aplastarla con el peso de mi cabeza, su perfume como a albaricoque me inunda las fosas nasales. El aroma es tan potente, tan empalagoso, que casi tiene el efecto de unas sales aromáticas y me devuelve por completo la consciencia.

Aprieto los dientes para soportar el dolor y me pongo a cuatro patas con un gran esfuerzo. Claire sigue concentrada en Eleanor, que ahora está emitiendo un sonido similar al de un gorgoteo espantoso. No veo el cuchillo por ninguna parte, pero doy por hecho que Claire lo sigue teniendo.

Mientras recorro la habitación con la mirada, frenética, en busca de otra arma, mis ojos se posan sobre el baúl de los juguetes. Tan solo está a unos pocos metros, pero me parecen kilómetros.

Empleo hasta la última gota de fuerza que me queda en el cuerpo para levantarme del suelo y erguirme, aunque sea a medias. Noto el pecho agitado y siento que cada respiración no sigue a la anterior como debería; como si cada bocanada fuera evasiva, imposible de atrapar.

Agarro con las dos manos el jarrón de cristal pesado, que sigue lleno de flores, y me tambaleo hacia la puerta. En el último segundo, Claire levanta la vista, pero no es capaz de reaccionar lo bastante rápido.

Dejo caer el jarrón sobre su cabeza con toda la fuerza que puedo reunir. Se rompe en pedazos en cuanto impacta contra su cráneo con un crujido nauseabundo.

Claire se derrumba hacia un lado y cae al suelo con las manos y las piernas estiradas, como una estrella de mar.

Me alejo de ella, casi esperando que abra los ojos de golpe. Al ver que no los abre, me arrodillo. Estoy mareada, con el estómago revuelto, como si estuviera cayendo de cabeza hacia la nada. La adrenalina me oprime el pecho y siento explosiones de luz y color en la cabeza.

Cierro los ojos para observar los fuegos artificiales agónicos y me dejo caer de espaldas hasta desaparecer del mundo.

Capítulo 25

Ahora

–¿Podría explicarnos con sus palabras lo que ocurrió en El Santuario?

Me llevo dos dedos a la zona sensible de entre las cejas.

–Para ser sincera, lo tengo todo un poco confuso –respondo y siento las palabras pegajosas en la boca–. Creo que sigo en *shock*.

La inspectora de policía Kate Kilner me ofrece una expresión compasiva mientras se inclina hacia delante y apoya un codo en la sábana blanca almidonada de la cama del hospital en la que estoy tumbada.

–Acaba de vivir una experiencia muy traumática. Es completamente normal que esté algo confundida.

Me recuesto sobre la almohada y respiro hondo, despacio. Casi no han pasado ni veinticuatro horas desde que he recuperado la consciencia, y todavía me duele un poco la cabeza. Se produce un largo silencio que se extiende hasta que se vuelve incómodo.

–¿Qué le parece si rebobinamos, si volvemos al principio? –me dice el compañero de la inspectora Kilner, cuyo nombre de repente no recuerdo. Es un hombre corpulento y fornido que parece llenar la sala de un modo que siento ligeramente como una intrusión–. ¿Cómo conoció a la familia Elliott?

Si supieran la verdad… Que todo esto comenzó mucho antes de encontrarme con los Elliott, mucho antes de saber siquiera de su existencia.

–En el trabajo –le respondo–. Flores de Mayo se encarga de las flores de las oficinas de James Elliott desde hace muchos años. Es uno de nuestros mejores clientes.

–¿Y a su mujer, Eleanor?

–También es clienta nuestra. Le hemos proporcionado arreglos florales para algún que otro evento que ha organizado en su casa.

La inspectora Kilner interviene:

—Entonces, ¿estaba en el hogar de los Elliott por motivos profesionales la mañana del 22 de septiembre?

Me embarga una oleada de agotamiento. El tipo de cansancio que se acerca por detrás de ti y trepa por tu espalda con unos tentáculos pegajosos que se te aferran al cuello. No creo que pueda pasar por esto ahora mismo. Necesito más tiempo para organizar mentalmente todo lo que ha ocurrido, para resolver todos los detalles.

—Lo siento, sé que tan solo están haciendo su trabajo, pero creo que no me encuentro lo bastante bien como para contestar más preguntas ahora mismo. Tal vez puedan volver mañana.

El subinspector Pearce, cuyo nombre me viene de pronto a la cabeza, me ofrece una sonrisa tensa.

—Su médico nos ha dado permiso para hablar con usted. De verdad, sería mejor quitárnoslo de encima ahora, cuando todavía tiene fresco todo lo ocurrido. Ha muerto una persona, y hay otra muy grave. Usted es la única que nos puede contar lo que ha sucedido.

—En realidad eso no es del todo cierto —lo corrige Kilner—. Tenemos otro testigo.

Un escalofrío me recorre la columna por la sorpresa. ¿Qué quiere decir con eso? Si solo estábamos las tres en esa habitación…

La inspectora se saca el móvil.

—Espere, que se lo enseño.

Pulsa un botón para ajustar el volumen y coloca el teléfono sobre la cama para que pueda verlo.

Mientras contemplo la pantalla, Kilner no me quita ojo, atenta a cualquier gesto que me pueda delatar. Logro mantener el rostro impasible, aunque para ello necesito reunir toda la energía que me queda. Cuando acaba el vídeo, cierro los ojos. Siento esos latidos en las sienes que indican el comienzo de un dolor de cabeza. Mis pensamientos son como ratas en un edificio en llamas, corriendo de aquí para allá, desesperadas por encontrar una escapatoria.

Creo que la mejor opción es seguir el consejo del subinspector Pearce. Contárselo todo.

En vista de la nueva y sorprendente información que me acaba de proporcionar la inspectora Kilner, ¿qué otra opción tengo?

Capítulo 26

Transcripción del interrogatorio entre la subinspectora de policía Kate Kilner y Claire Fogarty, Hospital Universitario, Lewisham.

C. F.: Antes de hablar de lo que ocurrió ayer, he de hablarle de Rosie.

K. K.: ¿Rosie?

C. F.: Mi hermana pequeña. Tres días después de que cumpliera catorce años, Amy Mackenzie la asesinó. O Sophie Douglas, como se llamaba antes.

K. K.: ¿Ha dicho que «la asesinó»?

C. F.: Sí. Le explicaré lo que sucedió, pero ¿puedo ponerla en situación primero?

K. K.: Adelante, por favor.

C. F.: Rosie padecía de asma. Conforme iba creciendo parecía ir empeorando. A los nueve años tuvo un ataque grave con el que acabó en el hospital. Después de aquello, nunca salía de casa sin el inhalador. Unos meses antes de morir, se apuntó a un club juvenil. Allí hizo un montón de nuevas amigas, pero había dos chicas con las que se llevaba especialmente bien: Sophie Douglas y Frances Bellamy. Yo no las conocía; iban a un colegio católico y nosotras a un instituto público, pero Rosie solía hablar mucho de ellas. Una noche, en el club, se peleó con las dos chicas, y nunca averiguamos el motivo. Por alguna razón que me resulta incomprensible, ese par de idiotas decidieron darle una lección a mi hermana robándole el inhalador. Otro chico del club vio como las dos se lo quitaban de la mochila cuando Rosie estaba distraída, aunque por entonces el chico no sabía de quién era la mochila. Dos horas más tarde, mi hermana estaba esperando el autobús para ir a casa cuando sufrió un ataque de asma espantoso que se lo provocó, casi seguro, un hombre que estaba fumando en la parada cubierta del bus. Rosie solía mantenerse alejada del humo de los cigarros, pero, como estaba cayendo un buen aguacero esa noche, evidentemente decidió arriesgarse, ya que sabía que tenía el inhalador a salvo en su mochila en caso de que le hiciera falta. Pero, claro, no era cierto, no lo tenía. La ambulancia tardó una eternidad en llegar; al parecer se equivocaron de parada de autobús. Cuando llegaron, Rosie ya había muerto.

K. K.: Y responsabiliza usted a Sophie y a Frances de la muerte de tu hermana.

C. F.: Por supuesto que fueron responsables. Por desgracia, la Policía no lo vio así. En lugar de tratarlas como criminales, el inspector jefe describió lo que habían hecho como, y cito textualmente, «una broma tonta con consecuencias imprevistas». Menuda broma. Estamos hablando de dos chicas inteligentes, chicas de colegio privado. Por supuesto que podrían haber previsto lo que iba a ocurrir. Entonces, ¿por qué no se las responsabilizó de nada? Esas cabronas no mostraron ninguna clase de remordimientos; ni siquiera tuvieron la decencia de disculparse con mi familia.

K. K.: ¿Y cómo la hizo sentir aquello?

C. F.: Nunca he sentido un dolor similar, ni siquiera cuando tuve mis dos abortos espontáneos. El funeral de Rosie fue el peor día de mi vida. La imagen de mis padres de pie junto a su tumba, completamente destrozados, es una visión que me atormentará toda la vida. Ese fue el día que decidí que conseguiría que se hiciera justicia por mi hermana, costara lo que costara.

K. K.: ¿Con «justicia» se refiere a que quería que Sophie y Frances recibieran algún tipo de castigo?

C. F.: Sí.

K. K.: Y, para que quede claro, ¿estamos hablando de la misma Frances Bellamy que se ahogó en el río Wye en 2004 después de caer de un puente en la localidad de Bakewell?

C. F.: No se cayó. La tiré yo.

K. K.: ¿Está confesando que empujó a propósito a Frances para que cayera del puente al río?

C. F.: Eso es lo que acabo de decir, ¿no?

K. K.: Y, cuando ese incidente tuvo lugar, ¿cuánto tiempo había pasado desde la muerte de su hermana?

C. F.: Un año, siete meses y ocho días. Era consciente de que Frances no sabía nadar porque me lo había contado Rosie. Por lo visto Frances había mencionado que iba a ir de vacaciones con su familia a uno de esos complejos turísticos para pijos del Club Med. Había dicho que tendría que llevar manguitos en la piscina y le daba vergüenza que los demás niños se burlaran de ella. Lo más irónico es que Rosie se había ofrecido a enseñarle a nadar antes de que se fuera de vacaciones. Típico de mi hermana... Siempre cuidaba de los demás.

K. K.: Dado que estaba al tanto de que Frances no sabía nadar, doy por hecho que sabía que existía la posibilidad de que se ahogara.

C. F.: ¿Acaso no me está escuchando, inspectora? ¡Quería que se ahogara!

K. K.: ¿Sintió alguna clase de arrepentimiento cuando se enteró de que se había recuperado el cadáver de Frances del río?

C. F.: Para nada. Me alegró ver que la primera parte de mi plan había salido tan bien.

K. K.: ¿Cuál era la segunda parte?

C. F.: La parte en la que acusaban a Sophie Douglas del asesinato de Frances.

K. K.: ¿Quiere decir que intentó que pareciera que Sophie Douglas había tirado a Frances del puente? Para que conste en la grabación, Claire Fogarty está asintiendo.

C. F.: Sophie no recibió ningún castigo por haber asesinado a mi hermana, de modo que pensé que la segunda mejor opción era hacer que pagara por haber asesinado a otra persona. El hecho de que fuera su mejor amiga era la guinda del pastel.

K. K.: ¿Y cómo pensaba conseguirlo exactamente?

C. F.: Había dejado la universidad poco antes y estaba trabajando para una empresa de limpieza que tenía convenios con muchos de los colegios de Derbyshire, incluido, por suerte, el colegio católico de Sophie. Yo no tenía asignado ese colegio en particular, pero conseguí encontrar una compañera que estaba dispuesta a cambiarme algunos turnos. No me costó demasiado localizar en uno de los pasillos la taquilla con el nombre de Frances Bellamy. Una mañana temprano, antes de que llegaran los niños, introduje por la ranura de la puerta una nota en la que me hacía pasar por Sophie. La imprimí con el ordenador de mi padre para que no pudiera darse cuenta de que no era su letra.

K. K.: ¿Y qué decía la nota?

C. F.: Le pedía a Frances que quedara conmigo después de clases para que me ayudara a elegir un regalo de cumpleaños para una amiga. Le dije que tenía que ir a casa primero para cambiarme de ropa, que nos viéramos en el puente. Era un sitio que conocía bien; una zona tranquila en la que no solía haber demasiada gente.

K. K.: ¿Y no le preocupaba que Frances le mencionara la nota a Sophie cuando se vieran durante las clases ese mismo día?

C. F.: Pues claro, y por eso mismo le pedí que no dijera nada cuando me viera, porque era posible que la amiga para la que iba a comprar el regalo nos oyera hablando del tema. Era una excusa un poco patética, pero por lo visto funcionó, porque Frances se presentó en el puente, a la hora acordada.

K. K.: ¿Qué sucedió entonces?

C. F.: Yo ya estaba allí, escondida entre los arbustos que había a un lado de la calle. La observé mientras caminaba por el puente, se sentaba en el muro y sacaba el móvil del bolsillo. Comprobé que no hubiera nadie a nuestro alrededor y entonces me dirigí hacia el puente. Frances levantó la mirada cuando me acerqué, pero luego volvió a desviar la atención al móvil. Hice como si fuera a pasar de largo, pero en el último momento me giré y le di un empujón en el pecho lo más fuerte que pude, y Frances cayó al río.

K. K.: Lo cuenta como si hubiera sido muy sencillo.

C. F.: Es que lo fue, y la Policía jamás me interrogó, ni a mí ni a ningún miembro de mi familia. No creo que considerasen siquiera la posibilidad de que existiera una conexión entre la muerte de Rosie y lo que le ocurrió a Frances.

K. K.: Debió de decepcionarla ver que tampoco lograron relacionar a Sophie Douglas con la muerte de Frances.

C. F.: Y que lo diga. Al parecer, la Policía no llegó a encontrar la nota que le había dejado a Frances en su taquilla. La nota habría respaldado lo que le había dicho a su madre ese día al salir de casa, que iba a quedar con Sophie. Pero, dado que jamás mencionó la nota en los medios de comunicación ni durante la investigación, supuse que Frances debió de haberla tirado a la papelera en el colegio después de leerla.

K. K.: Y, cuando absolvieron a Sophie…, ¿seguía decidida a vengarse de ella de algún modo por la muerte de su hermana?

C. F.: No, vengarme no. Como le he dicho antes, lo que buscaba era justicia. Es muy diferente. Y, sí, seguía teniendo a Sophie en el punto de mira, pero otras cosas se interpusieron en el camino.

K. K.: ¿Qué clase de cosas?

C. F.: Bueno, ya sabe…, la vida. Conocí a un chico, me casé con él, perdí a dos bebés y me divorcié. Mientras iba viviendo todo eso, desplacé a Sophie a un rincón de mi mente, pero el recuerdo de lo que le había hecho a Rosie seguía siempre presente, como un trozo enorme y cartilaginoso de carne que no conseguía tragar. Después perdí mi trabajo como encargada de un supermercado y de pronto me encontré con mucho más espacio en la cabeza. Me dije a mí misma que había llegado la hora. La hora de terminar lo que había comenzado.

K. K.: ¿Se propuso matar a Sophie?

C. F.: No, matarla no; destruirla.

K. K.: ¿A qué se refiere con «destruirla»?

C. F.: Matarla no me parecía suficiente. Ya había aprendido la lección con lo de Frances. El forense estimó que se había ahogado a los cinco minutos de caer en el agua. Fue todo demasiado rápido; tanto para ella como para mí. Con Sophie, quería disfrutar de la experiencia, saborearla, presenciar desde la primera fila cómo se venía abajo su vida. Quería que sufriera, que sintiera el dolor insoportable que había sentido yo al morir mi hermana. Por eso solicité el puesto en Flores de Mayo. Para saber más sobre ella. Identificar sus puntos débiles, averiguar cómo podía infligirle el mayor daño.

K. K.: Dado lo que sentía hacia Sophie (o Amy, como se llama ahora), debió de suponerle un gran esfuerzo tener que trabajar con ella, hacer el papel de empleada obediente.

C. F.: Lo cierto es que sí. Y, créame, hubo momentos en los que pensaba que sería más fácil cortarle las venas con un par de tijeras de podar y ya está; o estrangularla con uno de los cordones que utilizábamos para los ramos. Pero no dejé de recordarme a mí misma que mi objetivo no era la gratificación instantánea. Ese era el error que había cometido con Frances. Esta vez, tenía que tener paciencia. Al principio me centré en encontrar la forma de sabotear el negocio de Amy, ya que estaba bastante claro que Flores de Mayo era lo que más le importaba en la vida; lo único que le importaba en la vida. Pero era muy estricta y organizada con su trabajo, de modo que no tenía muchas opciones. Además, de todos modos, arruinarle el negocio no era suficiente; quería destrozarle la vida entera. Al fin, cuando llevaba ya unos seis meses trabajando para ella, vi una oportunidad. Sabía que habría daños colaterales, pero no había manera de evitarlos.

K. K.: ¿A qué se refiere cuando dice «daños colaterales»?

C. F.: A los Elliott. Amy estaba obsesionadísima con ellos.

K. K.: ¿Por qué lo dice?

C. F.: Para empezar, era más que evidente que estaba colada por James Elliott. La verdad es que no la culpo; es un hombre muy atractivo. Pero, vamos, Amy jamás le habría tirado los tejos; es demasiado mojigata. Y luego conoció a su mujer, Eleanor, y su obsesión con la familia incluso se intensificó. Cuando Amy volvió a la floristería después de haber quedado con ella la primera vez, estaba superorgullosa de sí misma. Tuve que escucharla mientras hablaba sin parar sobre la casa tan magnífica de Eleanor y sobre lo elegante que era. Amy era consciente de que había pescado unos peces gordos. Esperaba que los Elliott le abrieran muchas puertas, no solo profesionales, sino también sociales. Estaba tan desesperadísima por ganárselos que incluso cotilleó el Facebook de la hermana de Eleanor, Izzy.

K. K.: ¿Cómo lo sabe?

C. F.: La pillé con las manos en la masa un día, en la floristería. Me dijo que estaba echándole un vistazo al perfil de Facebook de una amiga, pero a esas alturas aún no había conocido siquiera a Izzy. Más tarde yo misma entré en el perfil de Facebook de Izzy y fue entonces cuando vi los detalles de una excursión que iba a organizar un club de senderismo y en la que Izzy había mostrado interés. Amy debió de verlo también, porque se apuntó a la excursión. Estoy bastante segura de que fue solo para conocer a Izzy; desde luego, nunca había mencionado que le interesara el senderismo. Cuando las dos acabaron siendo amigas, no me lo podía creer.

K. K.: ¿Por qué le sorprendió tanto?

C. F.: Porque, de primeras, no parecían tener nada en común. No sé…, lo mismo a Izzy le daba pena. En cualquier caso, fuera cual fuera la razón, empezaron a quedar a menudo. Amy se había quedado prendada de Izzy. La manera en que hablaba de ella… Era casi como si estuviera enamorada. Para que conste, estoy bastante segura de que Amy es heterosexual. No paraba de darme la tabarra sobre su exnovio, Rob nosequé.

K. K.: Ahora que estamos hablando sobre Isabel Harkness, ¿qué puede contarme acerca de los acontecimientos que la llevaron a caer desde la ventana de un segundo piso el 29 de agosto de este año?

C. F.: No sé si quiero hablar de eso.

K. K.: ¿Por qué no? Hasta el momento, se ha mostrado muy abierta.

C. F.: Ese es justo el problema; es posible que haya hablado demasiado.

K. K.: ¿Sabe, Claire? Es mucho más probable que el juez se muestre indulgente si sabe que ha cooperado usted con nuestra investigación desde el principio.

C. F.: Ya, pero no hay ninguna garantía, ¿no?

K. K.: No se olvide de que tenemos la prueba que vio en mi móvil. Ya sabemos la mayor parte de lo que ocurrió. Venga, Claire, ayúdenos a rellenar las lagunas. Confíe en mí, se estará haciendo un favor a sí misma.

C. F.: Sí, la maté. ¿Es eso lo que quería oír?

K. K.: ¿Por qué? ¿Qué le había hecho Izzy a usted?

C. F.: Nada, pero era la amiga de Amy y era una oportunidad demasiado buena como para desperdiciarla. Dos mejores amigas. Dos caídas misteriosas desde estructuras altas. Demasiadas similitudes como para ser una coincidencia, ¿no?

K. K.: Entonces, ¿el único motivo por el que mató a Izzy fue para incriminar a Amy del asesinato?

C. F.: Buen trabajo, inspectora Kilner. Siga así y seguro que tarde o temprano conseguirá que la asciendan.

K. K.: No recuerdo ver su nombre en la lista de invitados que nos proporcionaron los Elliott. ¿Cómo consiguió colarse en la fiesta?

C. F.: Sabía que Eleanor había contratado a camareros profesionales a través de una agencia porque Amy me había pedido que le enviara un mensaje con un par de recomendaciones. Sé cómo trabajan las agencias; cada dos por tres aparecen caras nuevas. Así que sencillamente me presenté en la casa a la hora debida con una falda negra y una camisa blanca, con el mismo aspecto que el resto de las camareras, cogí una bandeja y me puse a trabajar.

K. K.: ¿Tenía ya planeado cómo iba a proceder?

C. F.: Más o menos. Amy había comentado que El Santuario había aparecido en un reportaje en la revista *Evening Standard* y logré encontrar dicho reportaje en Internet. Me estudié las fotos y el plano de la propiedad para conocer al dedillo la disposición de la casa. Cuando vi el campanario, supe al instante que era perfecto para lo que tenía en mente. Tan solo tenía que encontrar la forma de conseguir que Izzy subiera hasta allí.

K. K.: ¿Y cómo lo logró?

C. F.: La seguí cuando entró en la casa para hacer pis. El cuarto de baño de abajo estaba ocupado, así que tuvo que usar uno de los de arriba. Yo también subí y me quedé al otro lado de la puerta secreta que conduce al campanario. Había bastantes niños en la fiesta y, cuando Izzy salió del baño, le dije que había visto a un niño pequeño subir corriendo y que parecía que no tramaba nada bueno. Le dije que lo había seguido y que lo había visto colarse por la puerta. «¿Qué es eso, una especie de alacena? –le pregunté a Izzy, haciéndome la tonta–. Porque, en ese caso, me parece a mí que ese niño necesita que alguien lo rescate». Izzy se rio y me explicó que era la subida al campanario. «Será mejor que vaya a por él –me dijo–. Mi hermana se va a poner como una loca si descubre que hay un niño correteando por su dormitorio».

K. K.: Y usted le ofreció su ayuda.

C. F.: Sí, a decir verdad pareció alegrarse de que la acompañara. Yo ya había averiguado que debía de tratarse de la habitación de invitados, ya que el dormitorio principal no tenía ese tipo de ventanas. Cuando entramos, no había ni rastro del niño, claro, así que le dije a Izzy que mirase debajo de la cama mientras yo echaba un vistazo en el armario. Mientras Izzy se ponía a cuatro patas, yo me acerqué a la ventana y me tapé las manos con la manga para no dejar ninguna huella. Entonces abrí ambas ventanas todo lo posible y, cuando Izzy se levantó, le dije: «Desde aquí arriba, las vistas del jardín son impresionantes. Qué bonito se ve todo con las guirnaldas de luces». Como es natural, Izzy no se pudo resistir y se acercó para verlo por sí misma. Me hice a un lado y la observé mientras se asomaba por la ventana para contemplarlo todo. Estaba tan borracha, tan desprevenida... Para cuando se percató de que algo no iba bien, ya estaba volando por los aires.

K. K.: ¿Y qué hizo entonces?

C. F.: Volví abajo y salí de la casa por la puerta principal. No necesitaba quedarme por allí para presenciar las consecuencias, la verdad; nadie sobrevive a una caída sobre unos adoquines desde esa altura. Fui caminando hasta la calle de al lado, donde había dejado el coche, y me fui a casa.

K. K.: ¿Cuándo descubrió que Izzy había muerto?

C. F.: Al día siguiente. Amy me lo dijo en la tienda. Una amiga de Izzy le había mandado un mensaje para contárselo.

K. K.: Y supongo que Amy estaría muy afectada, ¿no?

C. F.: Estaba destrozada. Tuve que fingir y mostrarme compasiva, y le dije que estaba ahí para ella si quería hablar del tema.

K. K.: ¿Y aceptó la oferta?

C. F.: No, lo cual me dio un poco de rabia. Un par de días después, le envié un mensaje anónimo a Eleanor por Instagram. Le envié un enlace de un artículo de periódico sobre el caso de Frances Bellamy y le dejé pistas muy poco sutiles para que viera que Amy Mackenzie y Sophie Douglas eran la misma persona. Pensaba que, una vez que Eleanor descubriera que Amy era el denominador común de esas dos muertes, iría a la Policía a contarle sus sospechas.

K. K.: Pero no fue así, ¿no? Y usted decidió apresurarla agrediendo a otro miembro de su familia.

C. F.: Lo cierto, inspectora Kilner, es que no era mi intención atacar a James. Sencillamente… ocurrió.

K. K.: Me cuesta creerme eso, Claire.

C. F.: Le estoy diciendo la verdad. Esa tarde estaba aburrida, así que pensé en acercarme en coche a El Santuario… y ver cómo les iba a James y a Eleanor después del funeral de Izzy. Aparqué el coche delante de la casa. Ya había oscurecido, pero tenían las luces del salón encendidas, así que podía ver el interior bastante bien. Eleanor estaba en el sofá, sola, sin hacer nada, con la mirada perdida. Parecía aturdida, como si la hubiera atropellado un camión. La verdad es que me dio bastante pena. Después de unos diez minutos, James apareció por un lateral de la casa con una caja de plástico muy grande. Abrió su soche y metió la caja en el maletero. Cuando vi que se marchaba con el coche, decidí seguirlo. Quería saber qué era tan importante como para dejar a su mujer sola el día en el que había enterrado a su hermana. Cuando entró en la planta de reciclaje, me di cuenta de que su coche era el único que había allí. Y de pronto caí en que era mi oportunidad, el tipo de oportunidad que tal vez no se me volvía a presentar. Seguí conduciendo y aparqué un poco más abajo. Aunque no había salido de casa preparada, recordé que tenía unas tijeras de podar en la guantera; no son unas tijeras básicas, las típicas que se pueden encontrar en el pasillo central del Aldi, sino unas profesionales, de la floristería. Son muy afiladas; lo bastante como para cortarte un dedo. Las saqué y limpié la empuñadura con una toallita húmeda. Después me puse un par de guantes de plástico de esos que te dan gratis en las gasolineras. Me preocupaba que hubiera cámaras de seguridad, así que me tapé la parte inferior de la cara con una bufanda y me calé la capucha de la chaqueta. Cuando llegué, James me estaba dando la espalda y el ruido de las botellas al entrechocar mientras las iba tirando al contenedor de reciclaje era tan fuerte que ni siquiera oyó mis pasos. Me acerqué a él y lo apuñalé en el cuello con las tijeras de podar. James se tambaleó hacia delante, aferrándose el cuello. Iba a apuñalarlo de nuevo, pero entonces oí una voz, creo que alguien estaba llamando a su perro, de modo que tiré las tijeras y volví corriendo al coche.

K. K.: ¿Pretendía matar a James Elliott o solo herirlo?

C. F.: Cualquiera de las dos opciones me valía; la cuestión era que pareciese que había sido Amy. Eso era lo único que me importaba. Por eso dejé allí las tijeras de podar, porque esperaba que pudieran relacionarlas con Flores de Mayo. ¿Cómo está James, por cierto? Sé que sigue vivo porque el hombre que llamó a la ambulancia no perdió ni un segundo y se puso a compartir su acto heroico por las redes sociales.

K. K.: ¿Acaso le importa?

C. F.: Es solo que me preguntaba si va a estar en condiciones de testificar en el juicio o no. Nada más.

K. K.: Ah, no se preocupe. Allí estará. Pasemos ahora a hablar del 22 de septiembre, ¿de acuerdo?

C. F.: ¿Es necesario? No me encuentro muy bien, de verdad.

K. K.: Ya casi estamos acabando. Vamos a terminar ya con esto.

C. F.: Si hablo, ¿dejarán que mi madre y mi padre vengan a verme? Los del hospital me dijeron que la Policía no permitía que recibiera visitas.

K. K.: Veré qué puedo hacer al respecto.

C. F.: Lo siento, pero eso no me vale.

K. K.: No creo que esté usted en posición de negociar, la verdad.

C. F.: Joder…, a ver, antes de agredir a James, tomé otra pequeña medida para asegurarme de que me salía con la mía, por si acaso Eleanor necesitaba un poco más de motivación para ir a la Policía con la información que le había proporcionado sobre Sophie, es decir, Amy. Investigué un montón y elaboré una lista de plantas venenosas, plantas que podía pedir sin ningún problema a los proveedores de Flores de Mayo, y todo a nombre de Amy, claro. Mientras Amy estaba fuera, llevando las flores de la celebración a El Santuario, yo me quedé en la tienda, creando un ramo precioso por mi cuenta. En cuanto Amy volvió, me tomé el descanso para almorzar, pero, claro, no fui a comer, sino que me metí en el coche y me dirigí a El Santuario. El encuentro ya había comenzado y me colé en la casa pegándome a un grupo de invitados cuando la *au pair* les abrió la puerta para dejarlos pasar. Si alguien me veía, sencillamente darían por hecho que el ramo que llevaba en las manos era un regalo para darles el pésame a los Elliott. En cuanto tuve la oportunidad, subí al piso de arriba, al dormitorio de Toby. En la mochila llevaba un antiguo jarrón que había cogido de la floristería. Coloqué las flores en el jarrón y lo dejé sobre el baúl de los juguetes, donde sabía que el niño podría alcanzarlas fácilmente. Y, antes de que me lo pregunte: no, no pretendía matarlo, solo que enfermara.

K. K.: ¿Y para qué fue a la casa a la mañana siguiente?

C. F.: Recibí un mensaje de Amy poco después de llegar a la floristería; me decía que tenía un compromiso urgente en West Dulwich y que vendría a trabajar más tarde. Supuse que iría a El Santuario, pero no tenía ni idea de cuál sería el motivo. Me puse a darle vueltas y más vueltas, imaginándome todas las posibilidades. Al final, no pude soportarlo más, de modo que cerré la tienda y decidí ir en coche hasta allí. No tenía ningún plan en particular, pero quería estar preparada para cualquier imprevisto, así que, antes de salir de la floristería, cogí un cuchillo, uno de los que usamos para cortar el poliuretano que empleamos en algunos diseños florales.

K. K.: Y lo utilizó durante un ataque violento y totalmente injustificado para herir a dos mujeres indefensas.

C. F.: Supongo que se podría decir así, sí. Ya conoce el resto, así que imagino que hemos terminado.

K. K.: No del todo. Quiero oír su versión de lo ocurrido. Necesito que me cuente hasta el último detalle de lo que sucedió en El Santuario ayer por la mañana. Pero, antes, ¿puedo hacerle una pregunta?

C. F.: Adelante.

K. K.: Salvo cuando estábamos hablando de su hermana, no ha mostrado ni un ápice de emoción durante todo el interrogatorio… ¿No se arrepiente de nada de lo que ha cometido?

C. F.: Tan solo me arrepiento de una cosa: de no haber matado a Amy Mackenzie cuando tuve la oportunidad.

Epílogo

Cuatro meses después

Estoy en la playa, mirando el océano. Al oeste, el sol se está poniendo; una enorme bola feroz que derrama oro sobre la superficie del agua y me obliga a entornar los ojos y levantar una mano para protegerme el rostro. Aquí los días son muy largos, enmarcados entre el coro de los pájaros al amanecer y la danza de los murciélagos al anochecer.

No estaba muy segura sobre si quería venir; pensaba que echaría de menos mi piso, la floristería, los clientes… Pero no es así. Ni siquiera echo de menos las flores, ya que aquí las especies autóctonas son mucho mejores. Los jardines del hotel están repletos de fragantes jazmines y frangipani y buganvillas de colores tan intensos que casi me duelen los ojos al mirarlos.

Intento eliminar todo pensamiento de mi mente mientras sigo poniendo en práctica el *mindfulness*, y decido centrarme mejor en la belleza natural que me rodea. Inhalo una vaharada que acarrea el olor del agua salada mientras escucho el ligero rumor rítmico de las olas al romper en la orilla.

Son las primeras vacaciones auténticas que me tomo desde hace años. Fue idea de mi padre. Me dijo que, después de todo por lo que había pasado, necesitaba alejarme de Londres durante una temporada, darme a mí misma el tiempo y el espacio necesarios para sanar. He de admitir que mis padres se han portado de maravilla. A lo largo de los años hemos tenido nuestras idas y venidas, pero siempre han estado ahí en los momentos importantes. El amor que une a las familias es un amor especial, incluso cuando se trata de familias disfuncionales como la mía.

Ahora me alegro de haber aceptado su consejo y haberme escapado a esta isla tan bonita del océano Índico. Las heridas y los moratones de los últimos meses se han ido desvaneciendo día tras día, y ya casi nunca tengo esas pesadillas tan terroríficas que he estado sufriendo desde el ataque. La primera cuchillada me perforó el pulmón y la segunda me rozó el intestino delgado. Los médicos me han asegurado que no he sufrido ningún daño permanente, pero si la limpiadora de Eleanor no hubiera aparecido en ese momento, todo podría haber sido muy distinto.

Por desgracia, Eleanor no tuvo tanta suerte como yo. Cuando llegaron los técnicos de emergencias, seguía aferrándose a la vida, pero, aunque hicieron todo lo que pudieron, no lograron salvarla. Me parte el alma pensar en ese niño pequeño que va a tener que crecer sin su madre, pero me consuela pensar que al menos uno de sus padres sigue vivo.

En cuanto a Izzy…, si ya estaba destrozada cuando la perdí, ahora que conozco todas las circunstancias de su muerte, el dolor es aún más profundo. Sí, tenía sus defectos, como todo el mundo, pero era mi amiga y la echo de menos todos los días. Sé que el dolor irá disminuyendo con el paso del tiempo, pero ahora mismo es como un fragmento de metralla instalado en lo más profundo de mi ser. Cada vez que se muere, me desgarra la carne cada vez que pienso en ella.

No he visto a James ni he hablado con él desde que murió Eleanor. Asistir a su funeral era impensable, ya que seguía en el hospital, recuperándome, pero sí que le envié a su casa unas flores y una tarjeta para darle el pésame. Cuando me dieron el alta para seguir el periodo de convalecencia en casa, llamé al estudio de James unas cuantas veces. Nunca me devolvió la llamada. Lo siguiente que supe de él fue un correo de su asistente personal en la bandeja de entrada, en el que rescindía el contrato que tenía su estudio con Flores de Mayo, con carácter inmediato. No me sorprende que haya querido apartarme por completo de su vida. Al fin y al cabo, todo lo que le ha ocurrido a su familia tiene que ver conmigo.

Todavía me cuesta asimilar la profundidad y el alcance del engaño de Claire. Siempre he creído que tenía buen ojo para las personas, pero Claire logró engañarme por completo. Cuando pienso en lo mucho que me abrí con ella, en que permití que viera mis puntos débiles, se me pone la carne de gallina. Dejé que entrara en mi vida, compartí mis conocimientos con ella y me mostré interesada por su vida personal. Y mientras tanto, detrás de esa fachada cálida y empática, estaba ocupada eligiendo su próxima arma, limpiándola y preparándose para clavármela entre las costillas a sangre fría.

Teniendo en cuenta todo lo que me he esforzado por ocultar mi identidad, me sorprende que Claire lograra encontrarme. Durante uno de los interrogatorios con la Policía, mencionaron que, después de no haber conseguido encontrar rastro alguno de Sophie Douglas, Claire decidió cambiar de estrategia y buscar a mis padres. Dado que se acordaba del nombre de mi padre y sabía que trabajaba como contable en Bakewell, pudo localizar la empresa para la que trabaja hoy en día en Colchester. La empresa tiene una de esas secciones en las que presentan a los miembros en la página web, con fotos de cada uno de los empleados y una breve biografía. La de mi padre lo describe como «un experto en vinos aficionado al ciclismo» y, en un toque de lo más conmovedor, también añade que, además de sus cuarenta años de carrera como auditor de cuentas, su mayor orgullo es su hija, «una florista de éxito que hace poco ganó un premio por una escultura floral en forma de diadema que creó para un parque de Londres en honor a la reina Isabel». Huelga decir que a Claire no le llevó mucho tiempo averiguar que la florista premiada era una tal Amy Mackenzie, dueña de Flores de Mayo, una floristería de Forest Hill.

Con un nuevo nombre y la indemnización por el despido de su último puesto de trabajo bajo el brazo, Claire dejó atrás su hogar en Derbyshire para mudarse a Londres y se propuso averiguar todo lo posible sobre mí. Según la inspectora Kilner, se pasó horas y horas en su coche, aparcada frente a Flores de Mayo, estudiando mi rutina, aprendiéndose mis hábitos, tratando de encontrar la forma de adentrarse en mi vida. Un día me siguió hasta casa, donde siguió vigilándome e incluso rebuscó entre los cubos de basura que hay delante del edificio con la esperanza de hallar algo que pudiera usar en mi contra. Debió de volverse loca de alegría cuando, más o menos un mes después de que empezara su misión, pegué un anuncio en el escaparate de la floristería que rezaba: «Se busca ayudante a tiempo parcial. No se requiere experiencia».

Debido, en parte, al sueldo tan escaso que ofrecía, la mayoría de los candidatos eran personas que habían dejado los estudios. Normal que Claire, con todas las habilidades que había ido adquiriendo durante sus más de diez años como encargada de un supermercado, destacara entre los demás. Para entonces ya había logrado adoptar también un acento convincente del sur de Londres y se había inventado una historia muy detallada sobre su vida, que incluía un novio falso. Y, dado que seguía usando el apellido de casada, Fogarty, no tenía ningún motivo para sospechar que estuviera relacionada de ningún modo con mi amiga de la infancia.

He de reconocerle el mérito a Claire por planear la ofensiva con esa precisión militar. Me quedé muerta cuando supe que se había infiltrado en la fiesta de cumpleaños de Izzy haciéndose pasar por una camarera. Le confesó a la inspectora Kilner que en una ocasión incluso la llamé mientras estaba retirando unos platos de una mesa bajo el cenador. Como temía que pudiera reconocerla bajo la peluca rubia y las lentillas azules, fingió no verme.

Sin embargo, su éxito no se debe solo a la planificación; creo que incluso ella misma admitiría que tuvo muchísima suerte. La oferta de trabajo en Flores de Mayo, la ausencia de testigos cuando agredió a James, la ventana del piso de abajo que había dejado abierta Katya y que le permitió entrar en El Santuario sin que nadie la viera y escuchar a escondidas la conversación que mantuve con Eleanor... Al darse cuenta de que su plan de volver a Eleanor en mi contra había fallado y de que las dos estábamos uniendo fuerzas, parece ser que Claire sintió que no tenía otra opción que acallarnos a las dos.

Aunque lo que hizo no tiene justificación posible, al menos sí que entiendo su motivación. La broma que le hice a su hermana no solo fue insensata, sino de lo más perversa. No me extraña que alguien tan resentida y vengativa como Claire me odiara con toda su alma.

Cuando me enteré de que Rosie había muerto, yo también me odié a mí misma. Vomité en el cuarto de baño del colegio cuando me contó la noticia una de las profesoras, que sabía que Rosie y yo éramos amigas. Durante los días y las semanas siguientes, no pude comer, no pude dormir, ni siquiera podía pensar en nada que no fuera lo que habíamos hecho Frances y yo. Lo que recuerdo con más claridad son mis ansias imperiosas de escapar. Tan solo quería dejar de sentir el dolor que me perforaba el pecho, que se desvaneciera el nudo que tenía en el estómago, que se aflojara la opresión del pecho. Quería desaparecer.

Sé que Frances y yo éramos menores, pero incluso por entonces ya me pareció que habíamos salido demasiado bien paradas. Con eso no quiero decir que no se nos reprendiera de ningún modo una vez que salió a la luz nuestra implicación en la muerte de Rosie. La directora del colegio nos convocó a su despacho y nos dio un duro sermón sobre la importancia de tomar las decisiones correctas en la vida. La madre de una buena amiga mía se negó a que volviera a pisar su casa y me describió como «una mala influencia», y mis propios padres cancelaron unas vacaciones a Menorca que habían reservado desde hacía tiempo para demostrarme lo decepcionados que estaban conmigo. Sin embargo, la Policía nos comunicó que, dado que no habíamos cometido ningún crimen, no se tomaría ninguna medida legal en contra mía y de Frances.

A falta de un castigo auténtico, me quedé tan solo con el peso abrumador de la culpa, un peso que pensaba, con toda mi inocencia, que algún día se aligeraría. Aún no era consciente de que tan solo se transformaría en otros dolores, nuevos y variados, a lo largo de los años.

A lo mejor, si me hubiera puesto en contacto con la familia de Rosie por entonces, si les hubiera demostrado lo mucho que lo lamentaba, quizá Claire no habría pasado casi veinte años planeando su venganza. Sí que pensé en escribir a los padres de Rosie, pero mi abogado me aconsejó que no lo hiciera; me advirtió que ese tipo de correspondencia se podía entender como una confesión de culpabilidad. Pero es que sí que era culpable, incluso más que Frances. Porque robarle el inhalador a Rosie había sido idea mía.

Me caía bien Rosie, pero por otra parte también me daba mucha envidia. Era guapísima, muy alegre, muy segura de sí misma. Yo, por el contrario, no llamaba la atención por nada; era una chica corriente e insegura que ceceaba. La noche que murió, estaba molesta con Rosie porque, en lugar de pasar el rato con Frances y conmigo, como solía hacer, prefirió jugar al billar con un chico que iba a mi colegio. Y el hecho de que yo llevara desde los once años colada por él no ayudaba. No sé de dónde saqué la idea de robarle el inhalador, pero, cuando se la conté a Frances, quiso unirse a la broma. De hecho, ella misma se ofreció a hacer el trabajo sucio.

Aunque sabía que Rosie era asmática, no tenía ni idea de lo grave que era su afección, y mucho menos que pudiera incluso ser mortal. No hace falta que diga que, si Frances y yo hubiéramos tenido la más mínima idea de lo que le iba a ocurrir a Rosie durante el viaje de vuelta a casa, jamás lo habríamos hecho. Tan solo queríamos asustarla, ver la expresión de pánico que adoptaría al abrir la mochila para retocarse el brillo de labios (lo cual solía hacer al menos cada hora) y ver que no tenía el inhalador. Pero no abrió la mochila, o al menos no se dio cuenta de que le faltaba el inhalador. Si la hubiera visto marcharse esa noche, habría ido corriendo tras ella, habría fingido haber encontrado el inhalador debajo de alguna mesa y se lo habría devuelto, pero no tuve ocasión.

Según el chico de mi colegio, que fue el último en hablar con ella, Rosie había perdido la noción del tiempo y, al darse cuenta de que se acercaba la hora en que tenía que volver a casa, se fue a toda prisa, sin despedirse de nosotras. Cuando me percaté de que se había ido, ya era demasiado tarde.

La Policía vino a mi casa dos días más tarde, después de que un testigo del club prestara declaración. Cuando me preguntaron de quién había sido la idea de robarle el inhalador a Rosie, mentí y dije que no me acordaba. Dado que Frances seguía teniendo el inhalador cuando la Policía acudió a su casa, la idea que se extendió era que ella había sido la cabecilla, y yo tan solo una espectadora pasiva, aunque una cuyo comportamiento también era moralmente reprobable, claro.

No sé si Frances llegó a saber lo que le había contado a la Policía, ya que nunca lo hablamos. Lo único que puedo decir es que, aunque seguimos siendo amigas después de aquello, nada volvió a ser lo mismo entre nosotras. Y entonces Frances murió, lo cual me arrojó de cabeza a otro pozo de sufrimiento y confusión. Aunque sabía que ni siquiera me había acercado al puente aquel día, eso no me impedía sentir una culpa inmensa por todo lo que estaban sufriendo mis padres. Los tres intentamos empezar de cero al mudarnos a Essex, pero no pudimos deshacernos de los recuerdos; seguían ahí, como coágulos en las venas, esperando para desprenderse y causar estragos.

Sigo intentando procesar el hecho de que Claire tirase a Frances de aquel puente, siendo consciente de que no sabía nadar. No me puedo ni imaginar cómo debieron sentirse los padres de Frances cuando se enteraron. La fiscalía general está aún considerando qué cargos presentar contra Claire en relación con su muerte, si es que presentan alguno. Mientras tanto, espero que a los padres de Frances les consuele un poco saber que la asesina de su hija ya está entre rejas y seguirá encerrada mucho tiempo.

En cuanto a sus delitos más recientes, Claire se ha declarado culpable de todo: dos cargos de asesinato y tres de homicidio en grado de tentativa (nadie se tragó la historia esa de que no pretendía matar a James ni a Toby). Eso significa que no tuvo que celebrarse ningún juicio, lo cual agradezco; no creo que hubiera podido hacerle frente en el juzgado. Además de la confesión que quedó grabada mientras estaba en la cama del hospital, también estaba la prueba del vídeo de la cámara del dormitorio de Toby. La inspectora Kilner le enseñó a Claire la grabación en el móvil y ahí fue cuando se debió de dar cuenta de que el juego había terminado. Aunque solo se veía parte de la agresión, queda bastante claro solo por el audio que Claire era la agresora y Eleanor y yo, las víctimas.

Como era de esperar, el abogado de Claire intentó alegar que había actuado bajo un estado de imputabilidad disminuida, pero la evaluación psiquiátrica que formaba parte del informe previo a la sentencia determinó que Claire no sufría ninguna clase de alteración psíquica cuando cometió los delitos en cuestión. Al dictar sentencia, el juez tuvo en cuenta que Claire se hubiera declarado culpable desde el principio, pero, aun así, la condenó a cadena perpetua con una recomendación de que cumpliera un mínimo de veinticinco años en prisión. Lo cierto es que no es suficiente para todo el sufrimiento que ha provocado, todas las vidas que ha destruido, pero la inspectora Kilner me dijo que, dadas las circunstancias, era el mejor resultado que podíamos esperar.

En cuanto a mí, no creo que sea capaz de perdonarme jamás por lo que le ocurrió a Rosie, ni por haber desempeñado un papel, aunque fuera involuntario, en las muertes de Frances, de Izzy y de Eleanor. He tenido mucho tiempo para reflexionar durante estas últimas semanas, y me imagino que esto puede acabar de dos maneras: o dejo que la culpa se convierta en un océano en el que me terminaré ahogando o la convierto en combustible para que me impulse, para que me inspire a llevar una vida más útil y productiva, una clase de vida en la que nadie más tenga que pagar por mis estúpidos errores. Sobra decir que la última opción es la más atractiva, pero va a requerir un gran esfuerzo consciente por mi parte. Con eso en mente, le he ofrecido mis servicios a una organización benéfica nacional que ayuda a las personas con asma; sin coste, claro. Todavía no hemos precisado todos los detalles, pero parece ser que voy a proporcionarles una instalación floral con una temática primaveral para uno de sus próximos eventos para recaudar fondos. Espero que sea el comienzo de una relación duradera y gratificante para ambas partes. Sé que no es más que un pequeño gesto por mi parte, pero al menos es un paso en la dirección correcta.

Me quedan seis días en este paraíso tropical y después tendré que volver a Londres y abrir de nuevo la floristería. No creo que busque a más ayudantes; Ewan y yo tendremos que arreglárnoslas solos. Ha venido a visitarme al hospital con frecuencia durante mi convalecencia, y estos últimos días nos hemos estado mandando mensajes. Me ha dicho que, cuando vuelva, me va a llevar a tomar algo para celebrar que he regresado a Londres. No quiero sacar conclusiones precipitadas, pero he de admitir que tengo muchas ganas de pasar más tiempo con él.

Cuando el sol está a punto de desaparecer por el horizonte, comienzo a caminar hacia el hotel. Estoy bastante entusiasmada porque esta noche he quedado para cenar con otra chica que viaja sola, también de Inglaterra. Por ahora solo hemos mantenido dos conversaciones: la primera, cuando estábamos haciendo cola en el bufé del desayuno y, la segunda, mientras tomábamos el autobús gratuito del hotel que recorre dos veces al día el trayecto del hotel al centro. Aún es pronto para hacerse ilusiones, ya lo sé, pero, aun así, la chica me da muy buena espina.

Por desgracia, no vive en Londres, pero Portsmouth tampoco está demasiado lejos. He mirado la ruta en Google Maps y me ha alegrado ver que se tarda menos de dos horas en coche, siempre que no haya demasiado tráfico. Y, si no me apetece conducir, también puedo coger el tren: hay cuatro cada hora, con transbordo en Norwood Junction y en East Croydon.

Creo que esta nueva amiga me vendrá bien para seguir mejorando como persona, al igual que Izzy. Es muy animada, muy segura de sí misma. Hace un rato la he oído hablar con el director del hotel sobre un problema que tiene con la ducha del baño privado de su habitación. A mí, personalmente, el director me intimida un poco, pero no he notado ni un ápice de vacilación en la actitud de mi nueva amiga. En cuanto a su apariencia física… no es muy guapa, pero tiene un aspecto interesante, con la elegancia de una bailarina y un rostro como un diamante tallado que refleja la luz desde todos los ángulos.

Mientras me oculto tras la maceta de una palmera, observándola enfrentarse al director tan hábilmente, me ha embargado una oleada de cariño, casi de amor, hacia mi compatriota. Ha sido tan intensa que he tenido que luchar contra el impulso de agarrarla de la mano y salir volando con ella adonde nadie pueda alcanzarnos, a un lugar alto, con unas vistas de muerte, donde casi no se pueda respirar.

Agradecimientos

Estoy, y siempre estaré, inmensamente agradecida a Mari Evans por ofrecerme tantas oportunidades maravillosas. Además, también merecen una mención especial el resto de los miembros del equipo de Headline, que rebosan talento: Toby Jones, Lucy Dauman, Isabel Martin, Lisa Horton, Grace McCrum, Ruth Case-Green, Joe Thomas y Ana Carter.

Índice